CRISTINA HENRÍQUEZ

El libro de los americanos desconocidos

Cristina Henríquez es autora de la colección de relatos *Come Together, Fall Apart*, que fue uno de los libros destacados por *The New York Times*, y la novela *The World in Half*. Sus relatos han sido publicados en *The New Yorker*, *The Atlantic*, *The American Scholar*, *Glimmer Train*, *The Virginia Quarterly Review*, *Ploughshares*, *TriQuarterly*, *AGNI* y *The Oxford American*, así como en varias antologías. Vive en Illinois.

El
libro
de los
americanos
desconocidos

Cristina Henríquez

Traducción de Mirèia Carol Gres

VINTAGE ESPAÑOL

Una división de Random House LLC | Nueva York

PRIMERA EDICIÓN VINTAGE ESPAÑOL, JUNIO 2014

Copyright de la traducción © 2014 por Vintage Español,
una división de Random House LLC

Información de catalogación de publicaciones disponible en la Biblioteca del
Congreso de los Estados Unidos.

Vintage Español ISBN en tapa blanda: 978-0-345-80641-3
Vintage Español eBook ISBN: 978-0-345-80642-0

www.vintageespanol.com

Impreso en los Estados Unidos de América
Para venta exclusiva en EE.UU., Canadá y Filipinas.

10 9 8 7 6 5 4

El libro de los americanos desconocidos

A mi padre, Pantaleón Henríquez III

Seamos todos de alguna parte.
Contémonos unos a otros todo lo que podamos.

— BOB HICOK, "A PRIMER" ("UNA CARTILLA")

El libro de los americanos desconocidos

Alma

Por aquel entonces, lo único que deseábamos eran las cosas más esenciales: comer bien, dormir por las noches, sonreír, reír, estar sanos. Creíamos tener derecho a esas cosas tanto como cualquiera. Por supuesto, cuando pienso en ello ahora, me doy cuenta de que era una ingenua. Me cegaban una enorme esperanza y la promesa de una posibilidad. Daba por sentado que todo lo que podía salir mal en nuestras vidas ya había sucedido.

LLEGAMOS TREINTA HORAS después de cruzar la frontera, los tres en el asiento trasero de una camioneta roja que olía a humo de cigarrillo y a gasolina.

—Despierta —susurré, dándole a Maribel con el codo al tiempo que el conductor hacía girar el vehículo y entraba en un aparcamiento.

—¿Hmmm?

—Hemos llegado, hija.

—¿A dónde? —inquirió Maribel.

—A Delaware.

Maribel me miró, parpadeando en la oscuridad.

Arturo estaba sentado al otro lado de nosotras.

—¿Está bien? —preguntó.

—No te preocupes —le dije—. Sí, está bien.

Acababa de anochecer, y la oscuridad se filtraba desde los rincones más lejanos de cielo. Minutos antes, circulábamos por una concurrida carretera, atravesando cruces de cuatro direcciones y dejando atrás centros comerciales y restaurantes de comida rápida, pero a medida que nos íbamos aproximando al bloque de apartamentos, todo aquello había desaparecido. Lo último que vi antes de que tomáramos el largo sendero de grava que conducía al aparcamiento fue un taller de carrocería abandonado, con el letrero pintado a mano que lo anunciaba en el suelo, apoyado contra la fachada gris de estuco.

El conductor aparcó la camioneta y encendió otro cigarrillo. Había fumado todo el viaje. Supongo que de este modo tenía algo que hacer con la boca, pues había dejado bien claro desde el momento en que nos había recogido en Laredo que no le interesaba la conversación.

Arturo se bajó primero del auto, se arregló el sombrero de *cowboy* e inspeccionó el edificio. Dos pisos, cemento y bloques de hormigón, un pasillo exterior con escaleras de metal a ambos extremos que discurría a lo largo del segundo piso, pedazos de espuma de polietileno rotos en la hierba, una alambrada de tela metálica que rodeaba el perímetro del parking, grietas en el asfalto. Me lo esperaba más bonito. Con persianas blancas y ladrillo rojo, con arbustos bien cuidados y jardineras en las ventanas. Como las casas americanas de las películas. Pero era la única opción que el nuevo empleo de Arturo nos permitía, y me dije que teníamos mucha suerte de tenerla.

En silencio, en aquel ambiente sombrío y extraño, descargamos nuestras cosas: bolsas de basura atiborradas de ropa, sábanas y toallas; cajas de cartón llenas de platos envueltos en papel de periódico; una nevera atestada de pastillas de jabón, botellas de agua, aceite de cocina y champú. Durante el viaje habíamos pasado junto a un televisor abandonado en la cuneta y el conductor, al verlo, frenó en seco y dio marcha atrás.

—¿Lo quieren? —nos preguntó. Arturo y yo nos miramos, confusos.

—¿El televisor? —inquirió Arturo.

—Si lo quieren, cójanlo —dijo el conductor.

—¿Pero eso no es robar? —replicó Arturo.

El conductor lanzó un bufido.

—En los Estados Unidos, la gente lo tira todo. Incluso cosas que están aún en perfecto estado.

Más tarde, cuando volvió a detenerse y señaló una mesa de cocina desechada y después apuntó a un colchón que estaba apoyado contra el buzón de alguien como si se tratara de una tabla de deslizamiento, comprendimos lo que había que hacer y los cargamos en la camioneta.

Después de encontrar la llave que el casero nos había dejado pegada con cinta adhesiva al marco de la puerta y subir todo hasta el apartamento por la oxidada escalera de metal, Arturo regresó al parking para pagarle al conductor. Le dio la mitad del dinero que teníamos. Así se nos fue. Sin más. El hombre se metió los billetes en el bolsillo y sacudió la ceniza del cigarrillo por la ventana.

—Buena suerte —le oí decir antes de marcharse.

UNA VEZ DENTRO del apartamento, Arturo pulsó el interruptor de la pared y se encendió una bombilla desnuda que colgaba del techo. Los suelos de linóleo estaban sucios y gastados. Las paredes estaban todas pintadas de un oscuro color amarillo mostaza. Había dos ventanas, una grande que daba a la calle y otra, más pequeña, en la parte de atrás, en el único dormitorio. Ambas estaban cubiertas con láminas de plástico sujetas con cinta adhesiva y tenían los marcos de madera torcidos y astillados. Al otro lado del recibidor, frente al dormitorio, había un baño con una bañera de bebé azul, un retrete manchado de óxido y una cabina de ducha sin puerta ni cortina. A primera vista, la cocina estaba en mejores condiciones —por lo menos era más grande— aunque los fogones estaban envueltos en papel de aluminio y, en los armarios inferiores, en vez de puertas, habían fijado unas sábanas con grapas. En la esquina había una nevera vieja con las puertas abiertas de par en par. Arturo se acercó a ella y asomó la cabeza dentro.

—¿Es esto lo que huele tan mal? —preguntó—. ¡Huácala!

La casa entera hedía a moho y había un leve olor a pescado.

—La limpiaré por la mañana —dije, mientras Arturo cerraba las puertas.

Miré a Maribel, de pie junto a mí. Estaba inexpresiva, como siempre, y aferraba su cuaderno contra el pecho. Me pregunté qué pensaría de todo aquello. ¿Comprendía dónde nos encontrábamos?

No teníamos fuerzas para deshacer el equipaje, ni lavarnos los dientes, ni cambiarnos de ropa siquiera, de modo que después de echar un vistazo a nuestro alrededor, dejamos caer el colchón recién adquirido en el suelo del dormitorio, nos tumbamos sobre él y cerramos los ojos.

Durante casi una hora, quizá más, permanecí acostada escuchando el suave coro de las respiraciones largas y regulares de Maribel y Arturo. Dentro y fuera. Dentro y fuera. El estímulo de la posibilidad. La desazón de la duda. Me pregunté si habíamos hecho lo correcto al viajar hasta allí. Por supuesto, sabía la respuesta. Habíamos hecho lo que debíamos. Habíamos hecho lo que nos habían dicho los médicos. Coloqué las manos, una sobre otra, sobre mi abdomen y respiré profundo. Relajé los músculos del rostro, aflojé la mandíbula. Pero estábamos muy lejos de todo lo que nos era conocido. Aquí, todo —el aire rancio, los ruidos amortiguados, la profundidad de las tinieblas— era diferente. Habíamos hecho un fardo con nuestra vieja vida y la habíamos dejado atrás, y después nos habíamos lanzado a otra vida nueva sin más que unas pocas pertenencias, la mutua compañía y la esperanza. ¿Bastaría eso? Todo irá bien, me dije a mí misma. Todo irá bien. Lo repetí como si fuera una plegaria hasta que, por fin, también yo me quedé dormida.

NOS DESPERTAMOS POR la mañana, perplejos y desorientados, mirándonos los unos a los otros y a las paredes alrededor.

Y entonces nos acordamos. Delaware. A más de tres mil kilómetros de nuestra casa de Pátzcuaro. A tres mil kilómetros y un
mundo de distancia.

Maribel se frotó los ojos.

—¿Tienes hambre? —le pregunté.

Ella asintió.

—Prepararé el desayuno —dije.

—No tenemos comida —murmuró Arturo. Estaba sentado
con cara de sueño y los codos apoyados en las rodillas.

—Podemos ir a comprar algo —repliqué.

—¿A dónde? — inquirió él.

—A donde sea que vendan comida.

Pero no teníamos la menor idea de adónde ir. Salimos del
apartamento, al sol resplandeciente y húmedo aire matutino
—Arturo con su sombrero, Maribel con las gafas de sol que
el médico había sugerido que usara para ayudarla a aliviar sus
dolores de cabeza— y echamos a andar por el camino de grava
que conducía a la carretera principal. Al llegar a ella, Arturo se
detuvo y se acarició el bigote, mirando en ambas direcciones.

—¿Qué te parece? —inquirió.

Miré a sus espaldas mientras un auto pasaba a toda velocidad
zumbando.

—Probemos por aquí —contesté, apuntando hacia la
izquierda sin ningún motivo en particular.

Entre los tres, sólo sabíamos el inglés más mínimo, palabras
y frases que habíamos aprendido de los turistas que viajaban a
Pátzcuaro y en las tiendas que los servían. No entendíamos los
letreros dispuestos sobre la entrada de los establecimientos al
pasar frente a ellos, de modo que atisbábamos en todos los escaparates que encontrábamos a nuestro paso para ver qué había en
el interior. Durante los veinte minutos siguientes, se sucedieron
una tras otra fachadas planas de cristal. Una tienda de productos de belleza con varias pelucas en el escaparate, una tienda de

alfombras, una lavandería, una tienda de electrónicos, una casa de cambio. Y a continuación, por fin, en la esquina de un cruce muy concurrido, llegamos a una gasolinera que tuvimos el buen juicio de no pasar de largo.

Pasamos junto a los surtidores en dirección a la puerta principal. Fuera, había un adolescente apoyado contra la pared, sujetando una patineta por un extremo. Nos miraba mientras nos acercábamos. Llevaba una camiseta negra suelta y unos vaqueros con los dobladillos deshilachados. Tenía el cabello castaño oscuro, con un corte despuntado y peinado hacia adelante que rebasaba el nacimiento del pelo. Por debajo del escote de su camiseta brotaba un tatuaje azul oscuro que ascendía serpenteando por un costado de su cuello.

Le di a Arturo con el codo.

—¿Qué? —preguntó.

Señalé al muchacho con la cabeza.

Arturo miró en su dirección.

—No pasa nada —dijo, pero noté que me empujaba la espalda mientras pasábamos junto a él, haciéndonos entrar a Maribel y a mí en la gasolinera con cierta urgencia.

Una vez en el interior, examinamos las estanterías de metal, buscando algo que reconociéramos. En un momento dado, Arturo afirmó haber encontrado salsa pero, cuando tomé el frasco y miré a través del fondo de cristal, me eché a reír.

—¿Qué pasa? —preguntó.

—Esto no es salsa.

—Dice salsa —insistió, señalando la palabra en la etiqueta de papel.

—Pero mírala —repliqué—. ¿A ti te parece salsa?

—Es salsa estadounidense.

Volví a levantar el frasco y lo agité ligeramente.

—Quizá esté buena —señaló Arturo.

—¿Es que piensan que esto es lo que comemos? —pregunté.

Arturo me sacó el envase de la mano y lo metió en la cesta.

—Claro que no. Ya te lo he dicho. Es salsa estadounidense.

Al terminar la compra, teníamos salsa estadounidense, huevos, una caja de arroz instantáneo, una barra de pan cortado en rebanadas, dos latas de frijoles, un cartón de jugo y un paquete de perritos calientes que Maribel había dicho que quería.

Una vez en la caja, Arturo colocó todo sobre el mostrador y desdobló el dinero que había traído en el bolsillo. Sin decir una palabra, le tendió al cajero un billete de veinte dólares. El cajero lo deslizó en el cajón de la caja registradora y extendió la mano. Arturo levantó del suelo la cesta azul de plástico y la puso boca abajo para mostrarle que estaba vacía. El hombre dijo algo y flexionó la mano extendida, así que Arturo le entregó la cesta, pero él simplemente la dejó caer detrás del mostrador.

—¿Qué sucede? —le pregunté a Arturo.

—No lo sé —respondió—. Le di el dinero, ¿no? ¿Debería hacer algo más?

La gente se había ido poniendo en fila detrás de nosotros y estiraba el cuello para ver qué pasaba.

—¿Tal vez deberíamos darle más? —inquirí.

—¿Más? Ya le he dado veinte dólares. Sólo estamos comprando unas pocas cosas.

Alguna de las personas de la fila gritó con impaciencia. Arturo se volvió a mirar pero permaneció en silencio. Me pregunté qué debía de pensar de nosotros aquella gente. Hablando español, vestidos con la ropa arrugada que no habíamos cambiado en cuatro días.

—¿Mami? —dijo Maribel.

—No pasa nada —la tranquilicé—. Sólo estamos tratando de pagar.

—Tengo hambre.

—Estamos comprando comida para ti.

—¿Dónde?

—Aquí.

—Pero en México tenemos comida.

La mujer que hacía cola detrás de mí, con las gafas de sol encima del cabello rubio, me dio unos golpecitos en el hombro y me preguntó algo. Le hice un gesto con la cabeza y sonreí.

—Dale más dinero —le indiqué a Arturo.

Alguien de la fila volvió a gritar.

—Mami —dijo Maribel.

—Voy a llevármela fuera —le dije a Arturo—. Es demasiado jaleo para ella.

Al salir Maribel y yo del establecimiento tintineó una campana y, antes de que la puerta se hubiera cerrado a nuestras espaldas, volví a ver al muchacho, aún repantingado contra la pared, sosteniendo su patineta en posición vertical. Prácticamente no se movió al vernos y observé su mirada vuelta hacia Maribel, recorriéndola de pies a cabeza en actitud aprobadora y descarada, con los ojos entornados.

Yo estaba acostumbrada a que la gente la mirara. Cuando vivíamos en Pátzcuaro, sucedía a menudo. Maribel tenía esa belleza que dejaba a la gente embobada. Hubo una época en que hombres hechos y derechos sonreían al verla pasar. Los chicos de su escuela aparecían en nuestro domicilio, empujándose nerviosos unos a otros cuando yo abría la puerta, y preguntaban si Maribel estaba en casa. Pero eso era antes del accidente, claro. Ahora tenía el mismo aspecto de siempre, pero la gente sabía, casi todo el mundo en nuestra ciudad sabía, que había cambiado. Parecían creer que ya no era digna de su atención o tal vez que, ahora, mirarla no era correcto, que había algo perverso en ello, y apartaban la vista.

Pero este chico la miraba. La miraba porque no sabía. Y el modo en que la miraba me hacía sentir incómoda.

Atraje a Maribel más cerca de mí y la hice retroceder varios pasos.

El muchacho avanzó un paso hacia nosotras.

Volví a retroceder, agarrando a Maribel del codo. ¿Dónde estaba Arturo? ¿Es que no había terminado aún?

El chico levantó la patineta, se la metió bajo el brazo y echó a andar en nuestra dirección cuando, de pronto —*¡gracias a Dios!*—, se abrió la puerta de la gasolinera y Arturo salió del establecimiento con una bolsa de plástico en una mano. Meneaba la cabeza.

—¡Arturo! —le grité.

—¡Veintidós dólares! —exclamó al verme—. ¿No te parece increíble? ¿Crees que se han aprovechado de nosotros?

Pero, a mí, cuánto dinero habíamos gastado me importaba un comino. Levanté la barbilla para que Arturo captara lo que le quería mostrar y detrás de él. El joven seguía ahí de pie, mirándonos ahora a los tres. Arturo se dio media vuelta despacio.

—¿Están listas? —nos preguntó a Maribel y a mí en un tono demasiado alto, como si hablando fuerte pudiera a espantar al muchacho.

Asentí y Arturo se acercó a nosotras, pasándose la bolsa de una mano a otra al tiempo que agarraba a Maribel del brazo y me ponía una mano en la parte inferior de la espalda.

—Camina —murmuró—. Todo va bien.

Nos encaminamos los tres hacia la carretera, recorriendo en dirección contraria el camino por el que habíamos venido, de vuelta a casa.

Mayor

Nos habían dicho que eran de México.

—No hay duda —dijo mi madre, observándolos a través de la ventana que daba a la calle mientras se instalaban—. Mira qué bajitos son.

Volvió a dejar caer la cortina y se dirigió hacia la cocina, secándose las manos con el trapo que llevaba colgado del hombro.

Yo espié también, pero no vi más que a tres personas que se movían en la oscuridad, trasladando cosas de una camioneta al apartamento 2D. Cruzaron varias veces el haz de luz de los faros del vehículo y distinguí su rostro, pero sólo el tiempo suficiente para ver a una madre, un padre y una chica de más o menos mi edad.

—¿Y bien? —preguntó mi padre cuando me senté a la mesa del comedor con él y con mi madre.

—En realidad no he visto nada —contesté.

—¿Tienen auto?

Negué con la cabeza.

—La camioneta sólo los ha traído hasta aquí, creo.

Mi padre cortó un trozo de pollo con el cuchillo y se lo embutió en la boca.

—¿Tienen muchas cosas?

—Parece que no.

—Bien —añadió mi padre—. Entonces, tal vez sean como nosotros.

QUISQUEYA SOLÍS NOS había dicho que se apellidaban Rivera.

—Y son legales —informó a mi madre una tarde mientras tomaban café—. Los tres tienen visas.

—¿Cómo lo sabes? —quiso saber mi madre.

—Eso es lo que me dijo Nelia. A ella se lo dijo Fito. Al parecer, los ha patrocinado la plantación de champiñones.

—Claro —dijo mi madre.

Yo me encontraba en la sala, escuchando con disimulo, aunque se suponía que estaba haciendo la tarea de geometría.

—Bueno —prosiguió mi madre, aclarándose la garganta—, será agradable tener otra familia en el edificio. Serán una buena incorporación.

Quisqueya me lanzó una rápida mirada antes de volverse hacia mi madre y encorvarse sobre su taza de café.

—Excepto que… —comenzó.

Mi madre se inclinó hacia adelante.

—¿Qué?

—La chica… —continuó Quisqueya. Volvió a mirarme.

Mi madre atisbó por encima del hombro de Quisqueya.

—Mayor, ¿nos estás escuchando?

Traté de actuar sorprendido.

—¿Eh? ¿yo?

Pero mi madre me conocía demasiado bien. Miró a Quisqueya negando con la cabeza para indicarle que, si no quería que yo oyera lo que iba a decir, sería mejor que se lo guardara, fuera lo que fuera.

—Bueno, en tal caso no es preciso que hablemos de ello —dijo Quisqueya—. Te darás cuenta tú misma, estoy segura.

Mi madre entornó los ojos pero, en vez de insistir, se acomodó en la silla y dijo en voz alta:

—Bueno. —Y añadió—: ¿Más café?

LA GENTE DECÍA muchas cosas, pero ¿quién sabía hasta qué punto eran verdad? Los detalles sobre los Rivera no tardaron en parecer disparatados. Habían tratado de entrar anteriormente a los Estados Unidos pero los habían mandado de vuelta a México. Sólo iban a quedarse unas cuantas semanas. Trabajaban de incógnito para el Departamento de Seguridad Nacional. Eran amigos personales del gobernador. Dirigían un refugio para inmigrantes ilegales. Tenían vinculaciones con una red de narcotraficantes mexicanos. Estaban forrados. Eran pobres. Viajaban con el circo.

Pronto me desconecté de aquel asunto. La secundaria había empezado dos semanas antes y, aunque me había dicho a mí mismo que aquel iba a ser el año en que los demás chicos dejarían de acosarme, el año en que encajaría de verdad por una vez en la vida, las cosas ya no estaban sucediendo como lo había planeado. La primera semana de clase, estaba en el vestuario poniéndome los pantalones cortos de gimnasia, cuando Julius Olsen se puso las manos bajo las axilas y comenzó a agitar los brazos como si fueran alas. "¡Cloc cloc cloc!", dijo, mirándome. Lo ignoré y me ceñí el cordón de los pantalones. En realidad, se trataba de los pantalones que yo había heredado de mi hermano mayor, Enrique, pero los usaba porque pensaba que a lo mejor me harían parecer más cool de lo que era, que a lo mejor parte de la popularidad de Enrique estaba atrapada entre las fibras y se me pegaría.

Enrique había sido estudiante de último curso el año anterior, cuando yo estaba en primero, y todo el mundo en la escuela lo adoraba. Era un as en fútbol. Tenía novias a docenas. Era el rey de la comida casera. Tan opuesto a mí que cuando traté de ganar puntos con Shandie Lewis, con quien hubiera dado cualquier cosa por salir, diciéndole que era el hermano de Enrique Toro, ella me contestó que se trataba de una mentira realmente estúpida.

—¡Cloc cloc cloc! —dijo Julius en voz más alta, estirando el cuello hacia mí.

Hice una pelota con los pantalones y los arrojé al interior de mi taquilla.

Garrett Miller, que el año anterior básicamente había hecho el meterse conmigo en uno de sus pasatiempos favoritos, me apuntó con el dedo, soltó una carcajada, y dijo:

—Vaya mierda de piernas de gallina. —Me arrojó al pecho una de sus botas.

Julius soltó una risotada.

Respiré hondo y cerré la taquilla. Estaba acostumbrado a este tipo de abusos. El año anterior, cada vez que a Enrique le llegaban rumores de episodios de este tipo, me decía que me defendiera.

—Sé que no quieres pelearte —me dijo una vez—. Pero al menos deberías mandarlos a la mierda. —Y mentalmente lo hice. En mis pensamientos, era Jason Bourne o Jack Bauer o James Bond o los tres juntos. Pero fuera de mi cabeza, sólo llegué a ignorarlo todo y largarme.

—¿Cómo se dice *chicken* en español? —me preguntó Garrett.

—Gallina —respondió alguien.

—Mayor Gallina —se burló Garrett.

A los chicos de mi escuela les encantaba traducir mi nombre y después añadirle insultos. Mayor Pan (abreviatura de panameño). Mayor Grano en el Culo. Mayor Cabrón.

Julius empezó a descostillarse de risa y volvió a graznar como una gallina. Algunos de los otros chicos en el vestuario se rieron con disimulo.

Eché a andar —lo único que quería era salir de allí— pero, al hacerlo, tropecé con la bota de Garrett, que se encontraba en el suelo frente a mí.

—No toques mi zapato, Gallina —me advirtió Garrett.

—Patéamela —me dijo Julius.

—Cabrón —espetó Garrett—. No le digas que patee mi zapato.

—No te preocupes —replicó Julius—. No tiene ni puta idea de cómo patear. ¿No lo has visto ahí fuera después de clase intentando jugar al fútbol? Es un patoso de campeonato.

—Mayor Patoso —exclamó Garrett, plantándose frente a mí para sabotear cualquier esperanza que yo tuviera de marcharme.

Garrett estaba delgado, pero era alto. Todos los días sin excepción, no importa el tiempo que hiciera, llevaba un abrigo militar color verde, y tenía un águila tatuada en el cuello. El año anterior había pasado varios meses en un centro de detención juvenil en Ferris porque le había dado tal paliza a Ángelo Puente que, cuando término con él, Ángelo tenía dos brazos rotos y sangraba por la nariz. Desde luego, yo no iba a provocarlo.

Pero cuando sonó la campana y los demás chicos empezaron a salir al gimnasio, Garrett siguió sin moverse. El vestuario se encontraba en el sótano de la escuela y en aquellos momentos estaba tan silencioso que oía correr el agua por las tuberías. No podía irme a ningún sitio. Garrett se acercó un paso más. Yo no sabía qué hacer. En aquel preciso instante, Mr. Samuels, el profesor de gimnasia, asomó la cabeza por la puerta.

—Eh, chicos, deberían estar en el gimnasio —nos dijo.

Garrett no se movió. Yo tampoco.

—¡Ahora! —bramó el profesor.

Así que una cosa era esta. La otra, como había señalado Julius, era el fútbol. La única razón por la que había entrado en el equipo era que mi padre me había obligado a ello. Para él, el razonamiento era más o menos así: yo era latino, era hombre y no estaba lisiado; por ello debía jugar al fútbol. En su opinión, el fútbol era para los latinos, el baloncesto para los negros, y los blancos podían quedarse con su tenis y su golf. También había aplicado este mismo razonamiento con mi hermano, salvo que en el caso de Enrique había funcionado a la perfección. Enrique había sido el primer jugador en la historia de nuestra secundaria que siendo estudiante de primer año había jugado en los torneos universitarios. Y cuando consiguió una beca completa para jugar al fútbol en Maryland fue como si a mi padre le hubieran dado la razón.

—¿Ves? —le dijo a Enrique, agitando la carta con la propuesta cuando llegó por correo—. ¡Estabas destinado a esto! ¡El próximo Pelé! ¡Y este —añadió, señalándome a mí—, el próximo Maradona!

Tal vez Enrique llegara a ser el próximo Pelé, pero yo ni siquiera estaba en la misma galaxia que Maradona. Después de dos semanas de entrenamiento, tenía las tibias magulladas, una rodilla toda costrosa y un codo raspado. El entrenador incluso me llamó aparte en una ocasión para preguntarme si mis botas eran del número adecuado. Le respondí que eran talle 40, que era mi talle, tras lo cual él me dio unas palmaditas en el hombro y me dijo:

—Está bien. Quizá deberías esperar fuera del campo a que termine el entrenamiento. —Y me mandó a la banda.

En los últimos días, una manada de chicas había empezado a acudir a nuestros entrenamientos. Se sentaban en las gradas vacías y nos señalaban mientras mandaban mensajes con sus teléfonos móviles y charlaban. Corría la voz de que eran estudiantes nuevas de primer año. No se parecían en nada a las estudiantes de primero que yo conocía, con sus cortísimas camisetas sin mangas y sujetadores de encaje debajo, pero lo que sí sabía era que nuestro equipo había mejorado mucho después de que aparecieron aquellas chicas. Todos corrían más deprisa y pateaban con más fuerza que antes. Yo me sentía totalmente fracasado esperando en la banda todo el tiempo. Cada vez que las muchachas estallaban en carcajadas, sentía que se reían de mí. Un día, le pregunté al entrenador si podía volver a entrar, aunque sólo fuera para hacer unos cuantos ejercicios. Al ver que adoptaba una expresión ambivalente, le mentí y dije:

—He estado entrenando con mi padre en casa. Incluso a él le parece que estoy mejorando.

El entrenador movió la mandíbula de un lado a otro mientras consideraba si debía dejarme volver al campo.

—Por favor… —le rogué.

Al final, cedió.

—De acuerdo. Veamos qué sabes hacer.

Empezamos a practicar un ejercicio de estrella en el que los jugadores se disponían formando un amplio círculo y, driblando, corrían un trecho hacia el centro con el balón antes de pasárselo a otro compañero de equipo, que lo recogía y repetía la secuencia. Cada vez que corría y volvía a mi sitio, miraba a las chicas sentadas en las gradas, que ya no reían, sólo miraban. Tal vez me confié demasiado. Tal vez había un hoyo entre la hierba. Cuando volví a salir corriendo hacia el centro para hacerme con la pelota, me torcí el tobillo. Ethan Wisberg vino corriendo hacia mí, esperando a que se la pasara. Yo estaba tan ansioso por continuar con el ejercicio que cuando fui a darle al balón con el otro pie, en lugar de patearlo, lo pisé con el botín. El balón siguió girando y yo volví a tropezar, justo cuando Ethan, impaciente y frustrado, se lanzó por fin sobre mí y trató de meter el pie para hacerse con la pelota. Al meter él el pie, me caí. Y antes de nos diéramos cuenta, lo arrastré en mi caída y aterrizamos el uno encima del otro en medio del campo.

—¿Qué coño haces, Mayor? —gritó Ethan. Me dolía la cadera. El entrenador hizo sonar el silbato y acudió corriendo a desenredarnos. Las chicas se rieron a carcajadas.

Rafael Toro

Nací en 1967 en una ciudad llamada Los Santos, en un pequeño país llamado Panamá. Fui hijo único. Mi padre trasladó a mi familia a Ciudad de Panamá cuando yo tenía cinco años porque tenía ambiciones políticas. Leía el periódico todos los días para mantenerse informado. Tenía un pequeño radio que escuchaba por las mañanas mientras estaba en la ducha. Mi padre solía pasear por la casa en sus medias y dar discursos sobre cualquier cosa. Daba discursos sobre los platos que había en el fregadero o sobre Gerald Ford o sobre el vendedor de raspado[1] que se había interpuesto en su camino. Tenía mal genio, además. Hizo pedazos nuestras tazas de té y, en una ocasión, rompió el televisor al lanzar un jarrón contra la pantalla. Bueno, también rompió el jarrón pero por aquel entonces yo tenía diez años y lo único que me importaba era que había roto la televisión. Recuerdo que una vez se puso tan furioso que tomó un jamón que mi madre había preparado para cenar y lo arrojó al jardín delantero. Mi madre corrió a buscarlo y cuando volvió a entrar con él en casa, lloraba mientras quitaba piedrecitas y tierra de la piel chamuscada. Mis primos estaban en casa aquella noche y recuerdo que todos se rieron de ella. Yo asumí que era así como se comportaban los hombres, así que cuando me enfadaba, tiraba cosas o le daba una patada a la pared. Tenía un mal genio tremendo. Cuando mi padre murió, yo tenía trece años, y mi carácter no

---

1 Refresco granizado que en algunos países de Latinoamérica como México, Panamá y Venezuela se puede adquirir en comercios y puestos de vendedores ambulantes. (N. de la t.)

hizo más que empeorar. Porque entonces realmente tenía un motivo para estar enfadado. Después de que se fuera, lo eché de menos. Mi madre debía de sentirse igual, porque en los años posteriores a su muerte se ponía enferma a menudo. Fue a varios médicos pero nunca supieron qué tenía. Estaba deprimida y cansada. Había días en los que no se levantaba de la cama. Creo que no podía vivir sin mi padre. Entonces, una mañana, fui a despertarla pero ya no se movió. Recuerdo que cuando le sacudí el brazo, estaba frío.

Después de aquello, por mucho tiempo sentí que nada me importaba. El banco se quedó con la casa, y yo estuve viviendo con varios amigos durante varios meses seguidos, durmiendo en el sofá o más frecuentemente en el suelo. Dejé de ir a la escuela. Comencé a beber durante el día. Me enzarzaba en peleas en el bar o con tipos que encontraba en la calle. Me dediqué a lavar autos para ganar dinero suficiente para ir tirando.

Mi mujer, Celia, me salvó la vida. ¿Quién sabe qué hubiera sido de mí si no la hubiera conocido? Estaba jugando un partido de béisbol informal con amigos en una playa próxima a Casco Viejo. En la actualidad, esa playa está asquerosa, pero por aquel entonces la gente solía ir allí a nadar y a tomar sol sobre la arena.

Yo era un desastre jugando al béisbol. Siempre intentaba convencer a los demás chicos para jugar al fútbol, pero en aquella época el béisbol era el deporte más popular, y uno de los muchachos llevaba a los partidos cervezas frías en una hielera, así que solía ir por eso.

Celia estaba dando un paseo con unas amigas —iban en traje de baño y llevaban unas sandalias de esas de plataforma que estaban de moda— y se detuvieron unos minutos a ver el partido, todas riéndose como pájaros nerviosos. Creo que una de ellas conocía a uno de los muchachos. Celia no me llamó inmediatamente la atención. Pero, después del partido, seguía ahí con una de sus amigas —para entonces, todo el mundo se había marchado ya—, y recuerdo que me tocó en el hombro. Debí de decir algo gracioso, pero no sé qué, y si le preguntan, ella afirmará que no he dicho una cosa graciosa en toda mi vida. Pero se rió, y me puso la mano en el hombro, y yo pensé para mis adentros: ¿quién es esta chica?

Yo tenía entonces dieciocho años. Empezamos a pasar tiempo juntos. Yo seguía durmiendo en casas de amigos, sin hogar propio, así que Celia y yo nos sentábamos en un banco de algún parque y nos tomábamos una botella de cerveza o paseábamos por la Avenida Central o nos sentábamos en las rocas, junto a la bahía, y escuchábamos el sonido del agua a nuestros pies. Su sitio favorito era la playita de Casco Viejo donde nos habíamos conocido. Podía estar allí sentada durante horas, con los dedos de los pies hundidos en la arena, dejando que la espuma del mar le lamiera los tobillos. Nunca la vi más feliz que cuando íbamos allí juntos.

Celia no era demasiado exigente. No le importaba que no pudiera regalarle demasiadas cosas. Pero a *mí* sí. Al final, conseguí un empleo en un restaurante sólo para poder tener dinero suficiente para comprarle regalos e invitarla al cine de vez en cuando. Eso es lo que debe hacer un hombre. Ella estaba en la universidad, estudiando para ser secretaria, pero yo no quería que un día tuviéramos que depender del dinero que ella ganara. Quería poder cuidar de ella. Y supongo que, de repente, quise poder cuidar de mí mismo.

Después de eso, senté cabeza. En lugar de gastarme el sueldo en ron y cerveza como antes, ahorré lo bastante para comprarle a Celia un anillo de oro de Reprosa, y le pedí que se casara conmigo.

Nos casamos en la Iglesia del Carmen frente a unos doce invitados. Su hermana, Gloria, sus padres, unos cuantos de nuestros amigos. Un año más tarde, nació nuestro hijo Enrique. Luego Mayor.

Tanto Celia como yo echamos de menos algunas cosas de Panamá. Fue nuestro hogar durante muchísimos años. Es difícil dejar eso atrás, incluso cuando uno tiene una buena razón para marcharse. ¿Cómo puedo describir lo que vivimos durante la invasión? Una noche dormimos en un autobús urbano porque habían bloqueado el paso del vehículo y cuando nosotros y los demás pasajeros quisimos bajarnos, fuera, en la puerta, unos hombres de los Batallones de la Dignidad nos apuntaron con pistolas y nos ordenaron que no nos moviéramos. Celia llevaba a Enrique en brazos, y les suplicó, porque no teníamos comida para él. Por la mañana, cuando ya se habían ido, regresamos andando a casa, oyendo disparos a lo lejos. En la calle no había nadie salvo gente que luchaba. Bueno, y algunos que estaban saqueando las tiendas. Pero la mayoría de los establecimientos estaban cerrados y los propietarios habían bajado las persianas metálicas sobre los escaparates y las puertas y las habían asegurado con candado. Estuvimos tres semanas sin salir de casa. Más adelante, un buen día, un vecino nos dijo que Noriega se había marchado y de pronto volvió a haber voces en las calles. Todo el mundo iba de un lado a otro, mirando al cielo, llamando a las puertas de sus conocidos, compartiendo relatos de lo que habían vivido, el miedo que habían pasado, las partes de la ciudad que habían sido destruidas. Pero los relatos no eran nada en comparación con lo que vimos cuando salimos afuera. El Chorrillo. San Miguelito. No podía comprenderlo. Autos quemados, escombros de los edificios. Cristales rotos y palmeras carbonizadas flanqueando las carreteras. No parecía el mismo lugar. Sólo había destrucción y más destrucción. Recuerdo que, la primera vez que vio todo aquello, Celia estalló en llanto.

Intentamos darle tiempo al tiempo, pero tres años después decidimos irnos. Nunca volvimos a sentirnos seguros allí. Teníamos la sensación de que nos habían arrebatado nuestro hogar. Y creo que una parte de mí se avergonzaba de que mi país no hubiera sido lo bastante fuerte como para oponer resistencia a lo que le había pasado. Tal vez el modo más exacto de expresarlo es que me sentía traicionado.

Ahora somos estadounidenses. Trabajo de cocinero en una cafetería y gano lo suficiente para mantener a mi familia. Celia y yo nos sentimos gratificados cuando vemos que a Enrique y a Mayor les va bien aquí. Tal vez no les hubiera ido tan bien en Panamá. Quizá no hubieran tenido las mismas oportunidades. Eso hace que haber venido aquí haya merecido la pena. Somos ciudadanos americanos, y si alguien me pregunta dónde está mi hogar, respondo: en los Estados Unidos. Y lo digo con orgullo.

Por supuesto, seguimos echando de menos Panamá. Celia se muere por ir de visita. Pero me preocupa cómo pueda estar el país después de tanto tiempo. Cuando nos marchamos, creíamos que estaba irreconocible, pero tengo el presentimiento de que ahora lo debe de estar aún más. A veces pienso que es mejor recordarlo tal como era, todas esas calles y lugares que amaba. Cómo olía al humo de los autos y a fruta dulce. El calor húmedo. El ladrido de los perros en los callejones. Ese es el Panamá al que quiero aferrarme. Porque un lugar puede hacer muchas cosas contra ti, pero si es tu hogar o lo fue alguna vez, sigues amándolo. Así son las cosas.

Alma

Arturo empezó a trabajar algunos días después de nuestra llegada. Antes de marcharnos, había encontrado un empleo en una plantación de champiñones situada justo por encima de la frontera con Pensilvania. Era la única empresa cercana a la escuela de Maribel que había accedido a patrocinar nuestras visas.

—¿Qué tal ha ido? —le pregunté, corriendo a recibirlo en la puerta cuando volvió a casa. Tenía tierra bajo las uñas y olía a verduras podridas.

Me tapé la nariz.

—A lo mejor deberías darte una ducha antes de contármelo.

Pero él no se rio. Pasó junto a mí y se sentó en una de las sillas que había junto a la mesa.

—¿Que qué tal ha ido? —dijo—. Bueno, he estado diez horas de pie en un almacén sacando champiñones de la tierra.

—Entonces te ha ido estupendo.

Arturo empujó la barbilla hacia un lado, haciendo crujir su cuello.

—Lo siento —me disculpé, sentándome frente a él. Arturo quería hablar en serio, así que también yo hablaría en serio—. ¿Los champiñones crecen dentro del edificio?

Él asintió.

—En cajas. Están amontonadas unas encima de otras con el espacio estrictamente necesario entre ellas para que podamos introducir las manos. Todo está controlado. La ventilación, la humedad. Y lo tienen a oscuras.

—¿Trabajas en la oscuridad?

—A los champiñones no les importa si hay luz o no.

—¿Pero no necesitas ver lo que estás haciendo?

—Noto cuando he encontrado uno. Luego, tengo que cortar el tallo, quitarle la tierra, y echarlo en la cesta. Pero tan rápido. Tenemos cuotas que cumplir.

—¿Pero a oscuras? —volví a preguntar. Intenté imaginarlo de pie en la oscuridad todo el día. ¿Qué condiciones eran esas?

—Es un trabajo mecánico —respondió.

—¿Saben que tienes experiencia? Podrías trabajar como directivo.

—No, no podría.

—Diles que en México eras propietario de una constructora.

—No les va importar lo más mínimo.

—Pero podrías hacer algo más que recoger champiñones a oscuras.

—Ya sabíamos que el trabajo iba a ser este, Alma.

—¿Quién lo sabía? Yo no lo sabía.

—Te lo dije.

—Me dijiste que ibas a trabajar en una plantación de champiñones, pero no creí que fueras a hacer esto.

—Bueno, pues esto es lo que hago.

—¿Por qué no les hablas de tus cualificaciones?

—No voy a buscarle los tres pies al gato, Alma. Me conformo con tener un trabajo.

—Lo sé, pero…

—¡Por favor! —saltó Arturo.

Sentí que mi corazón se desplomaba ligeramente, herida por el tono de su voz.

—Lo siento —se disculpó—. Sólo estoy cansado.

—Deja que te traiga algo de beber —me ofrecí. Me puse de pie, saqué un vaso del armario y lo llené de agua.

Se lo tomó con avidez.

—¿Cuándo bebiste algo por última vez? —pregunté.

—Esta mañana antes de marcharme.

—¿No has bebido nada más en todo el día?

—No hubo tiempo.

—¿Has comido?

Arturo sacudió la cabeza.

—Nadie come.

Me quedé horrorizada, aunque no quise decirlo. ¿Qué tipo de sitio exigía que un hombre trabajara todo el día sin permitirle comer o beber? Tenía que haber reglas, ¿no? Al fin y al cabo esto era los Estados Unidos. No pude evitar pensar que, en Pátzcuaro, Arturo solía venir a casa a mediodía y sentarse a la mesa de la cocina para comer la comida que yo le había estado preparando gran parte de la mañana. Tortillas blanditas hechas con nixtamal que yo misma había molido, envueltas en un trapo para que se mantuvieran calientes, un plato de pollo o cerdo cortado en tiras, unos cuencos de papaya y mango a cubitos con leche de coco o queso Cotija. Los viernes comíamos helado de vainilla, que servía en unos platos del tamaño de media tacita o sobre pan dulce que yo preparaba. La luz se filtraba por las ventanas. Olía a madera y aire caliente. ¿Y ahora esto? ¿Era a esto a lo que lo había traído yo? ¿A un edificio sin ventanas donde estaba de pie el día entero sin moverse, rebuscando en la tierra sin comer ni beber ni ver el sol? Aquel pensamiento me dejó anonadada. Y la culpa volvió a asomar la cabeza una vez más.

—Te prepararé algo de comer —le dije.

A mis espaldas, mientras yo le quitaba el envoltorio de plástico a un perrito caliente, Arturo me preguntó:

—¿Cómo ha estado hoy? ¿Has sabido algo de la escuela?

—No han llamado —respondí. No tuve que mirarlo para saber que estaba decepcionado.

Ambos esperábamos. Habíamos hecho todo lo necesario: habíamos presentado certificados de vacunación, aportado pruebas de residencia, completado formularios, y ahora estábamos listos para el siguiente paso, que llegara la noticia de que habían aprobado que Maribel comenzara a ir a la escuela.

Dejé caer el perrito caliente en un cacharro con agua. Oía a Arturo detrás de mí, procesando sus pensamientos, tratando de aislar su frustración. Después de tantos años, sabía interpretar sus varios silencios. Sabía que no quería hablar más de ello. Yo tampoco.

—¿Está en el dormitorio? —preguntó al final.

—Está descansando —respondí—. El perrito caliente estará listo enseguida —añadí, como si fuera una especie de consuelo.

Pero cuando Arturo no respondió, sentí de modo acuciante su carencia, la escasez. Él quería más. Quería lo que habíamos venido a buscar a este lugar.

Y, ENTONCES, CINCO días después, pareció que íbamos a conseguirlo.

—Siento que hayamos tardado tanto en matricularla —dijo la traductora del distrito cuando vino a casa. Se llamaba Phyllis pero, cuando intenté repetirlo, me salió: "¿Félix?".

—Phyllis —dijo ella.

—Phyllis —volví a probar, aunque la coordinación entre mi lengua, mis dientes y mis labios era torpe y extraña.

—¿Habla usted inglés? —preguntó, y cuando le contesté con cierta vergüenza que no, siguió hablando en español—. No pasa nada. Este es el caso de la mayoría de las familias con las que trabajo. Es por ello que recurren a mí. Piense en mí como en su nexo con la escuela. Siempre que necesite comunicarse con ellos, llámeme y yo les transmitiré el mensaje, y si ellos necesitan comunicarle algo a usted, lo mismo. Yo le transmitiré el mensaje.

Así que esta es la puerta entre nosotros y el resto de este país, pensé. Agradecía tenerla pero, por supuesto, las limitaciones estaban claras: No podíamos cruzar la puerta sin alguien que nos guiara hasta el otro lado.

Phyllis continuó, explicando que A. I. duPont tenía una psicóloga escolar bilingüe estupenda, que pronto nos llamaría también, pero que...

—Disculpe —le dije—. ¿Qué es A. I. duPont?

—La escuela a la que asistirá su hija.

—Mi hija tenía que ir a la Escuela Evers.

—¿Tiene su hija un PEI?

—¿Un qué?

—Un Plan Educativo Individualizado. Tiene que tener uno para poder matricularla en una escuela como Evers. Así que primero irá a A. I. duPont, donde participará en un programa ALI...

—¿En un qué?

—En un programa para el Aprendizaje de la Lengua Inglesa. ¿O es que ya sabe inglés?

—No.

—Entonces tenemos que meterla en ese programa para empezar. Mientras esté participando en él, la evaluarán para ver si tiene derecho a servicios de educación especial.

—¿Si tiene derecho? Pero si tenemos una carta del médico. Hemos venido hasta aquí para que pudiera ir a Evers.

—Si determinan que debe estar en Evers, es ahí donde irá. Pero no enseguida. Primero tienen que evaluarla.

La decepción se agolpó en torno a mí como nubes de tormenta.

—¿Cuánto tardarán? —pregunté.

—Por lo general tardan uno o dos meses.

—¡Dos meses! —exclamé.

—Trataremos de colocarla lo antes posible —dijo Phyllis—. Se lo prometo.

¿Y qué podía hacer yo sino decir "de acuerdo" y volver a esperar?

ARTURO NO ESTABA contento —ninguno de los dos lo estaba— pero era un optimista y, por lo menos, dijo, estábamos un paso más cerca. Por lo menos, dijo con las manos sobre mis hombros, el proceso estaba en marcha.

Así que el primer día de escuela de Maribel en los Estados Unidos, Arturo y yo nos levantamos temprano, llenos de expectativas, y despertamos a Maribel. La observamos retirarse el pelo de la cara.

—Hoy es el día, hija —dijo Arturo—. Vas a empezar la escuela.

Había intercambiado el turno en el trabajo para poder estar en casa para la gran despedida.

—¿Qué escuela? —quiso saber ella.

—Una nueva escuela. Aquí, en Delaware.

—No me lo habían dicho.

—Sí, sí te lo dijimos.

—¿Dónde está mi vieja escuela?

—Tu vieja escuela está en Pátzcuaro.

—Quiero ir allí.

Arturo me lanzó una mirada incómoda.

—Ahora vas a ir a esta nueva escuela —intervine yo.

—¿Dónde?

—Está aquí, en Delaware.

—¿El qué?

—Tu nueva escuela, hija.

Maribel se quedó mirándonos, y yo esperé alguna señal de que o bien había absorbido la información o bien seguía confundida. Era imposible saberlo. Su expresión ya nunca revelaba nada.

—Ven —dije, tratando de disimular mi impaciencia—. El autobús llegará enseguida. Tienes que levantarte y vestirte.

Maribel se puso en pie, como una potrilla apenas capaz de andar, y se desperezó. Eligió una sudadera y unos vaqueros de los montones de ropa que yo había doblado y colocado en el suelo a lo largo de la pared.

—Puedo ponerme esto —dijo, mostrándonos la camiseta.

—Puedes ponerte lo que quieras —repuso Arturo.

Metió las piernas en los pantalones, y cuando los tuvo a la altura de la cadera, le subí el cierre y le abroché el botón. Luego, se deslizó con dificultad en la sudadera, poniéndosela del revés y, aunque normalmente ni Arturo ni yo se lo hubiéramos señalado —tratábamos de hacerla sentir capaz cuando podíamos—, yo quería que estuviera guapa el primer día de escuela, de modo que la ayudé sacar los brazos en las mangas para dar vuelta la sudadera y que quedara del derecho.

—¿Qué haces? —inquirió.

—Te estoy poniendo bien la sudadera.

—Me gustaba como estaba —replicó.

—Pero estaba al revés.

—Me gustaba como estaba.

Así que lo dejé correr. Tampoco la peiné porque, siempre que lo intentaba, se quejaba de que le hacía daño, que le daba tirones en la cicatriz que le surcaba el cuero cabelludo. Cuando era pequeña, Maribel solía levantarse temprano por la mañana para que yo pudiera arreglarle el cabello en dos largas trenzas que le caían sobre la espalda. Cuando terminaba, Maribel las inspeccionaba y, si no estaban lo bastante apretadas, se las deshacía y me hacía volverle a trenzar el cabello.

Comimos unos huevos en la cocina y cuando llegó la hora de irse, le di a Maribel su mochila, la misma que utilizaba en México, en la que yo había puesto un lápiz, su cuaderno verde, una regla que formaba parte de un costurero que mi madre me había regalado por mi quinceañera, una cajita de madera llena de comprimidos medicinales, una nota para la enfermera, y un cartelito con su nombre, dirección y número de teléfono.

—¿Estás lista? —le pregunté.

—¿Para qué?

—Maribel, hoy vas a empezar la escuela. ¿Te acuerdas?

—¿Qué escuela?

Nos miró con aquellos grandes y bonitos ojos. Del mismo modo en que solía mirarnos cuando era un bebé. Habíamos tardado muchísimo en tenerla, luego de muchos años de intentarlo y fracasar. Muchos médicos, muchos rezos. Pero entonces me quedé embarazada. Por fin. Nuestro milagro de Dios. Y después de que viniera al mundo, se convirtió en nuestro todo.

—Es una escuela nueva —agregó Arturo—. Creo que te gustará.

Maribel estudió su rostro. Arturo y yo esperamos. En esta época, una parte importante de los momentos que compartíamos con ella consistía en esperar, para lo cual yo no era muy buena.

—Está bien — dijo.

Sin pies ni cabeza. Se resistía, estaba confundida, y luego, de pronto, algo volvía a encajar de golpe en su lugar y se mostraba dócil, dispuesta. Incluso un año después del accidente, yo seguía siendo incapaz de entender el patrón.

Cuando salimos al exterior había humedad. Permanecimos los tres entre la maleza que crecía a lo largo del borde del aparcamiento hasta que un largo autobús amarillo se arrastró hasta allí desde la calle. Se detuvo frente a nosotros y la puerta se desplegó y se abrió. La conductora, una mujer con una gorra de béisbol, nos saludó con la mano y gritó hola. Hasta ahí, le entendí. Pero cuando continuó hablando, me perdí. Arturo me miró como preguntándome si sabía lo que estaba diciendo. Sacudí la cabeza, y pensé: "Así son las cosas aquí para nosotros. Así es cómo serán". Sólo podíamos confiar en que la conductora dejaría a Maribel en la escuela sin problemas, en que su profesora se aseguraría de que estaba en la clase que le correspondía y en que, durante todo el día, la gente cuidaría de ella tal como necesitaba que cuidaran de ella. Era preciso que dejáramos de lado la inquietud y creyeramos que mandarla a la escuela era lo correcto. No teníamos más opción.

Parados uno al lado del otro, Arturo y yo observamos a Maribel subir al autobús. A través de las ventanillas, la vi sentarse en un asiento próximo a la parte delantera del vehículo y colocarse las gafas de sol sobre la cabeza...

Habíamos estado planeando nuestra vida aquí durante mucho tiempo. Llenando formularios, confiando, rezando, esperando. Teníamos todos nuestros sueños prendidos en este lugar, pero el alfiler era fino y delicado y era demasiado pronto para saber si era más fuerte de lo que parecía o si, al final, no podría soportar nada en absoluto.

Como si hubiera leído mis pensamientos, Arturo afirmó:

—Le irá bien.

Pero no supe si sólo estaba intentando convencerse a sí mismo de que así sería.

—Repítelo —contesté.

—Le irá bien.

Y porque quería creerle, porque quería más que nada en el mundo que le fuera bien y, al final, más que bien, para que volviera a convertirse en la chica que era antes, para que el año anterior no fuera más que una desviación extraña y cruel que pudiéramos dejar atrás y por la que nunca tuviéramos que volver a aventurarnos, asentí y miré al autobús alejarse.

POCO DESPUÉS, ARTURO se fue a trabajar. Tenía su propio autobús que tomar, tres de ellos, de hecho, hasta la plantación de champiñones, lo cual significaba que iba a quedarme sola en el apartamento por primera vez desde que llegamos. No estaba acostumbrada a estar sola, ni aquí ni en ningún sitio, y el silencio me parecía una invasión. Por lo general, en Pátzcuaro, alguien, ya fuera mi madre u otra persona, pasaba por casa por la mañana. Yo preparaba café con leche y charlábamos, a veces sólo unos minutos, otras veces durante horas. E incluso los días en que no venía nadie, a través de las ventanas abiertas de la casa oía el ruido de nuestros vecinos: una canción de Juanes de un radio cercano, un perro que ladraba, el golpear sordo de un martillo, el rumor de unas voces, el susurro de la brisa. Aquí, era como si estuviera encerrada herméticamente en una caja insonorizada e incluso cuando abría una ventana lo único que oía era el rítmico murmullo de los autos que circulaban por la carretera vecina.

Encendí el televisor para que me hiciera compañía y estudié la boca de las personas mientras hablaban inglés, tratando de imitar los sonidos lo mejor que podía, a pesar de que no tenía ni idea de lo que estaban diciendo. ¡Y hablaban muy deprisa! No sabía si estaba articulando sonidos individuales o grupos de ellos unidos unos a otros como uvas.

Al cabo de un rato, apagué la televisión y entré en la cocina. Saqué el comal y pensé: "Tal vez prepare algo". Algo que me recuerde casa. Pero no tenía ninguno de los ingredientes que necesitaba, de modo que me quede allí de pie, mirando la sartén plana de hierro colado, sintiendo la nostalgia del hogar abalanzarse contra mí como una ola descomunal, entrándome por la nariz y los oídos, amenazando con derribarme al suelo. Respiré hondo. Haría otra cosa, entonces. Saldría. Esta era ahora mi vida, me dije, e iba a tener que encontrar el modo de pasar el tiempo. Tenía que aprender a correr más deprisa que la ola. O aprender a mantenerme lo bastante lejos de la costa para que, de entrada, no se me acercara jamás.

Me duché y me vestí. Me hice la raya en medio y me recogí el pelo en una cola de caballo. Me puse en los labios cera de candelilla de la latita que había traído de México. Me inspeccioné en el espejo, pellizcándome las mejillas para darles un aspecto sonrosado y descubriendo los dientes para examinarlos y asegurarme de que estaban limpios. Luego, cogí el bolso y me encaminé hacia la puerta.

Necesitábamos más comida, pero el único sitio que conocía donde podía conseguirla era la gasolinera y no quería volver allí, de modo que salí a la terraza y, sujeta con ambas manos a la barandilla de metal, traté de pensar en otra cosa. Miré al cielo despejado y escuché el sordo rugido de los autos y de los tráileres que viajaban a lugares que yo no conocía, conducidos por gente a la que no había visto nunca. Cerré los ojos y sentí el calor del sol en la cara. Es el mismo sol que brillaba sobre nosotros en casa, me dije a mí misma. El mismo sol.

Entonces, desde la calle, me llegó el débil sonido de unas ruedas sobre el asfalto. Cuando abrí los ojos y mire hacia abajo, vi al muchacho de la gasolinera montado en su patineta, impulsándose hacia arriba por la leve pendiente de nuestro aparcamiento en que la grava se convertía en asfalto. Entré al apartamento tan rápida y silenciosamente como pude. ¿Qué estaba haciendo allí aquel chico? Me acerqué sigilosamente a la ventana que daba a la calle para observarlo. El muchacho se detuvo en medio del parking y le dio con el pie al extremo posterior de la patineta, haciéndolo saltar hasta su mano. Se quedó parado en esa posición, tranquilamente, y miró hacia la puerta de nuestro apartamento. ¿Me había visto? ¿Me había reconocido? ¿Había venido hasta allí porque nos estaba buscando? ¿Pero cómo sabía dónde vivíamos? ¿Nos había seguido aquel día desde la gasolinera? Tenía la respiración acelerada. Cálmate, Alma, me dije. Tal vez no sea más que una coincidencia. Tal vez ni siquiera sea el mismo chico. Pero cuando volví a acercarme al borde de la ventana para espiarlo, supe que lo era. Vi el tatuaje hecho con tinta azul marino que ascendía serpenteando por su cuello.

El muchacho permaneció inmóvil durante cinco minutos por lo menos. Yo seguí esperando a que se diera la vuelta para mirar hacia los otros apartamentos, pero él siguió allí de pie, agarrando la parte superior de la patineta con la mano y mirando nuestra puerta. Como si estuviera esperándonos. Como si estuviera esperando a Maribel.

Al final, escupió en el suelo y dejó caer la patineta con estrépito. Se volvió y se largó, saltando el bordillo que delimitaba el aparcamiento y deslizándose hasta alcanzar la grava.

Respiré hondo. ¿Qué pasaba? ¿Era sólo que le gustaba Maribel o había algo más?

Cuando tuve la certeza de que se había marchado, volví a salir. Al final de la terraza había un hombre de pie con los brazos cruzados mirando al parking con expresión seria. En cuanto me vio, levantó la mano bien alta y me saludó. Le devolví el saludo con la cabeza y echó a andar hacia mí.

—Estaba a punto de venir a verla —me informó—. Soy el casero. Fito Angelino a su servicio. Tengo la llave de su buzón. —Sacó una llavecita de latón del bolsillo de la pechera de su camisa y me la entregó.

—Gracias —dije en voz baja, dejándola caer en mi bolso.

—¿Está usted bien? —me preguntó Fito. Era delgado y fuerte con una chiva puntiaguda y gris.

—Sí —respondí—. Es sólo que… creí haber visto a alguien.

—¿Se refiere usted a ese muchacho? ¿El de la patineta que acaba de marcharse? —Fito meneó la cabeza—. No es más que un buscapleitos del lugar. Un alborotador. Está siempre merodeando por la gasolinera de la Shell. También por el 7-Eleven. Vive en Capitol Oaks, carretera abajo. —El casero miró a sus espaldas, en la dirección que había tomado el muchacho—. No sé qué estaría haciendo aquí. —Cuando se volvió de nuevo hacia mí, dijo alegremente—: Pero no se preocupe usted, señora. Ese chico no es motivo para preocuparse.

Asentí despacio, deseando creerle.

—¿Va usted a algún sitio? —preguntó.

—No lo sé —contesté.

—¿Viene entonces de algún sitio?

—No.

—Entiendo. Usted está desorientada. —Fito soltó una

risita—. Por suerte para usted, esta no es una zona complicada. Está Main Street, donde se encuentran todos los estudiantes. Luego, está Hockessin, con todos los gringos. El centro de Wilmington es donde viven la mayoría de los negros, Greenville es donde reside toda la gente rica. Elsmere y Newport son para la gente más humilde. Es todo muy sencillo.

—¿Y aquí? —pregunté.

—¡Aquí estamos nosotros! Venezuela, Puerto Rico, Guatemala, Nicaragua, Colombia, México, Panamá, y Paraguay. Hay de todo.

—¿Todos en este edificio?

—Encajarán ustedes enseguida —me aseguró.

Estaba tenso y hablaba deprisa, todo brusquedad y rapidez de movimientos. No sabía qué pensar de él. Pero oír a alguien hablar español, comprender y ser comprendida, no tener que preguntarme qué me estaba perdiendo suponía un cierto consuelo.

—Y no vuelva a pensar en ese chico —agregó—. Este lugar es seguro. Muy seguro.

Me di cuenta de que le preocupaba la posibilidad de que me hubiera asustado y estuviera considerando marcharme de allí y por si, de ser este el caso, perdía el alquiler que íbamos a pagarle.

—No hay de qué preocuparse —repitió—. ¿De acuerdo?

—Nada de qué preocuparse —dije, saboreando las palabras con la lengua para ver si parecían ciertas.

Mayor

Esperaba tropezarme con la chica Rivera en el colegio. No enseguida, obviamente. Pero, tarde o temprano, todos los chicos que se mudaban a nuestra parte de la ciudad aparecían en la escuela. Cuando el primer día del primer año Fernando Ramos entró en el aula donde la profesora pasaba lista a primera hora del día, le dijo a esta que lo llamara Adiós porque eso era lo que ella pronto le diría de todas maneras. "Nunca nos quedamos mucho tiempo", explicó. Cuando llegó Lucía Castillo, se pasó todo el año muda, yendo de una clase a otra arrastrando los pies y comiendo la comida que le preparaba su madre —frijoles pintos y arroz con tamales— sola en una esquina de la cafetería. Y cuando llegó Eddie Pabón, estaba tan emocionado de estar en los Estados Unidos y haber salido de Guatemala que elevó el concepto de oportunidad educativa a otro nivel —a otro *planeta*—: se hizo miembro de los los catorce clubes que había en la escuela, comenzó a tocar la trompeta en la banda, lo premiaron en tres deportes distintos, se ofreció como voluntario para vigilante de pasillo durante su hora libre, y se hizo tan amigo de los profesores que al final del primer período de evaluación comía *bagels* con ellos por la mañana en la cafetería. La gente empezó a llamarlo Lambón Pabón, un apodo que él aceptó como si fuera un honor que le llamaran lameculos.

—¿Hay alguien nuevo en tus clases? —le pregunté un día a mi amigo William.

Estábamos en el laboratorio de química, esperando a ver qué sucedía cuando mezclabas nitrato de plata y sal. Todo el mundo llevaba gafas de seguridad, y las chicas se habían pasado el inicio de la clase quejándose de que las bandas elásticas les estaban enredando el pelo. Las mías no tenían elástico, por lo que tenía que sujetármelas contra la cara con la mano.

—Siempre hay alguien nuevo —respondió—. No puedo llevar la cuenta.

—Una chica.

—Vaya manera de ir al punto.

—Su apellido es Rivera —continué—. Creo que es mexicana.

—¡No jodas! "Rivera" suena chino. —William sonrió y su aparato dental brilló bajo las luces fluorescentes. Era flaco, como yo, pero de tez pálida, y el cabello castaño le caía sobre la frente.

—Se mudó a mi edificio la semana pasada…

—¿Y?

—… pero no la he visto aún en la escuela. Así que me preguntaba si no la habrías visto tú.

William soltó una risita.

—Ah, ya entiendo… Debe de estar buena.

—Casi ni la vi.

—¿Es un *taquito* caliente?

—Eres un imbécil.

—Un pequeño taquito caliente para el pequeño Mayorito. —Se partió de la risa ante su propia broma—. Calentito y blandito por dentro.

Me crucé de brazos. Las gafas se me cayeron sobre la mesa.

—Olvida que te lo pregunté —murmuré.

HABÍA DEJADO DE ir al entrenamiento de fútbol después del día del gran fiasco durante el ejercicio de estrella. No pude volver a aparecer por allí. Tampoco pude darle la noticia a mi padre, que en los últimos tiempos había estado especialmente tenso y de mal humor porque le preocupaba la posibilidad de perder su trabajo en la cafetería donde trabajaba de cocinero. Así que, por el momento, fingí que seguía en el equipo. Preparaba la bolsa de deporte cada mañana y cada noche, durante la cena, les hablaba a mis padres de los ejercicios que el entrenador nos hacía hacer para ponernos a punto para nuestros grandes partidos o de la espectacular chilena de Jamal Blair casi al final de un juego de entrenamiento o de cualquier otra cosa que me imaginaba que sucedía en el campo sin mí. Probablemente no era necesario tanto esfuerzo de mi parte. Mis padres estaban tan absortos en sus propios problemas que casi ni reaccionaban. Mi madre había decidido buscar un empleo, por si acaso mi padre perdía de verdad el suyo, idea que mi padre consideraba inaceptable.

—Yo soy el cabeza de familia —decía una y otra vez—. Y no hay más que hablar.

Mi madre no hacía más que hablar por teléfono con mi tía Gloria en Panamá, y hablaban horas sobre los puestos para los que mi madre podía estar calificada. Oí por casualidad a mi madre decir cosas como "Soy una mujer muy capaz" y "¿Acaso es un crimen que quiera ayudar a mi familia?" y "Claro. Mi vida no consiste sólo en satisfacer la suya. Pero trata de hacérselo entender". En una ocasión, después de haberla oído, mi padre se precipitó hacia el teléfono y apretó con todas sus fuerzas el botón con el dedo para interrumpir la llamada. Yo estaba sentado a la mesa de la cocina. Mi madre lo miró anonadada.

—Estas llamadas telefónicas cuestan mucho dinero —dijo. A lo cual mi madre, con el auricular aún en la mano y el cordón del teléfono extendido de un lado al otro de la habitación, replicó:

—Podríamos pagarlas si tú me permitieras buscar un empleo.

Pero mi padre bramó:

—¡Basta, Celia! ¡No quiero volver a oír hablar de ello!

Tras lo cual, mi madre se echó a llorar y él respondió con un rugido.

El día en que por fin conocí a la chica Rivera, me había escapado de la última pelea de mis padres para ir a sentarme afuera, en el borde de la acera, y jugar al Tetris en mi celular cuando mi madre salió de casa hecha una furia.

—Ven —me dijo al verme.

—¿Adónde?

—No puedo seguir viviendo en ese apartamento.

—¿Pero adónde iremos?

—A ningún sitio —replicó ella.

Acabamos en el Dollar Tree, sobre todo porque el día anterior alguien había robado toda nuestra ropa de la lavadora del Laundromat. Además de un par de pantalones de pijama de mi madre y unos cuantos pares de bóxers míos, también se encontraban los calzoncillos blancos sucios de mi padre, pero mi madre, llena de la rabia que se estaba cociendo en su interior, me dijo en el autobús cuando nos dirigíamos a la tienda que, si quería ropa interior, se la comparara él mismo.

—Ya que puede con todo él solo, que haga eso también —declaró.

Estábamos deambulando entre los pasillos, yo con un paquete económico de bóxers bajo el brazo como si fuera una almohada, cuando la vi. Delgada y menuda. Labios grandes y llenos, fina nariz india. Un cabello negro que caía por su espalda en negras ondas. Pestañas infinitas.

Me detuve y me la quedé mirando. Estaba, con expresión aburrida, en el pasillo donde se encontraban todos los cubiertos baratos. Su madre hacía girar entre sus manos un paquete de cubiertos de plástico.

—¿Qué pasa? —me preguntó mi madre, mirándome.

—Nada —murmuré, e hice ademán de seguir andando.

Pero mi madre volvió atrás para ver qué me había llamado la atención.

—¿Quiénes son?

Traté de alejarme. Ya hablaría con la chica en otro momento, pensé, de ser posible cuando mi madre no se hallara presente.

—¿No son esas nuestras nuevas vecinas? —preguntó. Y antes de que me diera cuenta, ya estaba dirigiéndose hacia ellas, con el bolso rebotándole contra el muslo.

—Buenas —saludó al llegar hasta ellas.

La madre se volvió, sorprendida.

—Soy Celia Toro y este es mi hijo Mayor —le dijo mi madre en español—. Ustedes viven en nuestro complejo de apartamentos, ¿verdad? ¿Los apartamentos The Redwood?

La Sra. Rivera sonrió. Era bajita y regordeta. Llevaba el ondulado cabello negro recogido en una cola de caballo.

—¡Ah! Sí. Redwood. Yo soy Alma Rivera. Y esta es Maribel.

Maribel, me dije. Llevaba unas zapatillas blancas de lona sacadas directamente de otra década y un jersey amarillo enorme sobre unos *leggings*. Tenía el cabello negro revuelto como si se acabara de despertar y no llevaba ni un gramo de maquillaje, ni joyas, ni nada de lo que a la mayoría de las chicas de mi escuela se ponían a montones. Aun así era absolutamente preciosa.

Mi corazón martilleaba con tanta fuerza que creí que la gente del pasillo de al lado iba a empezar a quejarse del ruido. Me acordé entonces del paquete de ropa interior que llevaba. Por si había alguna duda, en el envoltorio de plástico, en grandes letras negras, una etiqueta decía "Bóxers. Talle XS". Escondí el paquete detrás de mi espalda.

—Espero que no estén buscando comida —dijo mi madre—. No encontrarán mucha en esta tienda. Pero no muy lejos de aquí hay una tienda mexicana. Gigante. Probablemente tenga todo lo que están buscando.

—Compramos comida en la gasolinera —replicó la Sra. Rivera.

—¡En la gasolinera! Ay, no. ¿Y qué han estado cenando? ¿Gasolina?

Mi madre estaba intentando hacer un chiste y, a Dios gracias, la Sra. Rivera se rio.

—Casi igual de malo —contestó—. Frijoles en lata y perritos calientes, y una cosa que los americanos llaman salsa.

—Espere a probar las tortillas americanas —le advirtió mi madre—. Son espantosas.

Yo procuraba no mirar a Maribel, o por lo menos fingía no hacerlo, pero mis ojos seguían posándose en ella, observándola así inmóvil, con las manos cruzadas delante. Pensé que probablemente debería decirle algo, ya saben, sólo para ser amable, pero la muchacha estaba tan fuera de mi liga que ni podía acordarme de cómo hacer funcionar la boca.

Me metí una mano en el bolsillo de los pantalones, tratando de parecer un tipo *cool*. Ella ni siquiera me miró. Tenía que decir algo que la hiciera pensar que yo tenía éxito con las chicas. Al final, dije de pronto:

—Te acabas de mudar.

La Sra. Rivera me miró. Maribel apenas si levantó los ojos. Estupendo. Era un idiota. "¿Te acabas de mudar?". ¿No se me había ocurrido nada mejor?

—A nuestro edificio —añadí. Dios.

Ella me miró con la cara tan inexpresiva como una pared.

—Sí —dije, y me mire los pies, humillado. ¿Qué me pasaba? Sería mejor que mantuviera la boca cerrada. Y eso fue lo que hice a continuación. Mientras nuestras madres charlaban yo me miré las zapatillas —las viejas Adidas blancas y negras de mi hermano que yo siempre había considerado estupendas y de aire retro pero que en aquellos momentos sólo me parecían viejas y estúpidas— y conté los minutos que faltaban para salir de allí. Entonces, entre mi bruma de vergüenza, oí a su madre decir algo sobre la Escuela Evers.

Levanté la vista y vi a mi madre arquear las cejas.

—¿Ha dicho Evers?

—Sí —contestó la Sra. Rivera.

Volví a mirar a la muchacha. ¿Evers? Esa era la escuela para
retrasados. Nosotros la llamábamos la Escuela para Tortugas.

—Por supuesto. Sí. Es una escuela estupenda. Estará muy a
gusto allí —repuso mi madre, y esbozó una sonrisa un poquito
demasiado amplia.

La muchacha introdujo por completo los brazos en el cuerpo
del jersey amarillo que llevaba, de modo que las mangas vacías
quedaron colgando como pieles de plátano, y me di cuenta de
que era verdad. *Había* algo raro en ella. Nunca lo habría adivi-
nado. Quiero decir, a simple vista... parecía imposible.

Después de aquello, mi madre cambió de tema y le dijo a la
Sra. Rivera dónde estaba el salón de peluquería más barato y el
mejor Goodwill y cómo llegar al Western Union más próximo.
Le recomendó que se mantuviera alejada de la tienda de bocadi-
llos que había al final de Main Street porque Ynez Mercado, que
vivía en nuestro edificio, había encontrado un pelo en la *baguette*
que había comprado allí, y, por supuesto, le habló de los horrores
que acabábamos de experimentar con el Laundromat. La Sra.
Rivera repetía "Gracias" cada vez que mi madre le daba ocasión
de hablar, hasta que mi madre concluyó por fin la conversación
indicándole nuestro número de apartamento y animándola a
pasar cuando quisiera.

—Estoy casi siempre en casa —le informó. Supongo que no
pudo contenerse porque añadió enfáticamente—: A mi marido
le gusta que sea así.

Benny Quinto

Me llamo Benny Quinto. Vine de Nicaragua, cariño. La tierra de los lagos y de los volcanes. Al día de hoy, llevo aquí casi ocho años.

En Nicaragua estudiaba para ser cura. Creí haber oído a Dios llamarme desde algún lugar entre las nubes, sabes, y decirme que yo era el elegido. Esa voz profunda y retumbante. Ni siquiera estaba drogado. Las drogas no habían llegado aún a mi vida. Pero me parece que debía de estar alucinando o algo porque he tenido conversaciones con Dios desde entonces y me dice: "No, no sé de qué me estás hablando, Benny. Yo nunca dije todo eso de que tú eras el elegido. Siento decepcionarte".

Unos cuantos colegas míos se fueron de Nicaragua con el fin de venir aquí para hacerse un nombre de verdad. En nuestra tierra no había dinero para pinoleros[2] como nosotros. Políticamente, sabes, las cosas ya no estaban tan mal. Hacía mucho que Somoza se había marchado, los contras no eran más que un recuerdo. Pero salir de la pobreza de Nicaragua para irse al país más rico del mundo no requería demasiada persuasión.

Me marché cuando tenía veinte años. Le dije a un tipo que le pagaría dos mil dólares si me traía hasta aquí, trescientos por adelantado. Tardé bastante en juntarlos rascando de aquí y de allá. ¡Trescientos dólares! Con eso, en Nicaragua uno podía vivir una temporada. Me da vergüenza admitirlo, pero robé parte de ellos de la iglesia. Una semana me embutí los sobres con las ofrendas bajo la camisa cuando se suponía que debía estar cumpliendo

---

2   Naturales de Nicaragua. (N. de la t.)

con mis obligaciones como ministro eucarístico y me marché con ellos. Iba a hacer lo que tenía que hacer. Yo soy así. Si algo se me mete en la cabeza, es como una especie de bloque. No hay forma de esquivarlo. Tengo que demolerlo y quitarlo de en medio.

Tuve que vivir en aquella casa de Arizona hasta que pude pagar el resto del dinero. Bueno, nos dijeron que estábamos en Arizona. Éramos yo y otros doce muchachos. Pero, por lo que sabíamos, podíamos haber estado en Rusia. O aún en México, que es por donde teníamos que pasar para cruzar a este país. Es como un embudo. Hubiera estado bien que Nicaragua fuera fronteriza con los EE.UU. pero no lo es, así que vine a través de México.

Aquella casa de Arizona… ese lugar era intenso. No vi el sol durante algo así como semanas, y Arizona es uno de esos sitios que podrían perfectamente estar *en* el sol, de lo soleado que es, de modo que es de locos no haberlo visto jamás. Las persianas estaban cerradas y unas colchas muy gruesas cubrían todas las ventanas. Esos muchachos y yo éramos como cucarachas, arrastrándonos unos encima de los otros a todas horas del día. No había espacio para moverse. Sólo podíamos estar sentados muy juntos y mantener la fe. Ni siquiera sé por qué tuvimos que pagar tanto dinero. Es decir, no era el Ritz-Carlton. Ni siquiera una caja de crackers Ritz. Pero ese es el tema. No es más que extorsión. De cabo a rabo.

Deseaba con toda mi alma salir de allí, así que llamé a un muchacho con el que solía tener una relación estrecha —solía venir a mis fiestas de cumpleaños cuando era un crío y me llevaba a veces a la playa y me dejaba jugar en el agua mientras él fumaba y flirteaba con las chicas—, pero no tenía el dinero. Ni siquiera me molesté en preguntarles a mi madre y a mi padre. Esos dos nunca tenían nada. ¿Sabe cómo lo dicen los gringos? *No dee-nair-oh moo-chah-choh.* Si esa no fuera la verdad, nunca me habría marchado de Nicaragua para empezar.

Uno de los tipos de la casa comenzó a involucrarse con los traficantes de droga. Se ganó su deuda en dos semanas. Yo no conocía ningún otro modo de salir de allí, así que seguí sus pasos. Pensé que sería cuestión de poquísimo tiempo, ya sabes, que lo haría una temporada y *ya*, hasta que tuviera dinero suficiente para marcharme, y que luego me dedicaría a cosas mejores y más importantes. El problema es que le tomas el gusto a este tipo de dinero y es difícil dar marcha atrás y volver a cualquier otra cosa.

Iba de un sitio a otro por las calles de Phoenix. Teníamos algunos enclaves fijos. Chicos blancos que querían comprar drogas. Llegaban con el dinero de sus padres enrollado en la mano cerrada, adoptando una actitud ladina al entregarlo, creyendo tener mucha calle, pero la verdad es que con esos críos podías poner tú el precio y acababan pagando lo que les pidieras. La mayoría no tenían idea de nada. También acudían algunos drogadictos de verdad. Eran tipos muy duros. Tuve un altercado con algunos de ellos una vez —fue sólo una pelea estúpida— y cuando quise darme cuenta, me desperté una mañana completamente desorientado y sangrando por el costado. Me habían apuñalado y ni siquiera lo sabía. Fue entonces cuando decidí que aquello tenía que acabar.

Salí de Arizona a dedo con un tipo que se dirigía a Baltimore. Pero allí el panorama de la droga era jodido. Diez veces peor que en Arizona. Me esforcé muchísimo por mantenerme en el buen camino. Le hablaba a Dios constantemente de ello. Le decía: "¿Dónde está tu voz profunda, Dios, ahora que necesito ayuda de verdad?". Y entonces juro que lo oí. Me dijo que me rajara. "¿Adónde?", le pregunté. Qué raro es Dios, en serio. No siempre te da las respuestas, al menos cuando tú le haces las preguntas. Porque no oí nada. Pero lo supe. Tenía que marcharme. De modo que fui hasta la estación del Greyhound y dije: "Es todo el dinero que tengo. Deme un billete". Y el autobús me trajo a Delaware. No es el paraíso, pero al menos aquí puedo estar en paz. No lo estuve nunca en Nicaragua. Ni tampoco en mis primeras paradas por aquí. Ahora preparo hamburguesas en el King. Antes trabajaba en Wendy's pero, Dios, me daban los peores turnos, así que cambié. Las personas necesitan dormir con regularidad, ¿sabes? ¡Me estoy haciendo viejo! Pero me siento a gusto aquí. Tuve un par de malas experiencias pero acabé bien.

Alma

Maribel realizó pruebas de aptitud y pruebas cognitivas. La evaluaron una psicóloga y un especialista en trastornos del aprendizaje. Le hicieron hacer exámenes en español para ver si podía escribir una frase, si podía escribir un párrafo, si podía resolver ciertos problemas de matemáticas. Tuvimos una reunión en la que la psicóloga nos preguntó si había habido complicaciones mientras estaba embarazada de Maribel. Me preguntó si de niña había tenido un desarrollo normal. ¿Cuándo había empezado a hablar? ¿Cuándo había comenzado a caminar? Phyllis estaba sentada a mi lado, traduciéndolo todo. Frustrada, contesté: "No nació así. Todo se *debe* al accidente. ¿No lo ve en los informes?". Y la psicóloga dijo que sí, sí, que lo había visto, pero que eran preguntas estándar que tenía que hacernos.

Y más adelante, cuando todo hubo concluido, el distrito nos comunicó lo que ya sabíamos: Maribel tenía una lesión traumática en el cerebro clasificada como leve pero lo bastante severa como para que tuviera derecho a servicios de educación especial. Iban a trasladarla a Evers.

Casi lloré de alegría al oír la noticia. Ahora, pensé, —¡por fin!— íbamos a progresar.

Mandaron un autobús distinto a recogerla, uno pequeño y de color marrón. Fui a despedirla el primer día y la estaba esperando cuando regresó a casa aquella tarde.

—¿Qué tal te ha ido? —le pregunté.

—¿Qué?

—¿Qué tal te ha ido en la escuela?

—Bien.

—¿Hay algo más que quieras contarme?

—Estoy cansada —respondió, y yo asentí, desilusionada. Esperaba que regresara a casa llena de energía, hablando con entusiasmo de los demás alumnos y de su profesora y de lo mucho que había aprendido. Había deseado que la escuela actuara como un interruptor que volviera a hacerla funcionar en el preciso instante en que ella cruzara la puerta.

—Dale tiempo —me dijo Arturo aquella noche al detectar la desilusión en mi voz—. Eres siempre muy impaciente. No ha sido más que el primer día.

Todas las tardes Maribel traía a casa informes de la escuela que Phyllis traducía al español. Eran muy breves y formales y decían cosas como: "Maribel no responde ni da muestras de interés, ni siquiera cuando se le habla directamente en español". "Se muestra introvertida y rara vez se relaciona con otros estudiantes, ni siquiera en actividades que no requieren comunicación verbal". "Maribel tiene un intervalo de atención limitado y a menudo juguetea con el lápiz u otros objetos de escritorio durante la clase".

Yo leía las cartas día tras día, esperando mejores noticias, tratando de creer que llegarían.

Después de la escuela, me sentaba con Maribel a la mesa de la cocina y la ayudaba con la tarea. Aparte de todas las demás asignaturas, se esperaba que aprendiera inglés, así que un día la maestra mandó a casa una hoja de ejercicios de inglés con nueve cuadros, cada uno con el dibujo de una cara con expresión distinta. En lo alto de la hoja, había un relato en español sobre un niño chino, Yu Li.

—¿Sabes quién es este niño? —le pregunté.

Ella negó con la cabeza.

—¿Puedes leer la historia?

—Está bien.

Esperé mientras ella miraba al papel. ¿Estaba leyendo?, me pregunté. ¿O simplemente mirando las palabras?

—¿Por qué no lees en voz alta? —le sugerí.

Lo hizo, aunque vacilando. Tuve que ayudarla con toda palabra de más de cuatro letras. Se trataba de una historia sobre cómo Yu Li llegó a los Estados Unidos con sus padres desde China. Un día fue al colegio y algunos de los niños se rieron de él y otros se mostraron amables. Pero Yu Li no sabía inglés, por lo que se sentía desconcertado.

Cuando terminó, le dije:

—Ahora tienes que escribir palabras que describan cómo se sentía Yu Li en la historia.

Ella me miró. Tenía una pestaña en la mejilla. La cogí y la sostuve en la punta del dedo, luego la hice volar de un soplo.

—¿Recuerdas qué pasaba en la historia? Dime una emoción que sentía Yu Li.

—No lo sé.

—Pero me has leído la historia.

—No me acuerdo.

—¿Necesitas volver a leerla?

—Ya lo he hecho.

—Lo sé. Pero has dicho que no recuerdas nada.

—Está bien.

—Maribel, ¿cómo se sentía Yu Li en la historia?

Ella se encogió de hombros.

—¿Te acuerdas de cuando fue a la escuela?

—Sí.

—¿Y qué le pasó en la escuela?

—No lo sé.

—¿Los niños fueron simpáticos con él?

—Sí.

—¿Y cómo crees que eso hizo sentir a Yu Li?

—¿Quién es Yu Li?

Respiré hondo. No pasa nada Alma, me dije a mí misma. Es sólo principio de curso. Acaba de empezar.

Cuando Arturo volvió a casa más tarde y se quitó las botas de un puntapié, le preguntó en qué estábamos trabajando.

—No lo sé —contestó Maribel.

—¿Matemáticas? —aventuró Arturo.

—Sí —respondió ella.

—Hoy estamos estudiando inglés —intervine yo.

—¡Inglés! —exclamó Arturo, radiante—. Cuando sepas inglés, puedes enseñármelo a mí. Mira, ¿esto te parece algo? *Howdy dere, pardner.* —Puso una expresión cómica, y me di cuenta de que estaba tratando de hacerla reír, intentando sacarle el más leve atisbo de la chica que había sido. Era algo que hacíamos los dos. Lanzábamos el anzuelo una y otra vez esperando conseguir algún resultado, cualquier cosa que nos sustentara, pero ella no picaba nunca.

—¿Me has oído? —le preguntó Arturo.

—Sí.

—¿Parecía inglés?

—No.

—¿Cómo que no? —respondió él, fingiendo estar asombrado.

—A mí me ha sonado bien —dije.

—Gracias —repuso él.

Deseé que se acercara a mí, que me tomara las manos y me besara los dedos, que me acariciara los labios con el pulgar, pero esas eran cosas que ya no hacíamos.

Se arrancó las medias y se desabrochó la camisa.

—Pronto estará la cena —le dije—. He hecho tacos de bistec..

Arturo apoyó las botas contra la pared.

—Está bien.

Esperé a que sucediera algo más —ansiaba con desespero algo más— pero él sólo devolvió a su lugar una de sus botas con el dedo del pie cuando comenzó a resbalar y cruzó el pasillo para ir a darse una ducha.

•   •   •

DURANTE EL DÍA me mantenía ocupada limpiando y mirando televisión. Había encontrado un canal en español que podía ver si orientaba la antena en la dirección precisa. Me preparaba la comida —cerdo y frijoles y pollo con cebolla y jugo de naranja— y me sentaba sola a comer. Después me levantaba y volvía a limpiar. Una vez, utilicé el teléfono celular prepago que habíamos comprado en un mercado de Pátzcuaro y llamé a mis padres, a pesar de que debíamos reservarlo sólo para emergencias. Los habíamos llamado justo después de llegar para decirles que habíamos llegado bien, pero no habíamos hablado desde entonces. Mi madre chilló al oír mi voz y yo me eché a reír cuando oí, de fondo, a mi padre correr alarmado hacia ella, preguntando qué pasaba. Querían saber qué tal estábamos, cómo eran las cosas aquí, cómo se estaba adaptando Maribel. Los imaginé a los dos apiñados en torno al receptor en su pequeña cocina, la cocina en la que yo había crecido, con su ventana de media luna sobre el fregadero y el gallo de barro cocido que mi madre tenía sobre la encimera, junto al tarro de los frijoles y a un envase de mermelada con flores. Qué lejos parecía todo. Mi madre me puso al día de los últimos chismes de la ciudad —Reyna Ortega había tenido por fin a su bebé y a ellos los habían invitado al bautismo, un nuevo ayudante de cocina había empezado a trabajar en Mistongo, dos cerdos se habían escapado de la granja Cotima— pero escuchar todas esas noticias sólo me hacía sentir más desconectada de Pátzcuaro, extrañamente decepcionada de saber que allí la vida continuaba incluso sin nosotros.

En las dos semanas que llevábamos en el apartamento, muchos vecinos —sobre todo las mujeres— habían pasado a presentarse. Quisqueya Solís apareció con una fuente de galletas de coco en los brazos —besitos de coco, me dijo— y, cuando la invité a pasar, recorrió el apartamento despacio, dejando que su mirada se deslizara sobre nuestros escasos muebles, y luego rechazó sentarse cuando le ofrecí una silla, explicando, mientras se arreglaba con la mano el cabello rojo encendido, que tenía recados que hacer. Nelia Zafón llamó a la puerta y tomó una de mis manos entre las suyas, disculpándose por haber tardado tanto en pasar y asegurándome que todo el mundo se alegraba de tenernos aquí. Ynez Mercado permaneció de pie en el umbral y me dijo que si necesitaba algo no dudara en pedírselo. Le expliqué que habíamos conseguido algunas cosas por el camino, pero cuando se enteró de que Arturo, Maribel, y yo compartíamos un colchón, insistió en traer un viejo saco de dormir que ella y su marido tenían.

—Es de cuando José estaba en la marina —me informó—. Lo protegió a él y protegerá también a quienquiera que duerma en él.

Sonreí y repliqué:

—Gracias. Será perfecto para Maribel.

Cuando no venía nadie, salía a la calle, resuelta a explorar y a aclimatarme a la ciudad. Estuve unas cuantas veces en el Laundromat —a pesar de la advertencia de Celia, seguía siendo la lavandería más próxima— y me quedé sentada con las manos en el regazo durante el lavado, observando la ropa girar en las secadoras alineadas contra la pared del fondo. Entraba y salía gente: un hombre de piel oscura masticando un palillo, un motociclista con chaqueta de cuero, una mujer con dos chiquillos. Llevaban las cestas con ropa apoyadas en el abdomen, las prendas desbordando por los lados como algas. Me moría por que me dirigieran la palabra, en especial cualquiera que tuviera aspecto de hablar español. Me dispuse a decir hola si alguien mirara siquiera en mi dirección pero, día tras día, la gente pasaba a mi lado ignorándome por completo.

Algunas tardes iba hasta Gigante dando un paseo y sacaba mangos y chiles de las cajas de madera y me los acercaba a la nariz, aspirando los aromas de mi país. Al fondo del local, contemplaba el pescado y las langostas en su gigantesco acuario de cristal y cuando el hombre de la carnicería me preguntaba en español si podía ofrecerme algo —toda la carne era recién matada, fresca, me aseguraba—, le respondía que no.

—Demasiado cara —le decía, con una sonrisa avergonzada.

—Tenemos una oferta —decía él—. Es sólo para mujeres bonitas. —Y yo me echaba a reír.

Y a veces iba a la pequeña iglesia que habíamos descubierto, el Oratorio de San Tomás Moro[3], con su doble techo lleno de manchas de humedad y sus sillas plegables en lugar de bancos, y me sentaba sola en el santuario, recitando una y otra vez las mismas oraciones, implorándole a Dios que me escuchara. Sé que no soy muy importante, le decía. Sé que tienes otras cosas de qué ocuparte. Pero, por favor, perdóname por todo lo que he hecho. Por favor, dame fuerzas para arreglarlo. Por favor, haz que ella mejore. Y, por favor, haz que Arturo me perdone a mí también. En nombre de Jesús. Amén.

UNA TARDE HICE chicharrones y los llevé a casa de Celia.

Al verme, aplaudió encantada y me indicó que entrara con un gesto.

—Son para ti —le dije, presentándole una fuente cubierta con papel de aluminio.

Celia levantó una esquina del papel y olisqueó.

—Sabroso —dijo.

Me entusiasmó lo llena que parecía su casa, con cojines bordados encima de los sofás, una vitrina atiborrada de boles de cristal para la leche y recuerdos y manteles doblados, velas votivas rojas en los alféizares de las ventanas, macetas de plantas colgantes, alfombras tejidas, pósteres sin enmarcar de playas de Panamá en las paredes, una caja de botellas de cerveza lavadas en el suelo, un pequeño radio encima de la nevera, una bolsa de plástico llena de

---

3 . St. Thomas More Oratory. (N. de la t.)

ajos colgada del picaporte de una puerta, una variedad de especias apiñadas en una fuente sobre la encimera. La enorme acumulación de objetos casi ocultaba las grietas en las paredes, las manchas en el suelo y las rayas que nublaban las ventanas.

—Mi casa es tu casa —bromeó Celia mientras yo miraba a mi alrededor—. ¿No es eso lo que dicen los americanos?

Sirvió unas Coca-Colas frías y chisporroteantes para las dos y nos sentamos en el sofá a beberlas a sorbos y comer a mordisquitos los chicharrones. Tenía exactamente el mismo aspecto que cuando la conocí: impecablemente arreglada, llena de maquillaje, los labios fucsia, el cabello castaño largo hasta la barbilla, ondulado en las puntas y pulcramente colocado detrás de las orejas, y unos pequeños pendientes de oro. Muy distinta a la mayoría de mis amigas de México, que no usaban más que jabón en la cara y aloe en las manos y llevaban el pelo recogido en una cola de caballo como la mía o simplemente se lo peinaban después de lavárselo y lo dejaban secar al aire.

Celia me habló de las cosas que íbamos a necesitar para el invierno —prendas gruesas de abrigo y un montón de mantas y algo llamado ropa interior larga que me hizo reír cuando ella trató de describírmela— y de un lugar llamado Community House donde ofrecían servicios para inmigrantes si los necesitábamos. Chismorreó sobre la gente del edificio y me dijo que Nelia Zafón tenía relaciones con un gringo al que doblaba en edad y que, cuando llegaron a este lugar, el marido de Celia, Rafael, creía que José Mercado era homosexual. "¡Él e Ynez llevan casados más de treinta años!", dijo Celia. Se echó a reír. Me contó que Micho Álvarez, que según ella llevaba siempre la cámara de fotos alrededor del cuello, tenía un lado sensible, aunque pudiera parecer grande y fornido, y que Benny Quinto, que era un gran amigo de Micho, había estudiado para cura años atrás. Dijo que Quisqueya se teñía el pelo, lo cual era prácticamente un secreto a voces; yo misma lo había supuesto cuando la conocí.

—Es un tono de rojo muy poco natural —observó Celia—. Rafael dice que parece que se hubiera echado un bote de salsa de tomate en la cabeza. —Soltó una alegre risa—. Quisqueya es una entrometida, pero sólo porque es una persona muy insegura. No sabe cómo conectar con la gente. No permitas que te moleste.

Celia comenzó a contarme de cuando ella, Rafael y sus chicos habían llegado a Delaware desde Panamá hacía quince años, después de la invasión.

—Entonces, ¿tu hijo nació aquí? —le pregunté.

—Tengo dos hijos —dijo—. Los dos nacieron allí. Enrique, el mayor, está en la universidad, con una beca para fútbol. Y luego está Mayor, a quien conociste. Es completamente distinto a su hermano. Rafa cree que a lo mejor, cuando nos fuimos del hospital, nos llevamos a casa al niño equivocado. —Esbozó una sonrisa forzada—. Es una broma, claro.

Se puso en pie y tomó una fotografía enmarcada de la mesita auxiliar.

—Esta es del verano pasado, antes de que Enrique volviera a la universidad —dijo, pasándomela—. La sacó Micho.

En la foto había dos muchachos: Mayor, a quien reconocí de la tienda, pequeño para su edad, con el cabello oscuro y alborotado y unos ojos centelleantes, y Enrique, de pie junto a su hermano con los brazos cruzados y la débil sombra de un bigote sobre el labio.

—¿Y tú? —me preguntó Celia—. ¿Tienes otros hijos aparte de tu hija?

—Sólo la tengo a ella —contesté, mirándome las manos, que sostenían el vaso. La condensación del hielo había dejado un círculo de agua en el muslo de mis pantalones.

—Y va… —Celia dejó la frase en el aire, como si no quisiera decirlo en voz alta.

—A Evers.

Celia asintió. Parecía como si no supiera qué decir a continuación, y sentí una mezcla de vergüenza e indignación.

—Es temporal —señalé—. Sólo tiene que ir durante uno o dos años.

—No tienes que darme explicaciones.

—Mejorará.

—He oído que es una buena escuela.

—Espero que sí. Ese es el motivo por el que vinimos.

Celia se me quedó mirando largo rato. Luego dijo:

—Cuando nosotros nos marchamos de Panamá, el país se estaba desintegrando. Rafa y yo pensamos que sería mejor para los chicos crecer aquí. A pesar de que Panamá era donde habíamos pasado toda nuestra vida. ¿Es asombroso, verdad, lo que los padres harían por sus hijos?

Puso una mano sobre la mía. Fue una bendición. A partir de entonces, fuimos amigas.

ESTABA CANSADA DE ir a los sitios de siempre, así que una mañana lluviosa me acerqué, para variar, a la Community House, sólo para ver qué ofrecían.

Tomé el autobús que Celia me había indicado y entré en un edificio lleno de mesas y sillas blancas. Había unas computadoras de color beige sobre algunas mesas y una fila de pufs desparramados como gominolas gigantes a lo largo de una pared.

—¿Ha venido por la clase de inglés? —me preguntó la recepcionista.

—¿Clase de inglés?

—Disculpe. Hoy comienza nuestra nueva sesión. Pensé que ese era el motivo por el que usted estaba aquí.

Estaba a punto de decir que no, pero me frené. Tal vez fuera la suerte lo que me había traído hasta aquí, o tal vez la providencia. Me imaginé a mí misma con el uniforme escolar que llevaba cuando era una niña —la camisa celeste almidonada y el chaleco azul marino, la falda plisada, las medias altas hasta la rodilla— y, de pronto, me gustó la idea de volver a ser estudiante. Quizá incluso aprendería lo suficiente para poder ayudar a Maribel con sus tareas.

—Sí —dije—. He venido por el curso.

La mujer me condujo hasta una habitación que había a sus espaldas.

En el interior, sentadas ante unos pupitres, había ya unas cuantas personas, que me miraron cuando entré. Les sonreí y me senté con el bolso en el regazo. Jugueteé con el cierre hasta que entró la profesora.

Se dirigió hasta el frente de la sala y nos sonrió con unos grandes dientes de caballo.

—Bienvenidos —dijo en inglés—. Soy su profesora, Mrs. Shields.

Entonces no comprendí lo que decía, por supuesto. No lo aprendí hasta más tarde. Aquel primer día, las palabras eran meramente sonidos en el aire, rotos como fragmentos de cristal, bonitos desde un cierto ángulo y burdos desde otro. No significaban nada para mí. Sin embargo, me gustaba como sonaban.

Nadie respondió.

—Hola a todos —dijo la profesora, esta vez en español.

—Hola — contestaron unas cuantas personas.

La profesora se llevó las manos a los labios.

—Tienen que despertarse, chicos —dijo en español—. ¡Hola! —Se colocó una mano junto al oído como si estuviera escuchando.

Más gente respondió esta vez.

—¡Hola! —volvió a gritar.

—¡Hola! —dije yo.

La profesora Shields juntó las manos.

—Estupendo. Hoy voy a hablarles en español, pero a medida que avance el curso lo hablaré cada vez menos. No habrá problema, porque ustedes entenderán cada vez mejor el inglés. ¿Comprenden? Así es cómo funciona. —Utilizó las manos para imitar una balanza—. Cada vez menos —dijo, bajando la mano derecha—. Cada vez más —añadió, elevando la izquierda. Ahora bien, algunas personas les dirán que el inglés es un idioma difícil. Pero no dejen que los asusten. Yo los felicito por estar aquí y por tener el valor de intentarlo. ¡Bravo! Dense a sí mismos un aplauso.

Nos miramos todos unos a otros.

—Adelante —nos animó.

Aplaudimos con suavidad. ¿Era esto lo que hacía Maribel en su escuela?, me pregunté. ¿Era así la escuela en los Estados Unidos? Parecía teatro.

La profesora Shields dijo unos saludos en inglés y nos hizo repetir las palabras. *Hello. Good-bye. My name is. ¿What is your name? ¿How are you? I am fine, and you?* A continuación nos dividió en parejas y nos indicó que practicáramos. A mí me tocó con una mujer llamada Dulce, a quien le faltaban algunos dientes, por lo que cuando hablaba inclinaba la cabeza avergonzada y dirigía los sonidos hacia el suelo.

—¿De dónde eres? —le pregunté en español.

—De Chiapas —respondió.

—¿Eres mexicana? —dije.

Ella asintió.

—*Hello* —dije, en inglés, probando articular las sílabas.

La profesora Shields nos había dicho que pronunciáramos la letra h, incluso al principio de las palabras.

—Ya sé que a ustedes no les parecerá natural —admitió—, pero tienen que esforzarse por conseguirlo. Es importante.

Repetí la palabra.

—*Hello*.

—Mi hijo vive aquí con su esposa. Ellos me trajeron aquí —me explicó Dulce en español. Me dirigió una mirada—. *Hello* —probó.

—Yo vine de Michoacán —le dije—. Con mi marido y nuestra hija.

—La mujer de mi hijo acaba de tener un niño —agregó.

—¡Ah, felicitaciones!

—Es por eso que me trajeron. Para que ayude a cuidar del bebé.

—¿Cómo se llama?

—Jonathan. Yo quería Carlos, pero ellos dijeron que no, es un bebé americano.

—Tal vez Jonathan Carlos —sugerí.

Dulce sonrió.

—*Hello* —articuló.

—*Hello.*

—*How jou are?* —preguntó.

—*Fine, and jou?*

El inglés era un idioma muy denso y complicado. Tenía muchas letras difíciles, como pequeñas paredes. No abiertas y con vocales al estilo del español. Nosotros tenemos las gargantas abiertas, las bocas abiertas, los corazones abiertos. En inglés, los sonidos eran cerrados. Caían al suelo con un ruido sordo. Y sin embargo había algo magnífico en él. La profesora Shields nos explicó que en inglés no había ni "usted" ni "tú". Había una única palabra: *you*. Valía para todas las personas. Todos eran iguales. Nadie era superior ni inferior a los demás. Ni más distante, ni más familiar. *You. They. Me. I. Us. We.* No había palabras que cambiaran del femenino al masculino y vuelta a empezar según quien hablaba. Una persona era de Nueva York. No era ni una mujer de Nueva York ni un hombre de Nueva York. Era simplemente una persona.

Estaba aún pensando en ello cuando tomé el autobús después de clase, pronunciando las palabras mientras me sentaba, tratando de acostumbrarme a la sensación que me producían en la lengua, a su forma mientras escapaban al aire. La profesora

Shields nos había dado a todos un diccionario de bolsillo español/inglés para que lo lleváramos encima y pudiéramos consultar las cosas con facilidad. "¡Practiquen, practiquen, practiquen!", nos urgió. Volví las páginas, finas como papel de fumar, leyendo palabras al azar. *To trade*, cambiar. *Blanket*, cobija. *To grow*, crecer. Fuera, había empezado a caer una lluvia fina, y al cabo de escasos minutos cerré el diccionario y me puse a contemplar las gotas de agua que se deslizaban en diagonal de un lado a otro de la ventana. Mientras, esperaba a que el conductor anunciara "Kirkwood", que era mi parada. Pero al cabo de un rato —más del que había tardado en el viaje de ida— aún no lo había hecho. Me enderecé en el asiento y miré a mi alrededor. ¿Circulábamos por una carretera distinta? Froté la ventanilla empañada con la mano y miré al exterior. Pero, por supuesto, no reconocí nada. Tranquilízate, me dije. La única razón por la que no reconoces nada es que aún no conoces nada en este lugar. Permanecí inmóvil durante otro par de paradas, mirando fijamente por la ventana mientras el autobús seguía adelante con un rumor sordo. Observé a la gente bajarse y a más gente aún subir. El conductor gritó otras palabras, pero ninguna parecida a "Kirkwood".

El hombre que estaba sentado a mi lado llevaba un reloj que indicaba 1:57 en pequeños números resplandecientes. Maribel estaría en casa a las 2:15. Tenía que estar allí para recogerla cuando el autobús la trajera de vuelta a casa. El pánico hizo que el corazón me latiera con fuerza en el pecho. ¿Qué iba a hacer? Debía de haberme equivocado de autobús. Ahora tenía la impresión de estar alejándome cada vez más de casa. Tenía que volver atrás.

Me levanté y tire del cable que corría por encima de los asientos. Sonó la campana. Me deslicé junto al hombre que había a mi lado y caminé hasta la parte delantera del autobús, tratando de mantener la calma. El conductor se detuvo y abrió las puertas.

¿Y ahora qué?, pensé una vez abajo. Me encontraba en una

carretera desierta bajo la lluvia. No había casas ni edificios hasta donde alcanzaba la vista, sólo campos color trigo parcheados de tierra y postes telefónicos de madera rajados unidos entre sí por cables negros colgantes. Dios, dije para mis adentros. ¿Dónde estaba? ¿Por qué había decidido bajarme del autobús en medio del campo? Ahí fuera podían matarme y nadie se enteraría. Me estremecí. Luego me eché a reír. ¿Quién iba a matarme? ¿El poste telefónico?

Poco después, oí un ruido y al levantar la vista vi un auto. Lo observé mientras se aproximaba y el ruido se iba haciendo más fuerte. Pero pasó junto a mí y volvió a desvanecerse en la distancia. Es una buena señal, me dije. Si ha pasado un auto, pasará otro. Sólo tienes que esperar.

Ahora llovía con mayor intensidad —tenía el pelo y la ropa empapados—; crucé al otro lado de la calle y me quedé inmóvil, aferrando el bolso con fuerza. Tal vez pudiera llamar a la escuela y decirles que no permitieran que Maribel se bajara del autobús si yo no llegaba a tiempo. La traductora, Phyllis, me había dicho que la escuela no exigía que hubiera alguien esperando a estudiantes de la edad de Maribel. Se le permitiría bajarse del autobús estuviera yo allí o no. ¿Pero si les explicaba que se trataba de una circunstancia especial? A lo mejor la conductora del autobús esperaría.

Marqué el número del colegio.

—¿*Hello*? —dije en inglés cuando una voz contestó.

—¿*Hello*? —respondió la mujer de al otro lado de la línea.

Yo no sabía cómo decir "Estoy buscando a mi hija", así que simplemente lancé su nombre.

—Maribel Rivera —dije.

—¿*Hello*? —repitió la mujer.

—¿No hay nadie que pueda ayudarme? —pregunté en español.

Se produjo un silencio al otro lado.

Cogí el bolso y saqué el diccionario, volviendo rápidamente las páginas para encontrar la palabra inglesa para decir "ayuda".

La mujer de al otro lado replicó algo que no entendí.

En español, dije:

—Me llamo Alma Rivera. Mi hija Maribel asiste a su escuela. ¿Hay alguien que hable español?

Esperé una respuesta mientras volvía a hojear con torpeza el diccionario en busca de cualquier palabra que pudiera ser de ayuda.

—Tengo que hablar con alguien —expliqué—. Necesito que la conductora del autobús espere.

La mujer dijo otra cosa más que no comprendí y casi lloré de frustración. Eran sólo palabras. Tuve la sensación de que debería haber sido capaz de desenvolverlas, sólo me separaba de su significado un fino revestimiento pero, sin embargo, ese revestimiento era impenetrable.

Un segundo después, oí el clac de un objeto de plástico contra una superficie dura, como si la mujer hubiera colgado. Esperé a ver si venía alguien más, alguien que pudiera ayudarme, pero lo que oí a continuación fue el pitido de una línea desconectada.

En un ataque de impotencia, arrojé tanto el teléfono como el diccionario al suelo y los observé resbalar sobre el pavimento. ¿Por qué no había llamado a Phyllis en lugar de a la escuela? Estaba perdiendo tiempo. Pero cuando recogí el teléfono, la pantalla indicaba que no había cobertura. Lo agarré como si fuera una linterna y entorné los ojos. Aún nada. Ni siquiera después de caminar varios pasos en todas direcciones pude volver a captarla. ¡Chingada madre! Debería haberlo imaginado. Era un aparato barato de plástico, pero era todo lo que habíamos podido permitirnos ya que Arturo quiso que compráramos dos —uno para cada uno— con el fin de poder utilizarlos mientras estuviéramos aquí.

Al golpear contra el suelo, la lluvia producía un sonido parecido a los aplausos.

Las piedritas esparcidas a lo largo de la cuneta donde me encontraba eran escurridizas y brillantes. La maleza se combaba hacia el suelo. Crucé los brazos sobre el pecho para cubrirme la blusa —estaba tan empapada que cualquiera hubiera podido ver mi sujetador a través de la tela—, pero los descrucé al recordar que allí no podía verme nadie.

¿Qué hora sería? ¿Cuánto tiempo llevaba allí? Me imaginé a Maribel bajando del autobús, de pie en medio del parking, con la mochila colgada bien alta sobre sus finos hombros, confusa porque yo no estaba allí. Luego me imaginé al chico de la gasolinera subiendo con su patineta al igual que el otro día, buscándola, y sentí pánico.

¿Por qué no había hecho parar a aquel auto? Debería haberme precipitado en mitad de la carretera, agitando los brazos. No debería haberlo dejado pasar.

Frenética, recorrí la carretera con la vista en ambas direcciones. Eché a andar, mirando por encima de mi hombro cada pocos segundos para ver si tal vez otro auto se acercaba por la carretera a mis espaldas. Corrí durante un rato hasta quedarme sin aliento. ¿Sería muy tarde? Verifiqué el teléfono una vez más, pero aún no había cobertura. Pulsé todos los botones y me lo llevé al oído, rezando por oír un tono. Pero nada. Eché la cabeza hacia atrás y le grité al cielo. Nadie podía oírme ahí fuera. Y entonces me eché a llorar, y mis lágrimas cayeron con un ruido tan sordo como la lluvia.

Lo oí antes de verlo: el murmullo y el zumbido. Me detuve y me volví. Un autobús. No era tan sólo un espejismo, ¿verdad? ¿Se trataba quizá del mismo autobús que me había dejado allí antes? No tenía la menor importancia. Ahora circulaba en dirección contraria, la dirección hacia donde yo tenía que ir, y venía hacia mí. Agité los brazos y empecé a gritar más fuerte. En español, dije: "¡Pare! ¡Por favor, pare para que suba!". No me importaba si el conductor comprendía lo que estaba diciendo.

Me vería y se detendría, ¿no? Y cuando se detuvo, me quedé parada en la carretera y le pregunté a gritos: "¿Kirkwood?". Él asintió y me subí.

VEINTE MINUTOS DESPUÉS, empapada y temblando, llegué a mi parada. Corrí tan deprisa hacia el apartamento que me ardían los pulmones.

—¡Maribel! —grité mientras entraba volando en el parking—. ¡Mari!

Para entonces, debían de ser las 14:45, quizá más tarde. Me precipité hacia la puerta de nuestro apartamento, pero estaba aún cerrada. A través de la ventana, vi que las luces estaban apagadas. Me volví y grité una vez más.

—¡Maribel! —Creí que alguien me oiría y abriría la puerta: Nelia o Ynez o Fito, si estaban en casa, pero lamentablemente nadie lo hizo. De pie en la terraza exploré los apartamentos preguntándome si Maribel estaría en uno de ellos. Tal vez alguien la hubiera visto y la hubiera hecho entrar. Celia, decidí. Debía preguntarle a ella en primer lugar.

Bajé tan deprisa la escalera metálica mojada que casi resbalé, pero cuando eché a andar hacia la casa de los Toro, ahí la encontré. Y justo detrás de ella, Mayor Toro.

Lancé un grito sofocado y corrí hacia Maribel, le quité las gafas de sol, tomé su rostro entre mis manos y la examiné en busca de hematomas, de cualquier cosa extraña. Ella hizo una mueca de dolor mientras yo le volvía la cabeza de un lado a otro.

—Está bien —dijo Mayor.

—¿Qué estabas...?

—La vi cuando se bajó del autobús. Sólo estaba hablando con ella.

—¿Estás bien? —le pregunté a Maribel.

Sentí un golpe de alivio —firme y veloz— en mis entrañas. Estaba bien. Tal vez la idea de que Maribel estuviera ahí afuera con Mayor debería haberme preocupado más. Pero, en vista de cómo eran los chicos, Mayor me parecía de los más inofensivos. Además, en aquel momento estaba tan agradecida que no me quedaba espacio para mucho más. Estaba bien. Ni siquiera tuve el valor de preguntarle si estaba segura porque no quise darle la oportunidad de decirme que no. Había dicho que estaba bien y eso era todo lo que yo deseaba.

Mayor

Los Rivera comenzaron a asistir a la misma misa que nosotros y, después, mi madre empezó a invitarlos a casa a almorzar. La primera vez protestaron —"No, no, es demasiado, no queremos molestar"— pero mi madre, que siempre deseaba hacer nuevos amigos en este país, acabó convenciéndolos y los tres se bajaron del autobús con nosotros y vinieron derecho a nuestro apartamento. Dejaron sus abrigos sobre el respaldo del sofá, y se acomodaron en las sillas que mi madre trajo de la cocina y dispuso por la sala.

Mi madre se aseguraba de que todo el mundo tuviera algo de beber y luego se ponía manos a la obra, semana tras semana, y preparaba su comida especial de fiesta: sándwiches de jamón con pan blanco, al que quitaba la costra. Los cortaba en triángulos y les pinchaba palillos de plástico. Luego los sacaba en una fuente de cerámica que hacía circular entre todos, junto con servilletas blancas cuadradas que utilizábamos para evitar que las migas cayeran al suelo.

Mi padre, por su parte, no permitía que la presencia de los Rivera interfiriera con su rutina habitual. Encendía el televisor, abría una lata de cerveza con un crujido, y colocaba los pies con medias sobre la mesita de café. Veía el fútbol si lo había, lo cual inevitablemente daba lugar a que se pusiera a hablar de Enrique. Alardeaba del último gol que mi hermano había marcado contra Georgetown o de la asistencia que había dado en el gran partido contra Virginia, que era el mayor rival de Maryland, y observaba que casi todas las semanas el nombre de Enrique aparecía en el periódico bajo las estadísticas deportivas publicadas para cada secundaria y universidad en un radio de 160 kilómetros a la redonda.

—Mayor también juega al fútbol —agregaba—. Pero aún no he visto su nombre en el periódico. — No lo decía con maldad. Era la verdad, aunque no por el motivo que él pensaba, y me miraba con lástima—. Pero está mejorando. ¿No es así? —me preguntaba. Yo me esforzaba por asentir luchando contra la culpa que sentía por mentir y la humillación que experimentaba por ser tan patético.

Cuando no daban fútbol, mi padre optaba por poner fútbol americano. Una semana, durante un partido de los Eagles, cuando el Sr. Rivera aclamó a Donovan McNabb, mi padre lo censuró.

—Arturo, es inútil —dijo. He estado viendo este deporte desde que llegué a este país, y sí, los Eagles son pájaros, pero deja que te diga una cosa: no pueden volar. Dijo la última parte en inglés, para hacer gracia, y aunque no estoy seguro de que el Sr. Rivera le entendiera, fue lo bastante amable como para reírse.

Al principio, yo me comía los sándwiches sin costra y abría una lata de Coca-Cola y después me disculpaba y me iba a mi habitación a hacer la tarea o a oír música en mi iPod. A veces, mi madre me encontraba y me lanzaba una mirada desaprobadora. Luego trataba de convencerme de que que saliera y hablara con Maribel porque éramos los dos de la misma edad y porque ella era nueva aquí, por lo que probablemente agradecería que le diera conversación.

—¿No te gustaría eso? —preguntaba mi madre. Pero yo no estaba de acuerdo. Quiero decir… tal vez hubiera sido agradable para Maribel, pero, aparte de eso, ¿de qué serviría? Para mirarla, desde luego. Me habría pasado todo el día mirándola. ¿Pero conversar con ella? Esa era otra cuestión.

Luego, una semana iba caminando a casa bajo la lluvia desde la parada del autobús cuando alguien dijo a mis espaldas:

—¿Adónde vas?

Me volví y encontré a Garrett Miller sonriéndome con la patineta bajo el brazo.

—A casa —respondí.

—¿A México?

—Yo no soy de México.

—Mi padre dice que todos ustedes son de México.

Al ver que no respondía, Garrett siguió:

—¿Qué miras?

Que yo supiera, Garrett no tenía ni un solo amigo. Su hermano mayor se había ido a Irak con las Fuerzas Aéreas y había regresado en una bolsa para cadáveres. En la escuela corría el rumor de que después de aquello la madre de Garrett había caído en una depresión. Sin poder soportarlo, se había largado y no había vuelto desde entonces. Al parecer el padre de Garrett había empezado a beber tanto que había perdido su empleo. Debían de haber estado viviendo de subsidios de los militares o algo por el estilo. O tal vez a estas alturas dependieran de la asistencia social. Yo no lo sabía.

Comencé a alejarme. Oí a Garrett que me seguía, el arrastrar de sus zapatillas de deporte sobre el asfalto, el roce de sus vaqueros. ¿Qué debía hacer? ¿Es que iba a seguirme hasta la puerta de mi casa? ¿Qué quería? Y entonces oí otro ruido: el sonido sordo de un motor. Miré hacia atrás y vi un autobús, el autobús de Maribel, que entraba en el aparcamiento desde la carretera. Pasó junto a nosotros y se detuvo delante del edificio. Observé a Maribel bajarse del autobús, como un ciervo bajando la ladera de una montaña. Al verla, me olvidé por un segundo de Garrett. Tal vez fuera alumna de Evers, pero seguía siendo la chica más bonita que yo hubiera visto en la vida real.

El autobús regresó a la carretera con un traqueteo, y Maribel se quedó parada en medio del parking bajo la llovizna. No se movió.

—Hey —le gritó Garrett.

Maribel se volvió.

—¿Te acuerdas de mí? Nos vimos hace unas cuantas semanas en la gasolinera.

Maribel lo miró.

—¿Cómo te llamas? —le preguntó Garrett.

—¿Qué pasa? —dijo él, al ver que no contestaba—. ¿No hablas inglés? ¿No inglés?

Ella sacudió la cabeza.

Me quedé mirando mientras Garrett daba un paso atrás y examinaba a Maribel de pies a cabeza, asintiendo en señal de apreciación. Ella no dio muestras de avergonzarse, permaneció inmóvil, permitiendo que se la comieran con los ojos.

—Quítate las gafas para que pueda verte los ojos —le mandó Garrett, pero en lugar de esperar a que ella lo hiciera, él mismo le quitó las gafas de la cara. Cuando Maribel alargó los brazos para recuperarlas, Garrett las sostuvo en el aire, lejos de su alcance. De manera refleja, Maribel se cubrió los ojos con la mano.

—¿Qué pasa? —preguntó Garrett—. ¿Tienes algún problema en los ojos? —Le apartó la mano de la cara y la retuvo.

Yo me encogí nervioso.

Garrett acercó la cabeza a su rostro, serpenteando para estudiarlo más de cerca y luego se apartó con expresión confusa.

—¿Te pasa algo? —preguntó, dejando caer la mano de Maribel como si acabara de quemarse. Entonces lanzó un silbido al tiempo que juntaba todas las piezas—. Es por eso que estabas en ese autobús, ¿verdad? Eres una especie de retrasada mental. ¿Cómo se dice "*retard*" en español? ¡Eh! —dijo Garrett, agitando el brazo frente a su cara inexpresiva—. Te estoy hablando. ¿Es que no me oyes?

Di un paso y me detuve. ¿Qué me creía que iba a hacer?

Garrett hizo girar las gafas de sol de Maribel en el aire.

—¿Quieres que te las devuelva?

Cuando ella quiso recogerlas, Garrett lanzó las gafas por encima de la cabeza de Maribel describiendo un alto arco y dejó que aterrizaran sobre el asfalto mojado. Maribel se inclinó a levantarlas y Garrett se arrimó a ella, agarrándola de las caderas y atrayéndola contra él.

—¡Eh! —grité.

Garrett volvió la cabeza como si hubiera olvidado que yo estaba allí.

—Déjala en paz —le dije.

—Vete a la mierda.

—Ella no te ha hecho nada.

Garrett entornó los ojos hasta convertirlos en rendijas y avanzó hacia mí, empujando la patineta con la puntera del zapato. El corazón me latía tan fuerte que parecía ocuparme todo el pecho, pero al menos había conseguido alejarlo de Maribel. Por encima del hombro de Garrett la vi ponerse en pie y volver a colocarse las gafas de sol, empujándolas con el dedo sobre el puente de su nariz.

—¿Quién crees que eres? ¿Su jodida hada madrina? —espetó Garrett.

Ahora se hallaba justo delante de mí, una cabeza más alto y con al menos trece kilos más que yo. Debería haberme mantenido al margen, pensé. ¿Por qué, por qué, por qué no me había mantenido al margen?

—No —logré articular.

—¿Quieres ser un héroe?

Agité la cabeza.

—Porque yo sólo estaba hablando con ella —dijo Garrett—. Eso es todo.

Pero no era así, y los dos lo sabíamos.

—Te he visto —afirmé.

Garrett me agarró el cuello de la chaqueta y lo retorció en su mano cerrada, acercándome a él.

—¿Qué has visto, idiota?

No me atreví a mirarlo a los ojos.

—No te he oído —dijo Garrett, apretando el cuello de mi chaqueta hasta que pareció una soga alrededor de mi cuello.

—Nada —alcancé a decir.

Probablemente fuera tan sólo cuestión de segundos, pero tuve la impresión de que pasó un minuto entero, quizá más, antes de que Garrett me soltara de golpe por fin, haciéndome trastabillar hacia atrás y caer de culo al suelo.

—Eso me pareció —replicó él—. No te metas en lo que no te importa.

Lanzó una lluvia de piedras en mi dirección y luego se giró y miró a Maribel, que se encontraba aún en el mismo lugar donde había estado todo el tiempo.

—No he terminado contigo —le gritó.

Recogió su patineta y echó a andar en dirección a la carretera, sobre la grava.

Me sacudí la ropa y me aproximé a Maribel.

—¿Estás bien? —le dije.

Ella asintió.

—No le hagas caso —la tranquilicé—. Es un imbécil.

Y entonces nos quedamos ahí de pie. La lluvia minúscula seguía cayendo, como la nieve de la televisión, y yo no sabía qué hacer.

—¿Ahora te vas a casa? —le pregunté tras un largo silencio.

—Estoy esperando a mi madre.

Recorrí el largo del edificio con los ojos, pero aparte de Maribel y yo, no había nadie a la vista.

—¿Dónde está? —le pregunté.

—¿Quién?

—Tu madre.

—Viene a recogerme al autobús.

—¿Crees que está en tu casa?

Maribel negó con la cabeza.

—Me encuentro con ella aquí.

¿Qué debía hacer? No quería quedarme con ella bajo la lluvia durante quién sabe cuánto tiempo. Quizá Micho o Benny saldrían de casa y uno de ellos pudiera hacerle compañía. Sin embargo, al cabo de otro minuto, seguíamos estando solo ella y yo, de modo que le dije:

—Bueno, esperemos por lo menos en la escalera de incendios. Está cubierta, así que estaremos a salvo de la lluvia.

En cuanto nos sentamos en el rellano de la escalera metálica, Maribel se quitó la mochila de los hombros y sacó un cuaderno de color verde. Le quitó rápidamente el capuchón a un bolígrafo y se puso a escribir, encorvada sobre el papel.

—¿Qué es eso? —quise saber.

—Mi cuaderno.

—¿Estás haciendo la tarea?

—Estoy escribiendo.

—¿Sobre qué?

Ella se encogió de hombros.

—Los médicos me dijeron que escribiera.

—¿Qué escribieras qué, cuentos?

Maribel no contestó.

—Acabo de terminar el nuevo libro de Percy Jackson, *La maldición del titán*. ¿Has oído hablar de él?

De nuevo, nada. Ni siquiera sabía si me estaba escuchando pero, por algún motivo, ahora deseaba que me escuchase. Deseaba que me prestara atención.

—A veces escribo —proseguí—. Por ejemplo, podría escribir: "Nota mental: No toques un pimiento habanero, aunque tu mejor amigo te desafíe a ello".

Inesperadamente, sonrió.

—Los habaneros son muy picantes —observó. Era una de esas sonrisas que podían ser la perdición de una persona.

—Y que lo digas —repuse—. Yo lo aprendí por las malas.

No pude ver sus ojos a causa de las gafas de sol, pero tuve la sensación de que me estaba mirando directamente.

Entonces, oí una voz que la llamaba, gritando llena de pánico.

—Mi madre —dijo Maribel. Dejó caer el cuaderno en su mochila y los dos recogimos nuestras cosas y salimos afuera. Vimos a la Sra. Rivera cruzando el parking a todo correr como un animal salvaje.

—¡Mari! —exclamó cuando nos vio. Tenía la cola de caballo deshecha y la cara enrojecida. Corrió hacia Maribel y le puso las manos en las mejillas, volviéndole la cabeza de un lado a otro, examinándola.

—Está bien —dije—. La vi cuando se bajó del autobús. Sólo estaba hablando un rato con ella. —Supuse que no había ningún motivo para hablarle de Garrett. Me había ocupado del asunto, ¿no? Además, si lo supiera se asustaría. Los padres eran así.

—¿Maribel? —dijo la Sra. Rivera, tratando de confirmar mi historia—. ¿Estás bien?

Maribel asintió, y aunque la Sra. Rivera parecía escéptica, tomó a su hija de la muñeca y se la llevó a su casa mientras yo permanecía allí, bajo el chaparrón, y las miraba alejarse.

Después de aquel día, algo cambió entre Maribel y yo. Sentía una extraña necesidad de mostrarme protector con ella, por lo que los domingos, después de misa, en lugar de ir a esconderme a mi habitación como hacía antes, procuraba sentarme junto a ella en nuestro sofá marrón y conversar tranquilamente, contándole chistes tontos en un esfuerzo por hacerla volver a sonreír como aquella vez.

Un domingo, mientras nuestros padres debatían el significado del sermón del Padre Finnegan de aquella mañana, sonó el timbre de la puerta. Mi madre se levantó a abrir, y encontró a Quisqueya en el umbral con un pastel de café en las manos. Desde que los Rivera se habían mudado al edificio, mi madre había dejado de mostrar tanto interés por Quisqueya como solía, prefiriendo, en cambio, pasar el rato con la Sra. Rivera. Yo no la culpaba. Nunca había entendido por qué mi madre se relacionaba con Quisqueya, salvo que mi madre se moría por tener amigos —cualquier tipo de amigos— para evitar sentirse sola aquí.

—Oh —exclamó Quisqueya, mirando al interior—. No sabía que tuvieran compañía.

—¿Me dijiste que ibas a venir? —preguntó mi madre.

—No, pero… Bueno, hubo una época en que no tenía que hacer planes para verte.

—No sabía si se me había olvidado.

—Entiendo.

—¿Quieres pasar?

Quisqueya echó una ojeada a nuestra sala. La Sra. Rivera la saludó con la mano.

—No —contestó Quisqueya.

—¿Tal vez mañana por la mañana? —sugirió mi madre—. Estaré aquí, si quieres pasar.

Quisqueya se encogió levemente y torció los labios.

—Quizá —respondió.

Mi madre seguía ahí, con una mano en la puerta.

Al ver que ni Quisqueya ni mi madre seguían hablando, mi padre gritó:

—¡Que tengas un buen día, Quisqueya!

—Sí. Bueno —dijo ella, y se marchó. La miré pasar por delante de nuestra ventana de vuelta a su apartamento.

Mi madre cerró la puerta.

—Eres malísimo —le dijo a mi padre.

—¡Tienes suerte de que no le pidiera que dejara el pastel de café! —agregó mi padre.

Después de este episodio, pasaron a hablar de política, que era de lo único que todo el mundo hablaba últimamente. Las elecciones habían tenido lugar pocas semanas antes y todos nuestros conocidos habían votado a Barack Obama. Desde que se había convertido en ciudadana americana, mi madre había votado en todas las elecciones: locales y federales. No se había perdido ni una. Volvía a casa y decía:

—Bueno, he cumplido con mi obligación. Que gane el mejor.

Aquel año, había sido la primera de la fila en su colegio electoral. Se había puesto su jersey con la bandera de los Estados Unidos y, aquella mañana, la vi rezar antes de salir por la puerta.

—Un poco de protección adicional no hace daño —explicó, santiguándose—. En el nombre del Padre, y del Hijo y del Espíritu Santo. Amén.

Cuando regresó a casa dijo:

—Bueno, he cumplido con mi obligación. Que gane Obama, porque si gana McCain, me pego un tiro. —Y ese día estuvo pegada al televisor todo el día a ver los informes.

Incluso mi padre, que, siempre que se hablaba de política solía darle final al asunto con su famosa frase "Todos los políticos son igualmente corruptos", mostraba interés aquel año. Unas cuantas veces incluso lo pesqué viendo los espacios de noticias sobre Obama por la noche, después de volver a casa del trabajo.

Era como si todos en nuestro edificio estuvieran emocionados. Un día vi a José Mercado salir de casa tambaleándose y plantar un cartel de la campaña Obama/Biden en la hierba que bordeaba el aparcamiento, y Fito, que por lo general estaba en contra de los carteles (había tirado al suelo la banderola de los Phillies de Benny al principio de la temporada de baloncesto el año anterior), lo dejó en pie. Micho se aseguró de que todos aquellos de nosotros que estaban documentados se registraran para votar, hablando de lo importante que era que Obama, un negro que no se parecía a ningún otro presidente de los EE.UU. y que tenía familia que procedía de distintos lugares, pudiera gobernar nuestro país. Ello significaba que nosotros, que tampoco nos parecíamos a ningún otro presidente de los EE.UU. y que también teníamos familias de lugares lejanos, podríamos un día levantarnos y hacer lo mismo.

—No creo que tenga las orejas muy grandes —dijo mi madre.

—¿Las orejas? —preguntó la Sra. Rivera.

—No para de decir que las tiene grandes, pero yo creo que es muy guapo.

—¿Es ese el motivo por el que lo votaste? —preguntó mi padre—. ¿Porque crees que es guapo?

—Sí, Rafael. Ese es el motivo por el que voto a un político y no a otro. Porque es guapo. ¿Estás loco?

Mi padre se quedó mirando a mi madre un segundo y luego puso enfáticamente los pies sobre la mesita de café, algo que mi madre detestaba.

—Ya veremos —manifestó.

—Ya veremos, ¿qué? —inquirió el Sr. Rivera.

—Ya veremos lo que hace por nosotros. A mí me gusta, ¿está bien? Pero no sé si va a ser quien dijo que sería. Los políticos dicen cualquier cosa para salir elegidos. Por alguna razón, en el caso de este tipo, creí lo que decía. Creí que él creía en lo que decía. Pero ya veremos. Lo primero que tiene que hacer es sacar a la economía de la alcantarilla. Ya nadie viene a la cafetería. Ya nadie tiene dinero para comer.

—Además, ahora hay piratas —señaló mi madre.

—¿Piratas? —preguntó la Sra. Rivera, alarmada.

—De África —contestó mi madre—. Piratas negros.

—Eso es genial —intervine yo.

—¡Están secuestrando barcos! —exclamó mi madre.

Yo me imagine a unos tipos con barba, parches en los ojos y patas de palo. Seguía pensando que era genial.

—Pero, ¿y aquí? Este lugar es seguro, ¿no? —dijo el Sr. Rivera.

—No tanto como solía —respondió mi padre.

—Pero es seguro —insistió el Sr. Rivera, como si quisiera que lo tranquilizaran.

—Sí —replicó mi padre—. En comparación con el lugar de donde venimos cualquiera de nosotros, este lugar es seguro.

CUANDO MIS PADRES nos trajeron a mi hermano y a mí a los Estados Unidos yo tenía menos de un año. Enrique tenía cuatro. Solía contarme cosas de Panamá que era imposible que yo recordara, como de los escorpiones que había en nuestro jardín trasero y la pila de cemento donde mi madre solía bañarnos.

Él se acordaba de haber ido con mi madre por la calle hasta el Super 99, mientras el polvo se levantaba por todas partes y el calor pegaba fuerte, y de haber buscado cangrejos entre las rocas, a lo largo de la bahía.

—Está en ti —me aseguró mi padre una vez—. Naciste en Panamá. Lo llevas en los huesos.

Me pasé mucho tiempo intentando encontrarlo en mí, pero no lo logré. Me sentía más americano que otra cosa, pero incluso esto era objeto de debate según los chicos del colegio, que me tomaban el pelo año tras año, preguntándome si era pariente de Noriega, diciéndome que regresara a través del canal. Lo cierto era que yo no sabía qué era. No se me permitía reivindicar lo que sentía y no sentía lo que debía reivindicar.

La primera vez que oí a mis padres contar la historia de nuestra partida de Panamá, mi madre dijo: "Se nos rompía el corazón cada vez que salíamos a la calle". Trataron de darle tiempo. Supusieron que las condiciones mejorarían. Pero el país estaba tan devastado que el corazón nunca dejó de rompérseles. Al final, vendieron casi todo lo que poseían y utilizaron el dinero para comprar unos billetes de avión a otro lugar, a un sitio mejor, lo cual para ellos siempre había sido los Estados Unidos. Cierto tiempo después de ser lo bastante mayor como para comprender esta historia, señalé que haber huido a la nación que los había hecho marcharse de la suya era un atraso, pero nunca captaron la ironía de este hecho. Necesitaban creer que habían hecho lo correcto y que tenía sentido. Estaban divididos entre el deseo de mirar atrás y el deseo de existir plenamente en la nueva vida que habían construido. En cierto momento, habían pensado en regresar. Creían que con tiempo suficiente Panamá sería reconstruido y que sus corazones se curarían, supongo. Pero mientras esperaban ese día, empezaron a hacer amigos. Mi padre encontró trabajo como ayudante de camarero y, más adelante, como lavaplatos. Pasaron los años. Enrique iba al colegio, y también yo empecé a ir a la escuela. Ascendieron a mi padre a cocinero. Varios años más pasaron veloces. Y antes de que se dieran cuenta, teníamos una vida aquí. Ya habían dejado su vida atrás en una ocasión. No querían volver a hacerlo.

Así que solicitaron la nacionalidad estadounidense y estuvieron acostándose tardísimo por la noche leyendo la Constitución, con un diccionario al lado, y estudiando para el examen. Se pusieron en contacto con alguien del consulado panameño en Filadelfia que los ayudó a resolver el papeleo. Más adelante, se levantaron una mañana, se pusieron sus mejores ropas, tomaron un autobús hasta el juzgado y, mientras mi madre me sostenía a mí en brazos y mi padre descansaba su mano en el hombro de Enrique, prestaron juramento junto con un grupo de hombres y mujeres que habían hecho de vivir en los Estados Unidos un sueño. Nos convertimos en americanos.

Nunca volvimos a Panamá, ni siquiera de visita. Habríamos tardado toda la vida en ahorrar el dinero para los billetes de avión. Además, mi padre nunca quería faltar al trabajo. Probablemente podría haber pedido unos días de vacaciones, pero incluso después de trabajar allí durante años, haciendo omelets y dando vuelta a panqueques, sabía —todos sabíamos— que se hallaba al final de la cadena alimenticia. Podían sustituirlo en un abrir y cerrar de ojos. No quería correr el riesgo.

Por este motivo faltamos a la boda de mi tía Gloria, que se celebró en la ladera de una colina, en Boquete. Mi tía le dijo a mi madre que su nuevo marido, Esteban, se había emborrachado hasta tal punto que lo había convencido para que bailara y que, por consiguiente, la celebración había sido un éxito. Teníamos a mi tía en el parlante del teléfono, y mi madre le observó: "Créeme, hermanita, bailan en la boda y no vuelven a hacerlo nunca más". "¿Es eso lo que crees?", saltó mi padre entonces, y agarró a mi madre de la muñeca, haciéndola girar sobre sí misma en medio de la cocina. Mi madre chillaba encantada mientras mi padre bailaba con ella unos cuantos compases e intentaba después una serie de torpes pasos de merengue, concluyendo con un puntapié en el aire y gritando: "¡Olé!". Mi tía se puso a dar gritos por teléfono: "¿Siguen ahí? ¡Celia! ¡Rafael!". Y mis padres se rieron hasta que mi madre acabó secándose los bordes de los ojos con el dorso de la mano. Nunca los había visto tan felices juntos, aunque no fuera más que durante esos escasos segundos.

Estuvimos a punto de regresar con motivo de la reunión de antiguos alumnos de la secundaria de mi padre, reunión a la que por alguna razón se le había metido en la cabeza no dejar de asistir. Nos dijo que, como la reunión era un viernes, tal vez pudiera fijar su horario de trabajo de modo que el día libre cayera en viernes. Podíamos volar hasta allí, ir a la reunión, y luego regresar en avión el sábado por la noche. Normalmente tenía libres los sábados, pero si en lugar del sábado se tomaba libre el viernes, tendría que volver a trabajar el domingo para compensar. Así que lo máximo que podíamos quedarnos era una noche, pero una noche bastaría. Lo había decidido. Y parecía que íbamos a ir.

Mi madre estaba más entusiasmada con el viaje que yo qué sé qué. Se fue al Sears a comprar un vestido nuevo y, excitadísima, habló varias veces por teléfono con mi tía sobre el hecho de que iban a volver a verse y todo lo que serían capaces de embutir en nuestras dieciocho horas en el país. Empezó a componer sus conjuntos con semanas de antelación, a pesar de que mi padre le había repetido que sólo necesitaba dos: uno para ir hasta allá y otro para volver a casa.

—¿Y por qué demonios tienes aquí diez pares de zapatos? —le preguntó, apuntando a las sandalias y a los zapatos de cuero de tacón alto que mi madre había alineado a largo del zócalo del dormitorio.

—¡Diez! —se rió mi madre—. Ni siquiera tengo diez pares de zapatos.

Mi padre los contó.

—Muy bien. Siete. Son seis de más. —Dijo que sólo tenía intención de llevar un bolsa de lona para nuestras cosas porque así sería más fácil pasar el control de equipajes.

—Entonces, despacharé mi propia bolsa —replicó mi madre.

Mi padre le dio un puntapié a la hilera de zapatos de mi madre y los mandó volando contra la pared. Se acercó a ella y le puso el dedo índice extendido a la altura del rostro.

—Una bolsa, Celia. ¡Una! Para los cuatro. No vuelvas a hablarme de ello.

Unas cuantas semanas antes de la reunión, mi padre llamó al número que figuraba en la invitación para confirmar su asistencia. El individuo que contestó había sido delegado de clase. Bromearon los dos unos instantes y luego mi padre le dijo que íbamos a ir. Según lo que nos contó después, el tipo le dijo:

—En tal caso, extenderemos la alfombra roja.

Cuando mi padre le preguntó qué quería decir con eso, el hombre dijo que tendría que perdonarlo si la fiesta no estaba a la altura de nuestros estándares.

—No sabíamos que la realeza gringa iba a venir. Tendremos que hacer que vuelvan a pintar el local antes de que lleguen ustedes.

Cuando mi padre volvió a preguntarle de qué estaba hablando, el tipo dijo que esperaba que no creyera que ahora todos iban a besarle los pies y le recordó lo humilde que era Panamá. Mi padre no tardó en colgarle el teléfono. Se acercó furioso a mi madre, que estaba lavando los platos, y le dijo:

—No iremos. Si eso es lo que piensan, no iremos.

—¿Qué pasa? —preguntó mi madre.

—Creen que ahora somos estadounidenses. ¡Y quizá lo seamos! Quizá ya no encajemos allí después de todo.

Mi padre salió la terraza a fumarse un cigarrillo, como hacía siempre que estaba realmente disgustado.

Mi madre se quedó en la cocina, con un cacharro lleno de jabón en la mano y me miró desconcertada:

—¿Qué ha pasado? —preguntó.

Cuando le conté todo lo que había podido deducir, salió a la terraza y cerró la puerta tras de sí. Al oír todo el jaleo, Enrique salió de su habitación.

—Ya no vamos —le aclaré.

—¿Eh?

—De viaje.

—¿En serio? —preguntó Enrique.

Muy juntos, mi hermano y yo escuchamos a través de la puerta del apartamento.

—Por favor, Rafa. No sabe nada de nosotros. Aún podemos ir. Ya verás. Una vez que lleguemos allí… Todos tus amigos… Y todos estarán encantados contigo —oí a mi madre decir.

La imaginé alargando la mano para tocarlo en el hombro, tal como hacía a veces, cuando le pedía algo.

—¿No lo echas de menos? —preguntó—. ¿No te imaginas aterrizar allí, estar allí de nuevo? ¿Sabes cómo huele? El aire de allí. Y volver a ver a todo el mundo. Por favor, Rafa.

Pero no hubo forma de persuadir a mi padre.

El año siguiente, también se habló de regresar. La ira de mi padre por que lo hubieran tratado de gringo pretencioso había acabado por consumirse y, desde entonces, mi madre, que no había tenido fuerzas para devolver el vestido ni había superado la desilusión de no haber podido ver a su hermana, había lanzado indirectas de que seguía queriendo ir aunque, al igual que en aquella ocasión, no fueran a pasar allí más que una noche. Se había convertido en un genio para hacer de cada pequeña cosa un motivo para hablar de Panamá. Le picaba un mosquito en el tobillo y nos mostraba el sarpullido, recordando las picaduras que solía tener en Panamá y preguntándose en voz alta "qué aspecto tendrían allí los mosquitos ahora", como si fueran viejos amigos. Preparaba arroz y se ponía a hablar del gallo pinto de "El Trapiche", que era su restaurante favorito, y decía cosas como "Me pregunto qué tal le irá a Cristóbal. ¿No se llamaba así el propietario? ¿No sería agradable averiguarlo?". Cruzábamos un puente con el auto y, de pronto, empezaba a hablar del Puente de las Américas, cerca del canal. "¿Te acuerdas, Enrique? ¿Esa vez que cogimos el ferry por la noche, de vuelta de Taboga, y estaba todo iluminado? Era precioso. Mayor, ojalá lo hubieras visto", suspiraba. "Tal vez algún día". Unas veces, mi padre meneaba la cabeza ante su melodrama y, otras, callaba, como si él mismo se hubiera sumergido en la bruma de algún recuerdo en particular.

El cumpleaños de mi madre era el 22 de septiembre, así que mi padre al final cedió e hizo planes para que fuéramos a Panamá. ¡La familia Toro! ¡Tan sólo una noche! ¡Pónganlo en letras luminosas! Mi madre volvió a llenarse de excitación y a planear con mi tía Gloria por teléfono. Al parecer, mi tía había dicho que quería llevarla al nuevo centro comercial y a dar un paseo en auto por Costa del Este, que antes era un vertedero de basuras y ahora lo habían transformado en un área floreciente de la ciudad, e ir a comer sushi a la carretera elevada, y, después, podían pasarse por los clubes de la calle Uruguay y sí, ya no tenían veinte años, ¡pero sería muy divertido! Además, a ella y a mi tío Esteban no les iba demasiado bien, le dijo a mi madre. Él no estaba nunca en casa. Pasaba la noche en casa de sus amigos.

De modo que a ella no le vendría mal un poco de distracción y tener a alguien con quien hablar.

—¡No irás a divorciarte! —exclamó mi madre. Para ella no había nada peor.

—No —le aseguró mi tía—. Sólo tenemos problemas.

Entonces, menos de dos semanas antes de la fecha prevista para nuestro viaje, dos aviones se estrellaron contra el World Trade Center de Nueva York y otro contra el Pentágono, en Washington, D.C. Todo el país se quedó conmocionado y nosotros con él. Mi padre llamó a mi madre desde la cafetería, donde, por la televisión de encima del mostrador, acababa de ver el segundo avión alcanzar la segunda torre.

—¡Lo están destruyendo! —le dijo, al parecer—. Es como El Chorrillo. ¡Lo están destruyendo!

Y mi madre, en camisón, corrió al televisor y se plantó frente a él. Miraba cubriéndose la boca con la mano. Yo estaba comiendo cereales en la cocina. Me llevé el bol a la sala, fui junto a ella y seguí comiendo, lo cual más tarde me pareció inapropiado, pero entonces no sabíamos qué estaba pasando. El mundo no se había parado —literalmente parado— como se pararía más tarde aquel día y durante varios días después. Los hechos estaban aún desarrollándose ante nuestros ojos y no teníamos ni idea de cómo interpretarlos.

Poco tiempo después, todos en nuestro edificio estaban llamando a la puerta de sus vecinos y juntándose en la terraza, aturdidos y temblando de miedo. Nelia Zafón no hacía más que repetir: "¿Qué está pasando? ¿Qué está pasando? ¿Qué demonios está pasando?". Oí a mi madre decirle a alguien: "¡Vinimos aquí porque se suponía que era más seguro! ¿Adónde podemos ir después de esto?". Se pasó todo el día pegada a mí y a mi hermano, abrazándonos y soltándonos, como si quisiera asegurarse de que seguíamos ahí y estábamos bien. Enrique, que estaba entonces en una edad en que normalmente huía de los apretujones de mi madre, debió de darse cuenta que la situación era grave porque le permitió hacerlo. Yo también se lo permití, aunque cada vez que ella me abrazaba, en lugar de reconfortarme, me asustaba aún más.

Por la noche, las puertas de todos los apartamentos permanecieron abiertas y todo el mundo entraba y salía de casa de los demás, deteniéndose a ver los televisores de los demás, como si un aparato distinto fuera a dar noticias diferentes. Iban a ver si alguien se había enterado de algo nuevo, escuchaban traducciones tediosas. Benny Quinto organizó círculos de oración en la sala de su casa y se ofreció a fumar con cualquiera que necesitara calmar los nervios.

—Marihuana —me aclaró Enrique cuando oímos a Benny hablar de ello—. Qué simpático.

Micho Álvarez recorría la terraza de lado a lado a grandes pasos, hablando por el móvil y anotando cosas en su cuaderno. Gustavo Milhojas, que era medio mexicano y medio guatemalteco, escribió una carta al ejército diciéndoles que desde aquel día era estadounidense al cien por cien y que estaba dispuesto a servir al país y a matar a los cobardes que habían asesinado a sus compatriotas. Al final, cuando mi madre vio de qué se trataba, dijo:

—¿Más asesinatos? ¿Es eso lo que quieres? ¿*Más*?

—No son asesinatos. Es justicia —respondió Gustavo.

Aquel año, cerca de las Navidades, nos sentíamos todos fatal. La Navidad era siempre una mala época —mi madre, en particular, se llenaba a veces de nostalgia como si fuera una auténtica enfermedad—, pero aquellas fueron las peores. Estábamos deprimidos y nerviosos, aún conmocionados por el 11 de septiembre, y volvimos a sufrir un shock cuando alguien trató de hacer estallar otro avión ocultando una bomba en sus zapatos el día de Nochebuena.

Llamó mi tía, lo cual animó un poquito a mi madre, pero una

vez que el efecto se hubo consumido, estaba más deprimida que nunca, deambulando por la casa arrastrando los pies calzados con zapatillas, sin maquillaje y el pelo hecho un desastre. Llevaba pañuelos de papel en los bolsillos de la bata y se secaba de vez en cuando con ellos la nariz haciendo grandes aspavientos. Al final, a mi padre se le ocurrió una idea. "¿Quieres Panamá?", le preguntó. "Una playa es lo más parecido que hay".

Nos hizo salir de casa a toda prisa y dirigirnos calle abajo, donde tomamos una cadena de autobuses que, tras una hora y media de viaje, nos condujo a Cabo Enloden, al sur de Delaware. Cuando llegamos estaba nevando —Enrique no paraba de quejarse de que la nieve le iba a estropear sus amadas zapatillas Adidas— y estaba todo tan descolorido y desolado que parecía la luna. Sin embargo, tuve que reconocerle el mérito a mi padre. Ante el agua y la arena, mi madre dijo que casi *era* como un pedacito de Panamá. Las olas se abalanzaban rugiendo hacia nosotros y volvían a retirarse en silencio, deslizándose por la orilla. Incluso con la nieve que caía, el aire estaba impregnado del punzante olor a agua salada, y hacíamos crujir las conchas rotas bajo nuestros zapatos. Pero una playa no equivale a todas las playas. Y un hogar no equivale a todos los hogares. Y creo que, estando allí, todos nos dimos cuenta de lo lejos que nos encontrábamos de donde habíamos venido, en el buen y el mal sentido.

—Es bonito —dijo mi madre, mirando al océano. Suspiró y meneó la cabeza— este país.

Gustavo Milhojas

Me llamo Gustavo Milhojas. Nací en Chinique, El Quiché, Guatemala, en 1960, el año en que el infierno llegó a ese país. Me vine a los Estados Unidos el 14 de noviembre de 2000. Antes estuve viviendo en México.

Mi madre es de ascendencia guatemalteca, mientras que el árbol genealógico de mi padre se extiende por todo México. Sin embargo, mi padre no fue parte de mi vida. Mi madre nos crió sola a mis tres hermanos y a mí en Guatemala. Lo hizo lo mejor que pudo, con dos empleos y tratando de enseñarnos a distinguir el bien del mal, pero había fuerzas que escapaban a su control.

En aquellos tiempos, en Guatemala el ejército se volvió demasiado poderoso y el pueblo se sublevó. Los militares comenzaron a secuestrar ciudadanos que sospechaban estaban en su contra. Enterraban a gente viva. Violaban a las mujeres treinta veces al día. Dejaban a los bebés en el suelo y les aplastaban el cráneo con las botas. ¿Cómo podía un bebé estar contra ellos? Tal vez fuera una forma de torturar a los padres.

Yo no podía seguir soportándolo. A los veinte años decidí marcharme. Intenté convencer a mi madre y a mis hermanos de que se fueran a México. Argumenté que teníamos derecho a vivir allí a causa de mi padre. Pero mi madre era testaruda. Dijo que si no me gustaba cómo eran las cosas, no debía huir. Debía quedarme allí y comprometerme a arreglarlas. Pero eso es lo que las guerrillas han estado tratando de hacer durante décadas y yo no veía progreso alguno.

—No —repliqué—. Tengo que irme a otro lugar.

Me fui a México solo. Creía que sería más fácil para mí construir un nuevo hogar en ese país, pero en México nadie quería tener nada que ver con un guatemalteco. Los mexicanos nos menosprecian. Creen que los guatemaltecos somos estúpidos. Decirles que era medio mexicano no hizo más que empeorar las cosas. Les ofendía pensar que un mexicano había caído tan bajo como para estar con una mujer guatemalteca y engendrarme.

Vivía en Córdoba. Allí lo pasé fatal —no podía encontrar un empleo a menos que dejara que se aprovecharan de mí, y trabajara a veces por tan sólo unos pocos pesos al día— hasta que conocí a una mujer llamada Isabel, que lo cambió todo para mí. Era mexicana, de Veracruz, y sus padres no me veían con buenos ojos. Pero nos enamoramos y decidimos que estaríamos juntos a pesar de lo que dijera todo el mundo.

Nos casamos en 1982 y tuvimos dos hijos —primero un niño y después una niña—. Éramos muy felices. A veces aún me trataban de manera desagradable pero desde que estaba con Isabel había adquirido una especie de confianza distinta y que me trataran mal ya no me molestaba tanto.

Diecisiete años después de casarnos, Isabel falleció. Tenía cáncer de pecho. Aquí me parece que todo el mundo sabe de este cáncer. El otoño pasado, había lazos rosas en los cines y en todas las tiendas, y alguien me dijo que era por este tipo de cáncer. Pero, por aquel entonces, vivíamos en un pueblecito llamado Tehuipango donde la asistencia sanitaria era muy básica. Encontramos a un médico que nos dijo lo que tenía, pero no supo decirnos cómo curarlo. "Necesita descansar. Morirá pronto.", dijo. Hice todo lo que pude para cuidarla. Cuando lo descubrimos, estaba ya muy débil. Le puse bolsas de hielo en el pecho para ayudar a calmar el dolor. Le di aspirina. Nada contribuyó a hacer que se sintiera mejor. Tres meses después se había ido.

Los niños estaban muy tristes. Por aquel entonces, iban los dos a la secundaria. Isabel y yo estábamos muy orgullosos de ellos. Estudiaban mucho. Querían ir a la universidad. Mi hijo quería ser empresario y mi hija enfermera.

Después de la muerte de Isabel, yo no sabía cómo hacer para que pudieran seguir estudiando. Isabel era cocinera. Hacía postres para todo el mundo en nuestro pueblo —dulce de camote con piña, empanadas de guayaba, palanquetas de cacahuate... Cuando alguien quería un pastel de cumpleaños, acudía a ella. Cuando alguien iba a dar una fiesta, acudía a ella. Todos los días, vendía sopas recién hechas directamente de las ollas que preparaba en nuestra cocina. También yo trabajaba, cosechando maíz y habas. Pero el dinero que ella ganaba cocinando ayudaba a sostenernos. Sin él, no teníamos gran cosa.

Me vine a los Estados Unidos para ganar más dinero para mis hijos. Ahora que yo no estoy allí, viven con una amiga de la familia. No lo considero tanto una elección como una obligación. Tengo la obligación de proporcionarles una buena vida. Ahora, mi hijo ya está en la universidad y mi hija empezará a asistir a la Universidad Veracruzana de Orizaba el año que viene. Esto me hace muy feliz porque creo que significa que los dos conseguirán hacer lo que desean. No hay muchas personas que puedan decir lo mismo.

Pensé que cruzar sería muy difícil. Era después del 11 de septiembre y se suponía que las medidas de seguridad eran estrictas. Me uní a un grupo de hombres en la parte trasera de una camioneta con los cristales tintados. Íbamos todos en el suelo, cubiertos con una gruesa manta negra de yute y, encima, un montón de cajas de cartón vacías que pretendían ser la carga. Avanzamos directamente hasta el puesto de control. Un guardia examinó la documentación del conductor, que era auténtica. El guardia no sabía que estábamos en la parte posterior de la camioneta. Ni siquiera miró. El conductor simplemente le dijo que transportaba material de construcción para un trabajo en El Paso. Se produjo una larga pausa. Todos nosotros, en la parte de atrás, contuvimos el aliento, esperando ser descubiertos. Y, entonces, el guardia dejó pasar el vehículo. Eso fue todo. Me pareció casi increíble.

Encontré un empleo tan pronto como pude y empecé a mandarles dinero a mis hijos. Trabajaba en un almacén de colchones, arrastrando colchones por unas rampas metálicas situadas al fondo del local y cargándolos en los camiones de reparto. A veces, cuando un colchón estaba defectuoso, uno de los empleados se lo quedaba. La cama que tengo hoy procede de ese trabajo.

Durante algún tiempo, trabajé en una fábrica de conservas donde envasábamos chiles y salsa. No era demasiado limpio. Había gusanos por todas partes. Los propietarios les echaban la culpa de las condiciones insalubres a los trabajadores. Aparte de aquello, no me gustaba estar de pie en un sitio diez horas seguidas. Sólo teníamos una pausa de quince minutos.

Ahora tengo dos empleos. Cinco mañanas a la semana trabajo en el cine del centro comercial de Newark, limpiando los baños y las salas. Me aseguro de que haya papel higiénico en los compartimentos. Les paso la mopa a los suelos. Tengo un cepillo de alambre que uso para limpiar los lavabos. Por las noches, trabajo en el multicine de diez salas de Stanton. Este trabajo es más duro porque hay muchas salas. Si demasiadas películas terminan a la vez, es un desafío limpiar las salas antes de que entre el siguiente grupo de personas. Me echaron una reprimenda por haber dejado una taza vacía en el brazo de un asiento. Por lo general, no tengo tiempo de volver a casa entre los turnos, muchas veces mi cena consiste en palomitas y un refresco .

Pero estoy muy agradecido de tener estos trabajos. Me permiten mandar dinero a mis hijos para pagar su educación. Cuando los dos se gradúen, me gustaría volver a México para estar con ellos. Mi deseo es que hagan algo que valga la pena con su vida, algo más importante que barrer palomitas de maíz. He hecho por ellos todo lo que he podido. Me gustaría verles dar algo a cambio.

Alma

Arturo llegaba a casa del trabajo cansado y hambriento todos los días, con las grietas de la piel llenas de tierra. Se iba directo a la ducha y permanecía bajo el chorro de agua caliente hasta que yo llamaba a la puerta y le decía que la cena estaba lista. Cuando empezamos a salir, uno de los rasgos que me habían atraído de Arturo era lo serio que podía llegar a ser, la forma en que fruncía las cejas cuando lo contemplaba hacer algún trabajo, lo intenso de su concentración y el orgullo que sentía por el trabajo bien hecho. Yo era tenaz pero nunca había sido tan seria como él, y admiraba la fuerza que esta seriedad parecía representar. Por supuesto, con el tiempo conocí sus puntos débiles, como magulladuras en una pieza de fruta. Era amable y compasivo, y saber de las dificultades de los demás le afectaba tanto que, por lo general, no podía dejar de hacer algo para ayudar. En una ocasión, cuando una chica de nuestra ciudad perdió la vista después de que una botella de propano le estallara en la cara, Arturo construyó una pajarera y la colocó sobre una estaca en el jardín de la muchacha para que cuando abriera la ventana de su habitación pudiera oír el canto de las currucas y de los ruiseñores. Pero también podía ser inflexible y duro consigo mismo. Y desde el accidente, esos rasgos que yo amaba habían cedido el paso a algo más triste: la seriedad se había convertido en gravedad, la sensibilidad se había transformado en melancolía. No siempre me daba cuenta de ello. Arturo luchaba por preservar su mejor naturaleza. Pero, de vez en cuando, la desesperación lo superaba.

Un domingo por la mañana me lo encontré en la cocina en

cuatro patas, con la cabeza metida en un armario. Acababa de vestirme. Me acerqué a él por detrás y le di un ligero puntapié.

—¡Hola! —gritó, sacando la cabeza.

—¿Qué estás haciendo? —le pregunté.

—Estoy buscando un bol.

—¿Por qué?

—Maribel quería piña.

—Yo se la habría llevado.

—Creí que teníamos un bol de cristal —manifestó el.

—No lo trajimos.

—¿Por qué no?

—Tenemos un bol de metal —dije, y eché a andar hacia el armario donde lo había guardado.

—No quiero un bol metálico —declaró.

—Es un bol estupendo.

—Cuando como algo en un bol de metal, la comida sabe diferente.

—¿De qué estás hablando?

—Sabe como si le hubiera mezclado con un puñado de monedas.

Sonreí.

—Sabes lo que quiero decir, ¿verdad?

—Sí, sé lo que quieres decir.

—Ojalá hubiéramos traído ese bol de cristal —dijo él.

Lo miré y comprendí que no estábamos hablando sólo de boles. Le alisé el grueso cabello negro con la mano y le abracé la nuca con ella. Arturo me rodeó las piernas con los brazos, como un chiquillo.

—Volveremos a verlo —le aseguré.

Y me lo imaginé, aquel bol de cristal con la base plana y el borde ancho, guardado en el armario bajo de la cocina cuya puerta crujía al abrirse, entre las ollas y las sartenes, en la habitación ubicada entre otras habitaciones —el baño donde Maribel había colgado un calendario para marcar cuándo debía esperar la próxima regla, el dormitorio donde los camisones, medias y camisas que habíamos dejado atrás estaban amontonados sobre la colcha de retazos que mi madre había cosido y que nos había regalado con motivo de nuestra boda, la sala con los marcos de foto incrustados de hueso que albergaban fotografías en blanco y negro de nuestros abuelos, que habían fallecido, y de nuestros bisabuelos, a los que nunca habíamos conocido—, todas situadas entre el jardín trasero, con la vieja hamaca de cuerda y la pared de piedra que tenía una esquina desmoronada, y el jardín delantero, que prácticamente no era un jardín, sólo piedrecitas y plantas de aloe y un espacio donde Arturo aparcaba la camioneta y donde él y yo solíamos sentarnos juntos a mirar las estrellas. Y todo ello en la ciudad donde los tres habíamos nacido y crecido, la ciudad donde mis padres vivían aún y donde los padres de Arturo habían muerto, la ciudad donde habíamos compartido comidas y bebidas y veladas llenas de risas hasta altas horas de la noche con los amigos de toda la vida. Todo ello esperando con enorme paciencia. Todo ello muy lejano.

DURANTE ALGÚN TIEMPO, seguí preparando los platos que solíamos comer en Pátzcuaro —sopa tarasca y huachinango y corundas con churipo—, pero comer los platos de casa en un sitio que no era nuestro hogar sólo empeoraba las cosas. Además, los chiles y el guajillo importados eran caros, y estábamos ya viviendo con poquísimo dinero. Teníamos algo ahorrado, pero Arturo y yo habíamos acordado no tocarlo a menos que hubiera una emergencia, es decir, a menos que tuviéramos que llevar a Maribel a un médico o correr con ella al hospital. Por ahora, nos las arreglábamos con la paga de Arturo semana a semana, que era justo lo bastante para cubrir el alquiler, el billete del autobús y la comida.

Al final dejé de comprar en Gigante porque ver todas las cosas que no podíamos permitirnos comprar me volvía loca. Todas esas cajas de nopalitos y epazote y maíz tierno, y esos estantes de cebollas rojas en vinagre y tequesquite y coliandro eran una provocación. Comencé a comprar comida en el Dollar Tree en su lugar. Comida en lata, comida en cajas. Sólo había que añadir agua y calor.

Una mañana, vi allí a una mujer mexicana coger de una estantería tres contenedores con forma de tambor.

—¿Qué es eso? —le pregunté, señalándolos.

—Avena —me contestó en español—. *Oatmeal*.

—¿Como atole?

Cuando era niña, mi madre solía prepararme atole de elote, las densas mazorcas de maíz sumergidas en caldo de anicillo. Pero no lo había comido desde hacía mucho. La idea de que aquello pudiera ser algo parecido despertó mi interés.

—Es la versión estadounidense —contestó la mujer—. No es lo mismo. Pero es barato. Con una lata te alimentarás una semana. Y se come caliente. Es buena para el invierno.

—Gracias —le dije, y empecé a llenar mi cesta de envases de avena hasta vaciar todo el estante.

La preparé aquella misma tarde. Las instrucciones de la parte posterior estaban en inglés, pero también había dibujos —un grifo que echaba agua en una taza de medir, una mano que sostenía una cuchara y removía— y números que podía leer. Seguí las instrucciones paso a paso, calenté la mezcla en la cocina y, en un abrir y cerrar de ojos, había preparado una pálida papilla gris. Hundí un dedo en ella. Sabía a papel. Tal vez tuviera un levísimo sabor a nueces en los bordes. La mujer tenía razón. No estaba bueno. No se parecía en nada al atole que yo recordaba. Pero no había utilizado más que una cantidad mínima de avena y había preparado una olla entera. Bastaría para que comiéramos los tres. A lo mejor podía espolvorear un poco de polvo de cacao encima, o mezclar un poco de miel, pensé, sólo para realzar el sabor.

Cuando serví los boles aquella noche, Maribel y Arturo se mostraron escépticos.

—¿Qué es? —preguntó Maribel, tocándola con la cuchara.

La había preparado con demasiada antelación. No era consciente de que cuanto más tiempo llevaba hecha, más se endurecía. Cuando la saqué aquella noche para cenar, era como un engrudo.

—*Oatmeal* —respondí, pronunciando la palabra en inglés—. A los americanos les encanta. —Señalé uno de los envases de cartón dispuestos sobre la encimera—. ¿Ves a ese hombre? Él lo produce en su granja.

Maribel tocó la superficie con los dedos.

—Es… rara.

—No debes comértelo con los dedos. Usa la cuchara y métete un poco en la boca. Vamos. ¿Quién va a probarla primero? ¿Arturo?

Pero me di cuenta de que Arturo tenía sus propias reservas. No hacía más que mirar el bol mientras mantenía la cuchara en equilibrio en la mano.

—¿Maribel? —pregunté.

—¿Cómo dijiste que se llamaba? —inquirió Arturo.

—*Oatmeal*.

Arturo intentó reprimir una risa nasal, que se le escapó de todos modos.

Su sonido, aquel tintineo de alegría en medio de nuestro deprimente invierno americano, me resultó chocante.

—¿De qué te ríes? —quise saber.

—Vuélve a decirlo —dijo Arturo.

—¿Qué? ¿*Oatmeal*?

Bajo su bigote, su rostro esbozó una sonrisa. Me encantó verlo sonreír. En aquellos tiempos, sucedía con muy poca frecuencia. Hubiera repetido la palabra sin parar durante los cien años siguientes si ello lo hubiera hecho sonreír de aquella manera.

—*Oatmeal* —repetí.

Arturo estalló en carcajadas.

—¡*Oatmeal*! —dijo, y yo también me reí.

En inglés nos sonaba rarísimo, tan blanducho y amorfo como los mismísimos cereales. Y entonces llegó el sonido de los ángeles: la risa de Maribel. Ligera y cristalina. Burbujas de risa de fino cristal.

Arturo me miró lleno de asombro. Maribel se reía. ¡Se reía! En Pátzcuaro, había sonreído una vez que estábamos los tres tomando un helado en la plaza y a Arturo se le cayó el suyo y se despachurró sobre la acera, y había llorado por no ser ya capaz de hacer cosas sencillas como sujetar un tenedor o escribir su nombre o lavarse ella misma el pelo, aunque, por supuesto, con el tiempo había vuelto a aprender a hacer todas aquellas cosas. ¿Pero risa? Era la primera vez en todo un año que la oíamos. Idéntica a su antigua risa. Idéntica a nuestra Maribel de antes.

—¡*Oatmeal*! —grité.

—*Oatmeal* —dijo Arturo, con lágrimas en los ojos. Hundió la cuchara en el bol y la sacó bien cargada—. ¡Está delicioso! —declaró, frotándose la barriga con gran despliegue después de habérsela tragado, y los tres estallamos en una risa maravillosa e incontenible una vez más.

LA MAYORÍA DE las noches, mucho después de que Arturo y Maribel se hubieran quedado dormidos, yo permanecía acostada mirando al techo. El sueño era como la riqueza, escurridiza y para los demás. Yacía rígida sobre el colchón, recordando cómo eran las cosas en el pasado, antes de todo aquello. Maribel, que se precipitaba hacia la hamaca y la lanzaba por encima de su cabeza, mientras reía sin freno. Maribel, que corría como una flecha por la calle delante de nosotros, mirando hacia atrás y golpeando el suelo con los dedos de los pies con simulada impaciencia. Maribel, que iba a nadar al lago con sus amigos y regresaba a casa con el pelo chorreando y la ropa adherida a su delgado cuerpo. A veces, Arturo y yo la mirábamos admirados. No nos había sido fácil concebir un hijo. Lo habíamos intentado durante casi tres años, visitando a médicos y curanderas. Mi madre había rezado y rogado por que el cura le concediera audiencia. Todos los meses esperábamos a ver si quizá sucedía por fin. Todos los meses sufríamos una desilusión por que no había sucedido. Y, entonces, cuando ya nos habíamos hartado de médicos y de hablar del tema, justo cuando empezábamos a creer que tener un hijo simplemente no iba a ser parte de nuestras vidas, que ser padres era una distinción que no nos estaba destinada, cuando nos habíamos vuelto insensibles a la pena de ver a todos los que nos rodeaban llevando a sus bebés en brazos y dándoles de comer, al dolor de ver aquellas cabecitas suaves y aquellos labios húmedos, tuve una falta. Experimentamos una leve esperanza. ¿Era posible?, nos preguntamos. Nueve meses después la abrazábamos. Con las manos como diminutas estrellas de mar, las costillas presionando contra su piel como teclas de piano. Se retorcía y gemía. Nuestra Maribel.

—No tendrán ninguno más —nos advirtió el doctor. Pero no nos importó. La teníamos a ella.

Maribel tenía catorce años cuando se produjo el accidente. Arturo estaba construyendo un edificio anexo para un ranchero que había comprado más ganado del que podía albergar en el espacio del que disponía, y Maribel había estado dando vueltas a mi alrededor como un mosquito toda la mañana rogándome que le permitiera ir a la obra con su padre. Desde muy pequeña, se había pegado a Arturo, interesada por todo lo que hacía, por cada uno de sus movimientos.

—No sé. Tu padre va a estar ocupado —le dije aquel día.

—¡Pero si no lo voy a estorbar! —protestó.

Miré a Arturo, que se encontraba al otro lado de la habitación, poniéndose las botas, y le pregunté con los ojos qué quería que le dijera.

Él se levantó.

—Podrías venir con nosotros tú también, Alma. Si estás preocupada —dijo.

—¡Sí! —exclamó Maribel—. Ven tú también.

—Será como en los viejos tiempos. ¿Recuerdas cuando venías? ¿Y te quedabas allí sentada con tus vestidos?

—¿Llevabas vestidos? —preguntó Maribel, sorprendida.

—Intentaba estar guapa para mí —observó Arturo—. Era casi tan bonita como eres tú ahora.

—¿Casi? —pregunté y, al ver que él se echaba a reír, acabé cediendo.

El edificio era sencillo: paredes hechas de ladrillos de barro y paja, un tejado de vigas de madera y arcilla. Los planos contemplaban una puerta batiente de listones en la parte delantera que los hombres no habían instalado aún. El tejado estaba casi terminado, aunque Arturo señaló unos cuantos puntos por los que se filtraba la luz y que había que parchear. Era en eso en lo que estaba trabajando aquel día.

Se subió a una escalera que estaba apoyada contra el alero y se instaló en el tejado con un cubo de arcilla y una llana que utilizaba para extenderla. Maribel se movía por todos lados, pasándoles cosas a los hombres cuando le pedían algo, sonriéndome alegremente mientras trotaba de un sitio para otro. Clavó una hilera de clavos en un tablón. Lijó el cierre de la puerta. Enjuagó las toallas en cubos de plástico llenos de agua. Yo me mantenía apartada, observándolos a Arturo y a ella y, cuando consideraba que no los distraería, hablando de vez en cuando con los hombres del equipo, algunos de los cuales habían asistido a nuestra boda y algunos de los cuales habían estado en el hospital el día en que nació Maribel.

El aire seguía cargado de humedad a causa de la lluvia de la noche anterior pero el sol había consumido la niebla de la mañana y brillaba resplandeciente en el cielo. Uno de los obreros, un hombre musculoso llamado Luis, le dio a Maribel su sombrero al darse cuenta de que ella no tenía ninguno.

Ella se echó a reír.

—Es demasiado grande para mí —manifestó, dejando que el ala se le cayera hasta las mejillas.

—Que va. Estás preciosa —replicó Luis.

Arturo estaba de rodillas en el tejado. Sacaba del cubo puñados de arcilla y taponaba con ella las grietas que había entre los listones de madera. Luego alisaba la superficie con la llana de hierro. Entonces se quedó sin arcilla. Maribel se encontraba justo al pie de la escalera, hablando con Luis.

—Luis —gritó Arturo—, pronto voy a necesitar otro cubo de arcilla.

Luis asintió y Arturo regresó a su tarea.

—Yo iré a por ella —le dijo Maribel a Luis.

—¿Sabes dónde está? —preguntó él.

—Claro —repuso Maribel, y salió corriendo a buscar otro cubo. Cuando regresó, Luis se ofreció a llevarlo.

—Pesa mucho —objetó.

Maribel sonrió.

—Soy muy fuerte —sostuvo.

—¿La tienes? —gritó Arturo desde arriba.

—La tengo, papi —dijo Maribel.

—Pesa mucho —objetó Arturo.

—Es una chica fuerte —gritó Luis en su dirección, y Maribel y yo nos echamos a reír.

—Deja que la suba Luis —ordenó Arturo, y volvió a darles la espalda, alisando la arcilla.

Maribel hizo un puchero.

Toda su vida, la había visto trepar a los árboles y escalar con facilidad paredes de piedra en los patios de la ciudad. Arturo solía enfurruñarse cuando ella hacía estas cosas, pues no encajaban con la idea mexicana de lo que las chicas podían y debían hacer, pero, a mí, ese aspecto de Maribel me encantaba. Que no le preocupara ser como todos los demás. En este sentido, Arturo y ella eran muy similares, aunque él no parecía reconocerlo.

—¿Puedo subirlo yo? —me preguntó la chiquilla.

—Deja que lo haga yo —intervino Luis, haciendo ademán de coger el cubo.

Pero Maribel lo apartó, poniéndolo fuera de su alcance. Volvió a mirarme con sus ojos, grandes y expectantes. Nunca podía resistirme a ella.

—Adelante —le dije.

Me situé al pie de la escalera para sujetarla con firmeza.

—Cuidado —le advirtió Luis mientras ella empezaba a subir.

Al llegar arriba, Maribel empujó el cubo sobre el tejado.

—Aquí tienes —dijo.

Arturo se volvió.

—Creí que te había dicho que dejarás que la subiera Luis.

—Mamá dijo que podía hacerlo.

—¡Alma! —gritó Arturo desde el tejado—. La niña no debería estar aquí arriba.

—Quería sorprenderte —le contesté a gritos.

Arturo se acercó al cubo avanzando como un cangrejo, procurando no perder su punto de apoyo en el tejado inclinado.

—Soy más fuerte de lo que tú crees, papi —declaró Maribel. Desde el suelo, la vi extender un brazo y hacer músculo. Un músculo pequeñísimo. Como una bola de masa de torta.

Al final, Arturo se ablandó y sonrió.

—*Superwoman* —le dijo.

—Ahora baja, hija —le mandé yo.

—¿Estás sujetando la escalera? —gritó Arturo.

—La tengo.

—Baja —oí que Arturo le decía.

Y ella empezó a bajar. Un peldaño. Dos. Entonces, sonó un ruido. Algo repiqueteó a un lado. Me sobresalté y me volví. Debí de sacudir la escalera, que resbaló en el barro que se había formado en el suelo por la lluvia de la noche anterior. Y cuando me volví a girar, fue como si el mundo estuviera desplegándose a cámara lenta. Vi el cuerpo de Maribel inclinarse hacia atrás. Emitió un grito agudo. Quiso agarrarse a la escalera con la mano, pero las puntas de sus dedos sólo aferraron el peldaño. Arturo gritó. Maribel cayó al suelo desde una altura de dos pisos. Su cuerpo se estrelló contra el barro, levantando una lluvia de salpicaduras en el aire, sobre mí, sobre Luis. Su cuello se dobló bruscamente hacia atrás. Sus ojos se cerraron.

Luis fue el primero en llegar hasta ella. Arturo se lanzó escalera abajo, saltando al suelo a medio camino.

—¡Maribel! —gritaba—. ¡Maribel!

Me quedé paralizada por la conmoción, con la sangre helada en las venas.

—No la toques —dijo Luis, pero Arturo no lo escuchó. Colocó una mano bajo la nariz de Maribel para asegurarse de que respiraba y, acto seguido, la recogió del suelo, con el cuerpo lacio como una muñeca de trapo, la cabeza echada hacia atrás sobre uno de sus brazos, las piernas colgando por encima del otro, y pronunció su nombre, una y otra vez, como si fuera la única palabra que conocía. Maribel no despertó.

Los demás hombres presentes en la obra corrieron hacia nosotros, preguntando qué había sucedido, ofreciéndose a ayudar. Sin una palabra, Arturo se abrió paso entre ellos con Maribel en brazos, procurando mantenerla inmóvil, dirigiéndose rápidamente hacia la camioneta mientras yo corría tras ellos, con miedo de mirar, con miedo de saber lo que ya sabía.

No hubo discusión. Luis ocupó el asiento del conductor mientras Arturo se instalaba en el asiento trasero con Maribel, sosteniéndola sobre su regazo. Yo me senté delante, mirando por la ventanilla, con la visión borrosa, las palmas de las manos húmedas de sudor, respirando con dificultad.

En el hospital, Luis saltó de la camioneta y regresó en menos de un minuto acompañado de una enfermera, la cual le echó un vistazo a Maribel y pidió una camilla.

—Ahora tenemos que llevárnosla —dijo. Era una mujer fornida y resuelta.

—Iremos con ella —declaré.

La enfermera agitó la cabeza y, al llegar otra persona con la camilla, Arturo acostó a Maribel en ella. Cuando empezaron a alejarse con nuesrta hija, traté de seguirlos.

Arturo me puso una mano en el brazo.

—Deja que hagan lo que tienen que hacer —me dijo.

Nos sentamos en la sala de espera, una pequeña habitación con una serie de sillas de madera. Arturo había mandado a Luis de vuelta a la obra. Fijé la vista en el suelo, estrujándome las manos. Una vez, me atreví a mirar a Arturo. Tenía una expresión enloquecida, frenética en los ojos. Notó que lo estaba observando.

—¿Qué pasó? —me preguntó.

—No lo sé —respondí—. Se cayó.

—Pero, ¿qué le pasó a la escalera, Alma?

—No lo sé. Yo…

—Se supone que tenías que sujetarla.

—¡La estaba sujetando!

—¿Entonces cómo se cayó?

—Debe de haber resbalado.

—Se supone que tenías que sujetarla —repitió.

—Me volví. Sólo un segundo.

—¿Por qué la dejaste subir allá arriba siquiera? No era seguro.

—Pensé que no le pasaría nada.

—¡Pero te lo *dije*!

—Lo sé.

—¡Y ahora está malherida!

—Lo siento —murmuré, con el peso combinado del horror y del reproche oprimiéndome el pecho.

Arturo se inclinó hacia delante, apoyando los codos en las rodillas, enterrando el rostro entre las manos. Contemplé la curva de su espalda e intenté recordar: estaba sujetando la escalera con las manos y me giré. ¿De verdad la había dejado resbalar? ¿Había sido culpa mía? Eso había dicho Arturo, ¿no? Culpa mía, pensé. Culpa mía. Y lo repetí mentalmente una y otra vez.

Esperamos. Y esperamos. Hasta que el doctor emergió por fin de las entrañas del hospital y nos dijo: un coxis magullado; dos costillas rotas; heridas de escasa importancia, salvo una. Su cerebro. Debido a la forma en que su cabeza había caído hacia atrás golpeándose contra el suelo, debido a la forma en que había rebotado, el cerebro había sufrido una sacudida dentro del cráneo.

—El cerebro es muy tierno —explicó el médico—. Cuando se sacude de este modo, puede desgarrarse contra un fragmento de hueso del interior del cráneo que actúa como una cresta. Es lo que se llama lesión difusa axional. Esto es lo que ha sucedido aquí. Y ahora su cerebro se está inflamando. No podemos permitir que siga inflamándose. No hay mucho espacio en el interior de la cabeza humana. Si se hincha demasiado, bueno…
—Nos miró a los dos. Era un hombre mayor con un poblado bigote—. Podría no sobrevivir —dijo. En el mismísimo instante en que pronunció aquellas palabras, alguien, algún espíritu en algún lugar, me arrebató el aire de los pulmones. El médico prosiguió—: Está intubada y conectada a un ventilador. Le hemos administrado medicamentos para aliviar la presión, pero no han causado el efecto que esperábamos. Así que lo que tenemos que hacer ahora, para lo cual necesito su autorización, es quitarle un pedacito de cráneo para darle espacio a la inflamación e impedir que la presión aumente en exceso. —Calló y volvió a mirarnos—. Si aumenta demasiado, podría morir. Y cuanto más tardemos en reducirla, mayores son los daños que podría sufrir. —Ni Arturo ni yo pronunciamos palabra. Nos habíamos tomado de la mano.

Nos aferrábamos el uno a los dedos del otro como si en ellos pudiéramos hallar fuerzas. —No hay más opción —añadió el doctor.

Le abrieron la cabeza. Extirparon un pedazo de nuestra hija. Y al finalizar la operación, nos dimos cuenta de que en ese pedazo estaba todo. Hasta entonces, yo creía que una persona habitaba todo su cuerpo. Creía que la esencia de una persona se extendía por todo su ser. ¿Quién hubiera podido pensar que todo lo que es una persona estuviera contenido en un dedo o en una cadera o en un pedacito de cráneo y que el resto del cuerpo existiera sólo como fachada? Maribel había cambiado de manera tan radical tras la operación que ¿qué otra cosa podía pensar yo? Por supuesto, sabía que esto no era así. Desde un punto de vista médico, científico, nos lo habían explicado todo. No había sido la intervención quirúrgica lo que nos la había arrebatado. Había sido el accidente. En el momento en que su cabeza golpeó el suelo, rebotó hacia arriba y volvió a caer, su cerebro, como una masa de gelatina, resbaló en el interior del cráneo. Adelante y atrás, y se rasgó contra el hueso. Y al desgarrarse, se destruyeron algunas de las conexiones entre las neuronas, que era una palabra que el doctor tuvo que explicarnos. Y luego se produjo la inflamación, que, segundo a segundo, no hacía más que empeorarlo todo. No, no fue la operación lo que nos la arrebató. Fue lo que supuestamente la salvó.

Maribel estuvo semanas en el hospital. Recuperó la consciencia poco después de la intervención y se despertó inquieta y confusa. Con el tubo en la garganta, no podía hablar. Nos miraba histérica, preguntando con los ojos dónde estaba y qué había pasado. Se lo explicamos todo. Se lo explicamos y le repetimos que la queríamos hasta que se tranquilizó.

La mayoría de las noches dormíamos sobre una manta en el suelo de su habitación del hospital. Cuando dormíamos en casa, temblábamos y nos acurrucábamos juntos en la cama en medio de la oscuridad. Muchas veces, llorábamos. Mis padres vinieron a casa y lloraron con nosotros. Nuestros amigos vinieron y nos abrazaron. Todas las mañanas me despertaba y me arrodillaba en el suelo, rogándole a Dios que la curara. Supongo que podría haberle preguntado a Dios cómo era posible que hubiera permitido que sucediera algo semejante, sólo que no había sucedido por casualidad. Lo que la había derribado al suelo no había sido un terremoto ni una ráfaga de viento. Había sido yo. Por aquel entonces, estaba convencida de ello. Así que rezaba para pedir perdón y para que Dios nos la devolviera. Quería que Maribel se hiciera mayor y se casara, tuviera hijos y hallara un sentido a su vida. Quería verla terminar la secundaria, y quería verla presentarnos llena de timidez al hombre de quien se había enamorado, al hombre al que un día Arturo y yo acogeríamos en nuestra familia. Quería coser cintas amarillas, azules y rojas en su ropa interior de novia para atraer a la buena suerte. Quería verla embarazada y luego alzar a ese niño en brazos. Quería que viniera a casa a comer y que se riera delante del televisor y se frotara los ojos cuando estuviera cansada tras un largo día y que me abrazara al llegar la hora de volver a marcharse, sujetando la mano de su hijo en la suya mientras su marido la esperaba en el auto. Quería que tuviera la vida larga y llena que todo padre le promete a sus hijos por el simple hecho de haberlos traído al mundo. La promesa implícita, pensaba. Rezaba todas las oraciones que sabía.

Después de la operación, un terapeuta acudió a la habitación de Maribel y le hizo pruebas para asegurarse de que podía moverse, de que podía comprender instrucciones básicas, de que su cerebro aún podía decirle qué hacer al resto de su cuerpo. El doctor estaba complacido. Tenía una lesión cerebral, pero habría podido ser mucho, muchísimo peor. Empezamos a tener esperanza. ¿Podríamos tal vez recuperarla? ¿A nuestra Maribel? ¿La Maribel que habíamos conocido durante casi quince años? Dijeron que a lo mejor. Con el tiempo. Pero que lo más probable era que algo hubiera cambiado permanentemente en ella. No lo sabían con seguridad. Cada paciente con lesión cerebral era distinto. Nos lo decían demasiado a menudo. Empezó a parecernos una excusa para su ignorancia. Me daban ganas de gritar: ¿Qué saben ustedes? Después de semanas de rehabilitación, después de trabajar con un psicólogo, un patólogo del habla y el médico, lo único que podían decirnos eran cosas como: a veces se esfuerza por encontrar las palabras adecuadas, y esto probablemente persistirá. Su memoria a corto plazo es errática en el mejor de los casos. Su respuesta emocional es plana, lo cual podría o no cambiar. Le cuesta organizar sus pensamientos y sus actos. Se cansa con facilidad. Podría ser más propensa a la depresión, incluso a largo plazo. Pero es joven, por lo que sus probabilidades de recuperación son mayores. "Además —decían todos— el cerebro es un órgano extraordinario. Con la atención y el ejercicio adecuados, puede curarse".

Ni Arturo ni yo sabíamos lo que aquello significaba. Seremos cariñosos con ella, pensábamos. Tendremos paciencia. Y cuando le dieron el alta, la mandamos de vuelta a la escuela con la idea de que un ambiente de aprendizaje era justo lo que necesitaba. Había que hacer que volviera a utilizar la mente, pensábamos los dos. Le haría bien.

Pero Maribel volvía a casa frustrada y deprimida un día tras otro. Los profesores hablaban demasiado deprisa, decía. Se pasaba horas en el despacho de la enfermera, quejándose de dolor de cabeza. Incluso cuando los profesores intentaban ser complacientes —dándole más tiempo para hacer los exámenes, repitiendo las cosas— ello resultaba de escasa ayuda.

Dos semanas después, volvimos a ver al doctor en el hospital y le pedimos consejo. Nos dijo que si podíamos encontrar el tipo de escuela adecuado, una escuela con un programa sólido de educación especial, eso sería enormemente positivo. Había unas cuantas en Ciudad de México, dijo. Pero las mejores estaban en los Estados Unidos, si estábamos dispuestos a ir. Nos dio una lista de escuelas que conocía, escuelas con buena reputación. Nuestra elección dependía sólo del lugar donde Arturo pudiera encontrar trabajo.

—Bueno, ¡podrían habérnoslo dicho antes! —exclamé.

—¿Los Estados Unidos? —dijo Arturo.

—Puedes encontrar un empleo allí, ¿no? —Ahora que había una solución a la vista me sentía llena de energía.

—Pero este es nuestro hogar —protestó Arturo—. Siempre ha sido nuestro hogar.

—Sería sólo temporal.

Arturo frunció el entrecejo en su manera particular.

—¿Por qué estás tan segura de que allí puede obtener lo que necesita?

—¡Qué vergüenza, Arturo! Si tú no vas, la llevaré yo misma.

—Es sólo que… Han cambiado ya muchas cosas. Hemos pasado mucho.

—Pues esto es sólo una cosa más.

—No sé si podrá soportar una cosa más.

—Bueno, no puede quedarse aquí, haciendo esto. ¿Es que no quieres que mejore?

—Claro que sí.

—¿Entonces… ?

Arturo asintió. Pero cuando lo miré, comprendí. Era él quien no estaba seguro de poder soportar una cosa más.

—Tenemos que hacerlo —manifesté—. Lo único que necesito es que digas que sí, y te prometo que después yo me encargaré de todo. No tendrás que preocuparte de nada.

—Quiero hacer lo mejor para ella —declaró.

—Lo sé. Esto es lo mejor.

Y al final Arturo accedió, y la decisión fue cosa hecha.

Mayor

Qué puedo decir? Cada vez me gustaba más. Aquellos domingos después de misa, en lugar de sentarnos en el sofá con nuestros padres, Maribel y yo empezamos a pasar el rato solos en la cocina.

No siempre se le daba bien mantener una conversación —en ocasiones, perdía el hilo de sus pensamientos y hablaba despacio mientras trataba de encontrar las palabras adecuadas y, a veces, se le olvidaba que ya habíamos hablado de algo, de modo que yo tenía que repetirlo— pero muchas de las cosas que decía eran inteligentes. Además, me había dado cuenta de que te escuchaba, incluso cuando parecía no hacerlo. Cuando la conocí en el Dollar Tree, antes de saber nada de ella, me había parecido intimidante y desinteresada. Pero ahora que sabía lo que le pasaba, comprendía que no debía tomármelo como algo personal. A veces, rascaba la superficie de la mesa de la cocina con las uñas o se ponía a mirar al techo pero, cuando yo dejaba de hablar, respondía de un modo que demostraba que había estado prestándome atención todo el tiempo y, lo que es mejor, que le interesaba realmente lo que había dicho. Que era más de lo que podía decir de cualquier chica que hubiera conocido en mi vida.

A mi padre no le gustaba.

—¿Por qué no puedes hablar con chicas normales? —me preguntó una vez después de que los Rivera se marcharan.

—¿Qué quieres decir con eso? —dijo mi madre.

Pero todos sabíamos lo que quería decir: ¿Por qué no podía habar con una chica que no tuviera una lesión cerebral? Por supuesto que hablaba con las supuestas chicas normales. Quiero decir que les pedía que me pasaran un papel en clase o murmuraba una disculpa cuando me chocaba con una de ellas en el pasillo. Pero nunca me había resultado fácil, por lo menos no como sucedía con Maribel, tal vez *porque* tenía una lesión cerebral, tal vez porque, por este motivo, no me intimidaba tanto. Estaba casi seguro de que en otra vida, una vida anterior a lo que fuere que le había sucedido, Maribel no hubiera sido más que otra chica que me daba miedo. También estaba seguro de que ella no me hubiera dado ni los buenos días. Tenía la impresión de que hubiera sido una de las chicas populares, la chica a la que todos los chicos deseaban. Pero esta era una vida distinta, una vida en la que tenía posibilidades con ella. Quizá verlo de este modo fuera espantoso, pero no iba a dejar pasar la oportunidad.

—¿Te acuerdas de aquella chica con la que Enrique solía salir? —dijo mi padre—. ¿Cómo se llamaba? ¿Sandra? La que llevaba cintas para el pelo. ¿No puedes encontrar una como esa?

—No quiero una como esa —repliqué.

—Déjalo en paz —lo reprendió mi madre— Maribel es una buena chica.

—Tal vez —concedió mi padre—. Pero no es para Mayor.

Pero la estrechez de pensamiento de mi padre sólo me hacía sentir aún más conectado a Maribel. Como que tal vez fuera el único que la comprendía, el único que estaba dispuesto a darle una oportunidad.

Empecé a pasar por su casa algunas veces al salir de la escuela. La verdad es que su madre no dejaba que Maribel fuera conmigo a ninguna parte, así que ella y yo simplemente nos sentábamos en el suelo del dormitorio que compartía con sus padres y charlábamos. Tenían montones de ropa doblada apilados a lo largo de la pared y un colchón en la esquina. Maribel tenía un saco de dormir que enrollaba durante el día y colocaba bajo la ventana. Pero el ambiente era poco estimulante cuando menos, y me sorprendía a mí mismo deseando poder llevarla a otro sitio, ni que fuera el Dunkin' Donuts de al final de la calle, donde sabía que podíamos conseguir donuts gratis si estaban a punto de tirarlos, o quizá al cine, donde podía enseñarle a colarse por la puerta lateral, como William y yo llevábamos haciendo toda la vida. Pensaba que se lo merecía, saben, salir al mundo. Que yo supiera, sólo iba a la escuela y regresaba derecho a casa, lo cual la hacía sentir como un pájaro enjaulado que nadie consideraba capaz de volar. Pero su madre no daba el brazo a torcer. La regla era que si quería ver a Maribel, tenía que ser o en su casa o en la mía, nada de salir afuera, de dar un paseo, nada de nada.

La mayor parte de las veces, la encontraba sentada en el suelo del dormitorio, escribiendo en su cuaderno, o de pie, mirando por la ventana de atrás. Yo le preguntaba qué estaba mirando o sobre qué estaba escribiendo. Algunas veces me lo decía. Otras, no. En cualquier caso, no me importaba demasiado. Era consciente de que la razón original por la que había hablado con Maribel, que había sido impulsada por un sentido de responsabilidad, había sido remplazada por otra cosa. Quería estar cerca de ella. Seguía queriendo cuidarla, en cierto modo, pero ahora era más que eso. Me gustaba. Me gustaba más de lo que me había gustado nunca nadie.

Hablábamos más que nada de cosas sin importancia, como lo de que estaba haciendo en la escuela, de música y de nuestros padres. Yo le contaba cualquier cosa —"¿Sabías que, a su muerte, una persona media se ha bebido 60.560 litros de agua?", o "vi a Vicente Fox en la televisión"— y ella sonreía a veces, lo cual era siempre mi objetivo.

Hablábamos del tiempo porque ahora que empezaba a hacer más frío Maribel estaba esperando que nevara, para ver cómo era.

—Me imagino que en México no hay nieve, ¿no? —le dije.

—Sí.

—¿"Sí" no hay nieve o "sí" hay nieve?

—Hay nieve.

—¿En México? Ni hablar.

—En el norte, sí —afirmó ella.

—Sabes que hay distintos tipos de nieve, ¿verdad? Está el aguanieve, que puede endurecerse formando una costra y congelarse. Y, luego, está la nieve polvo, que es blanda. Y mejor no hablar de los copos de nieve. Hay cuatro clases: columnas, dendritas, agujas y placas hexagonales.

Maribel sacó su cuaderno.

—Repítemelo.

Se lo repetí y ella lo apuntó.

—¿Te gustó? —le pregunté.

Ella asintió.

—¿Puedo verlo? —Alargué la mano.

Sin titubeos, Maribel me entregó el cuaderno. En la página que estaba abierta, había escrito: "El aguanieve es dura. La nieve polvo es blanda". Tenía una caligrafía pequeña y apretada, y presionaba tan fuerte con el bolígrafo negro que había rasgado el papel. Todo estaba centrado —una línea para cada cosa— de mitad de la hoja para abajo. En la parte superior, muy arriba, en el margen, había escrito su nombre y su dirección. Seguí leyendo.

Cierra la puerta detrás de ti.

Mrs. Pacer está en el aula 310.

Mi aula es la 312.

¿Cuánto cuesta un billete de autobús?

¿Cómo se llama el conductor del autobús?

Mira la tarjeta identificativa del conductor del autobús.

Cristal.

El autobús escolar es gratuito.

El autobús urbano no es gratuito.

Retrocedí unas cuantas páginas y leí:

Estamos en Newark, Delaware.

Delaware se encuentra a 3.333 kilómetros de casa.

Hoy me siento igual que ayer.

Le devolví el cuaderno.

—¿Qué pasó? —le pregunté.

—¿Qué?

—¿Fue un accidente de auto?

—¿Cuándo?

—Perdona. Quiero decir, ¿qué te pasó?

—Me caí. Estaba en… —Se interrumpió—. Es largo.

—¿Es una larga historia?

Ella agitó la cabeza.

—Una cosa larga. De madera.

Me exprimí el cerebro.

—¿Un bate? —detestaba no saber adónde quería llegar. Quería demostrarle que la entendía. Quería ser la única persona con quien le resultaba fácil hablar.

—Una escalera —dijo por fin.

—Ah, una cosa larga hecha de madera. Eso es. ¿Estabas en lo alto de una escalera?

—Me rompí dos —levantó dos dedos— costillas.

—¿Y te golpeaste la cabeza?

Ella se levantó un mechón de cabello y me mostró una cicatriz, rosada y cerosa, como un gusano de goma, detrás de la oreja.

—¿Ahora te duele? ¿Puedes dormir sobre ella?

—Tengo jaquecas.

—¿Es por eso por lo que llevas gafas de sol?

—Sí.

—¿Te acuerdas de ello?

—Estaba en lo alto de…

—La escalera —completé yo.

Ella asintió.

—Y después estaba en el hospital. No sé adónde fui entre medio.

—Bueno, alguien debió de llevarte al hospital.

—Quiero decir que… me perdí. Entre medio.

—Oh —repliqué, y me quedé en silencio, porque algo acerca de esa idea, que podías ser una persona en un momento dado y luego despertar y ser completamente distinto— me tocó en lo más profundo.

—No me preguntes cómo me encuentro —dijo Maribel—. Odio cuando la gente… me lo pregunta.

Ya me lo había dicho antes, pero no se lo hice notar. Sólo le dije:

—Estarás harta, ¿no?

—Quiero ser como todo el mundo.

—Sí —repuse, porque sabía exactamente a qué se refería. Me había pasado la vida entera sintiéndome así. Como si todo el mundo hubiera descubierto algo que yo no lograba encontrar, que no sabía que *existiese* siquiera. Quería averiguar qué era, cuál era el secreto para tener la vida fácil que todos los demás parecían tener, una vida en la que encajaban y en la que hacían bien todo lo que intentaban. Un año tras otro, esperaba que las cosas se acomodaran, cada septiembre me decía a mí mismo: "Este año será distinto", pero, año tras año, todo seguía exactamente igual.

Aquel día no le respondí nada a Maribel. Cambiamos de tema. Pero más tarde aquella noche, cuando me encontraba en la cama, me di cuenta de lo que debería haberle dicho, porque para ella por lo menos podría haber sido verdad: "No deberías querer ser igual que todo el mundo. Entonces no serías tú misma".

UN DÍA, AL volver de su casa encontré a mi padre sentado en el sofá, viendo la televisión. Tenía los pies sobre la mesita de café, calzados con unas medias sudadas, y una botella de cerveza en la mano. Por lo general no regresaba a casa hasta más tarde, de modo que los dos nos quedamos sorprendidos al vernos.

—¿Qué haces aquí? —le pregunté.

Él se incorporó, sobresaltado.

—Hoy la cafetería cerró temprano. Ya no hay suficientes clientes por la tarde. ¿No deberías estar en fútbol?

Me puse tenso.

—Allí estuve —contesté.

—No llevas puesto el equipo.

—Sí. —Barajé mil excusas en mi cabeza—. Tenía el equipo sucio, así que tomé prestada ropa de un compañero.

—¿Eso es de un compañero? ¿Eso? ¿Lo que llevas puesto?

—Bueno, tuve que devolver el equipo después del entrenamiento, así que volví a ponerme la ropa normal.

—¿Le devolviste a alguien la ropa sucia?

Asentí.

—¿A quién?

Dije el primer nombre que se me ocurrió.

—A Jamal Blair.

Mi padre adoptó una expresión de disgusto. Estaba sentado en el sofá, torciendo el tronco para mirarme.

—No había oído nunca ese nombre.

—Es bueno. Es centrocampista.

Mi padre entornó los ojos como si me estuviera estudiando con visión de rayos X. Traté de permanecer lo más tranquilo posible.

—¿Cuándo es el próximo partido? —inquirió, como poniéndome a prueba.

—Tengo que chequear —respondí.

—¿No lo sabes?

Guardé silencio.

—¿No lo sabes? —volvió a preguntarme, esta vez gritando.

Así eran las cosas con él. En un momento dado, conversaba normalmente y en el siguiente estallaba.

Mi padre había mencionado su deseo de asistir a un partido en otra ocasión pero el hecho de que su horario de trabajo se lo impedía me había salvado. Su horario era básicamente lo único que me había salvado desde el principio. Cuando llegaba a casa todos los días, yo le decía que había estado en fútbol y él no se percataba de que no era verdad.

Pero ahora se había acabado, pensé. Mi padre había acabado por ver cómo era yo en realidad.

Alzó la botella de cerveza y la orientó hacia la luz.

—Ya no queda —murmuró. Me la tendió por encima del respaldo del sofá—. Tráeme otra. —Desde donde me encontraba, pude ver cuatro botellas vacías puestas en fila junto al fregadero de la cocina.

La cogí, y él volvió a acomodarse sobre los cojines del sofá.

¿Qué pasaba? ¿Eso era todo?

Entonces, desde el sofá, mi padre gritó:

—¡Celia!

Oí los pasos de mi madre cruzar su dormitorio y avanzar por el pasillo.

—¿Me llamas?

—¿No puedes tener la ropa limpia al día?

Mi madre entró en la sala, meneando la cabeza.

—¿De qué estás hablando?

—El equipo de fútbol de Mayor. Él asegura que está sin lavar.

Mi madre me miró, confusa. Yo le devolví la mirada, tratando de parecer lo más inocente posible. Pero entonces le cambió la cara y, por un instante, creí que tal vez lo hubiera descubierto. Pero si lo hizo, no me delató.

—Lo siento —dijo, en cambio—. Hoy lavaré lo que queda.

—¡Carajo! —exclamó mi padre, y ahí acabó la cosa.

Quisqueya Solís

Por dónde debería empezar? Venezuela es donde nací y donde viví hasta los doce años de edad. Era una chiquilla preciosa, feliz en todos los sentidos. Pero cuando cumplí los doce, mi madre se enamoró de un hombre de California. Le pidió que se casara con él, por lo que nos mudamos a su casa de Long Beach. Era una casa enorme, con una piscina en el patio. Creo que la había diseñado un arquitecto famoso. Los estudios de Hollywood nos llamaban a veces para ver si podían utilizar la casa en una película o para rodar un anuncio. Era muy glamorosa.

Viví allí contenta durante un tiempo. El nuevo marido de mi madre tenía un hijo, Scott, de un matrimonio anterior, dos años mayor que yo. Al principio, no me presto ninguna atención, pero bastante pronto, a medida que mi cuerpo empezaba a cambiar y me iba convirtiendo en una mujer, se fijó mejor. Me sorprendía siempre en la ducha, tras lo cual afirmaba no saber que yo estaba allí, o lo notaba mirándome mientras tomaba el sol en la piscina. Yo trataba de ignorarlo cuando podía. Tenía siempre la puerta de mi habitación cerrada con llave.

Una noche, Scott y yo estábamos en casa. Yo tenía dieciséis años. Era una noche lluviosa. Mi madre y su padre habían salido a cenar. Me encontraba en la cocina, sacando un refresco de la nevera cuando él se me acercó por detrás y me besó. Recuerdo muy claramente que dijo: "No pasa nada. No somos realmente hermano y hermana, así que no hay problema". Pero a mí no me pareció bien. Traté de quitármelo de encima, pero era más fuerte que yo. No es que yo fuera una mojigata. Había besado a algunos chicos con anterioridad. Pero aquello no era lo que yo quería. Volvió a echárseme encima. Me hizo caer al suelo y se colocó encima de mí.

Me hizo cosas innombrables, todas contra mi voluntad. No sé por qué, pero creía que podía hacerme lo que le diera la gana. Así es cómo son los chicos.

Después le conté a mi madre lo que me había hecho, pero ella no lo creyó. Me acusó de intentar arruinarle las cosas. "Mira la vida que nos han dado", me dijo. Me advirtió que no fuera desagradecida. Por supuesto, después de aquello me sentí más disgustada aún. Y me pareció que no podía seguir allí, tan cerca de Scott. Sabía que era sólo cuestión de tiempo que volviera por mí. Le dije a mi madre que me marchaba. No se opuso. Tampoco se ofreció a venir conmigo. No creo que hubiera deseado jamás tener un hijo siquiera. Fui fruto de un romance de una noche. Para ella era menos importante que las cosas que ahora tenía: una casa bonita, joyas con diamantes, un auto caro y una gran nevera. Era la vida que siempre había soñado —ahora incluso éramos ciudadanas americanas— y vivíamos en los Estados Unidos, ni más ni menos.

Acudí a un refugio y les dije que estaba sola. Mentí y dije que mis padres habían muerto y que había estado valiéndome por mí misma. Pasé también algún tiempo en casa de una amiga. Estuve viviendo durante meses en la casita de su piscina y sus padres ni siquiera se enteraron de que me encontraba allí. Echaba de menos a mi madre, pero la verdad es que la había echado de menos incluso cuando estábamos juntas, de modo que no era ninguna novedad.

En cuanto obtuve el diploma de la escuela secundaria, abandoné California. La amiga con la que había estado viviendo iba a ir a la universidad en Nueva Jersey. Sus padres le habían regalado un auto por su graduación, así que iba a llenarlo con sus pertenencias y a cruzar el país hasta su nueva universidad. Se ofreció a llevarme con ella. Me quedé con ella en su residencia de estudiantes hasta que encontré un trabajo sirviendo mesas y ahorré dinero suficiente para vivir sola.

Mientras desempeñaba ese trabajo, conocí a un hombre. Solía sentarse en la barra y pedir tarta de arándanos. A veces, flirteaba conmigo. Traté de resistirme a él. En aquella época desconfiaba de los hombres. No quería tener nada que ver con ellos. Pero él era persistente y amable y me hacía reír. Empezó a quedarse después del cierre del restaurante y hablaba conmigo mientras yo recogía. Me acompañaba a casa cuando había anochecido. Pero no sabía en qué se estaba metiendo conmigo. Nunca hizo nada malo, pero para mí, acercarme realmente a él era una lucha. Me resultaba difícil confiar en él a causa de mi pasado. Lo rechacé —cada vez que volvía a mí, lo rechazaba— hasta que al final se marchó. Pero es el padre de mis dos hijos, y me he esforzado mucho para asegurarme de que acabaran siendo buenos y respetuosos. Mientras estaban en mi casa, no le pusieron jamás la mano encima a una muchacha, ni un beso, nada. Yo estaba muy atenta. Es posible que sean los únicos buenos chicos del mundo. Gracias a unas becas y ayuda financiera, pueden ir a la universidad. Allí están estudiando duro.

Ahora recibo dinero todos los meses como parte de mi acuerdo de divorcio. Así que desde un punto de vista económico, no tengo problemas, pero decidí trabajar también como voluntaria en el hospital los lunes y los miércoles porque creo que debo hacer algo positivo con mi tiempo, algo para ayudar a la gente. Es lo mínimo que puedo hacer. Tengo dinero suficiente para vivir quizá en un sitio distinto, pero mis amigos están aquí. Aparte de mis chicos, mis amigos son todo lo que tengo.

Casi ninguna de las personas que forman hoy parte de mi vida saben por lo que he pasado, ni tampoco quiero que lo sepan. Hay cosas que deben ser privadas. Eso es lo que digo siempre. Además, no necesito la compasión de nadie. Mi vida ha sido lo que ha sido. No es una historia maravillosa, pero es mía.

Alma

Aquel mes de diciembre los días fueron largos y fríos. Habíamos estado manteniendo el termostato a veintiséis grados, pero entonces llegó la primera factura de la calefacción por un importe de 304,52 dólares, que me hizo llorar al verla e hizo que Arturo rompiera el papel en pedacitos del tamaño del confeti. Ninguno de los dos tuvo que decir en voz alta que no podíamos pagarla.

A partir de entonces, bajamos la calefacción a quince grados y medio y nos apiñamos junto a los radiadores para estar calientes. Nos envolvíamos en mantas que nos echábamos sobre los hombros y las manteníamos cerradas sujetándolas fuertemente con las manos. Nos poníamos varios pares de medias. Me até una bufanda a la cabeza, a pesar de que Arturo dijo que parecía una terrorista. El viento se colaba por los bordes de las ventanas viejas y sueltas y lanzaba aire frío al interior de nuestra habitación. Arturo intentó rellenar las grietas con masilla, pero la masilla se resquebrajó al secarse. Fijó trapos con cinta adhesiva alrededor de los marcos de las ventanas, pero no sirvió de mucho.

—¡Mi cuerpo no está hecho para este tiempo! —le dije a Arturo, que se echó a reír la primer vez que lo oyó y frunció el ceño cuando volví a repetirlo unos cuantos días después.

—No deberíamos quejarnos —manifestó.

Así que me esforcé por concentrarme en las cosas positivas. Maribel se había reído dos veces desde aquella primera ocasión, y me parecía que ahora también era capaz de recordar más cosas por sí misma. Seguía recurriendo al cuaderno, pero durante la misa, por ejemplo, sabía cuándo arrodillarse y cuándo ponerse en pie, cuando levantarse para ir a comulgar y cómo encontrar después el camino de vuelta a nuestro asiento. Los informes de la escuela eran asimismo alentadores. El más reciente decía: "Maribel habla cada vez con mayor frecuencia, tanto con el profesor como con el ayudante, aunque sólo en español. Ha empezado a contestar preguntas, aunque a veces su respuesta no es coherente con la pregunta formulada. Tanto en el discurso voluntario como en sus respuestas, ha empezado a modular la voz para ser más expresiva".

Aun así, yo era sufridora por naturaleza y no podía escapar a la sensación de que podía pasarle cualquier cosa en cualquier momento. Como si por el hecho de que una vez le hubiera sucedido una cosa terrible la posibilidad de que volviera a sucederle algo terrible fuera mayor. O quizá se tratara tan sólo de que comprendía lo vulnerable que era como no lo había comprendido antes. Comprendía lo fácil y rápidamente que se nos podían arrebatar las cosas.

Todos los días de escuela, salía a la calle por la mañana y esperaba con ella el autobús. Cada tarde, la recogía en el mismo lugar. Maribel había desarrollado una especie de amistad con Mayor Toro, que parecía ser algo más en lo que estaba progresando —era el primer amigo que tenía desde el accidente—, pero le dije que Mayor y ella sólo tenían permiso para pasar tiempo juntos bajo supervisión, ya fuera en nuestra casa o en la de los Toro. Fui firme en cuanto a esto. La puerta de los Toro se encontraba a no más de diez metros de la nuestra, abajo, en el primer piso, pero yo salía afuera, observaba a Maribel recorrer esa distancia y esperaba a que entrara antes de hacerlo yo. Cuando era hora de que volviera a casa, volvía a salir para ver si regresaba.

Un día, estaba preparando enchiladas de carne con una falda de ternera casi caducada que había encontrado en liquidación en la carnicería. Estaba tarareando para mis adentros una canción que mi madre solía cantarme cuando era niña. Me quité

los negros chiles pasilla de las manos bajo el chorro de agua, me
las sequé palmeándome los pantalones y le eché una ojeada al
reloj, que marcaba justo pasadas las cinco. El corazón me dio
un vuelco. ¿Cómo se había hecho tan tarde? Maribel debería de
estar ya en casa. Me dirigí rápidamente hacia la puerta y la abrí,
esperando verla subir las escaleras, caminando hacia mí, pero
no vi más que el asfalto agrietado y las líneas blancas de pintura
desvaídas del aparcamiento vacío. ¿Dónde estaba? ¿Estaría aún
en casa de los Toro?

Cerré la puerta a mis espaldas, salí al exterior y me encaminé
al apartamento de los Toro. Cuando llegué al pie de la escalera,
oí una risa. No la de Maribel, sino la de otra persona. Procedía de
la fachada lateral del edificio. Y luego oí una voz de chico.

Me dirigí hacia ella procurando no hacer ruido.

—¿Maribel? —llamé. Nadie contestó—. ¿Maribel? —dije
más fuerte, avanzando centímetro a centímetro.

Le di a algo con el pie y, al mirar, vi las gafas de sol de Maribel
en el suelo. Un creciente sentimiento de ansiedad brotó bajo mi
esternón. Recogí las gafas y seguí caminando, tratando de oírla,
pero ahora todo estaba en silencio.

Y entonces, al volver la esquina, la vi. Tenía la espalda contra la pared de bloques de hormigón y las manos levantadas por
encima de la cabeza. Un muchacho, el muchacho de la gasolinera, lo reconocí al instante, le sujetaba las manos contra la
pared al tiempo que la miraba. Tenía la camisa subida hasta las
axilas, dejando al descubierto su sujetador blanco de algodón, y
la cabeza vuelta hacia un lado, con los ojos fuertemente cerrados.

Grité. El muchacho dio un respingo y volvió velozmente la
cabeza.

—¡Apártate de ella! —aullé.

Corrí a interponerme entre ellos, le bajé a Maribel la camisa
de un tirón y la protegí con mi cuerpo. El chico dijo algo en
inglés, algo ininteligible para mí, pero detecté la indignación en

el tono de su voz y, sin pensar, me di media vuelta y le escupí en la cara. Él me agarró del brazo, hincándome las uñas en la piel.

—Vete, Maribel —grité—. ¡Vete a casa!

Pero ella no se movió. Estaba muda e inmóvil, como un árbol que había echado raíces.

—¡Vete! —repetí, arrancándome del muchacho. Y entonces eché a correr, arrastrando a Maribel conmigo, hasta la parte frontal del edificio, escaleras arriba y al interior del apartamento, donde cerré la puerta con llave a nuestras espaldas, jadeando y parpadeando para intentar alejar la cegadora luz blanca del pánico.

—¿QUÉ PASA? —ME preguntó Arturo aquella noche mientras estábamos sentados a la mesa de la cocina, aquella ridícula mesa de cocina robada, tomando una infusión de manzanilla, como hacíamos la mayoría de las noches después de que Maribel se fuera a dormir.

Lo miré sobresaltada, como si me hubiera despertado de un sueño.

—¿A qué te refieres?

—Estás muy callada —señaló.

—Estaba pensando.

—¿En qué?

No le había contado lo que había sucedido. No iba a contárselo. No quería que supiera que había vuelto a fallarle a Maribel. Además, ella estaba bien. Le había preguntado qué le había hecho el muchacho, si la había besado, si la había tocado, si le había hecho daño, y me había contestado que no con la cabeza. La había empujado contra la pared. *Iba* a hacerle algo. Eso estaba claro. Pero yo había llegado a tiempo. Y cuando la examiné, explorando cada parte visible de su cuerpo, no tenía rasguños, ni marcas de ningún tipo. Está bien, me dije, con un cierto y extraño alivio. Traté de concentrarme en eso en lugar de en la otra parte de mí que decía: "Por esta vez".

—¿Alma? —insistió Arturo.

—Estaba pensando en Maribel —repliqué. Me parecía una manera de decir la verdad.

Al oír su nombre, Arturo se relajó.

—Le va mejor, ¿verdad? Los informes de la escuela…

—Sí.

—¿Pero estás preocupada? —inquirió.

Traté de sonreír.

—No.

—Estás preocupada por algo.

Lo miré y sacudí ligeramente la cabeza.

—Sí, lo estás. Te preocupas por todo. Eres una auténtica mexicana. Una fatalista.

—Como si tú no te preocuparas por las cosas.

—Por supuesto. Pero he estado pensando. ¿Y si Dios quiere que seamos felices? ¿Y si no hay nada más a la vuelta de la esquina? ¿Y si toda nuestra infelicidad es cosa pasada y a partir de ahora tenemos una vida sin complicaciones? Alguna gente la tiene, sabes. ¿Por qué no habríamos de tenerla nosotros?

Presioné la mano plana contra la mesa, extendiendo los dedos. Era un bonito pensamiento, pero oír el optimismo de Arturo burbujear hasta la superficie, oír su inocencia, era insoportable.

—Ahora tienes que pensar como una gringa —dijo—. Debes creer que tienes derecho a ser feliz.

Tomé un sorbito de manzanilla, sintiendo su calor inundarme la boca. Fuera, el viento aullaba y agitaba hacia adelante y atrás las copas desnudas de los árboles en medio de la noche. Pronto sería Navidad, y de repente deseé que estuviéramos en Pátzcuaro, donde las Navidades eran cálidas y estaban impregnadas de aroma a canela, donde piñatas llenas de naranjas y cañas de azúcar colgaban de las vigas, y donde los niños desfilaban por las calles con farolitos de papel en sus pequeñas manos. Deseé que estuviéramos en cualquier lugar menos en aquel, geográfica y emocionalmente. Deseé que nuestra vida fuera distinta, que fuera como antes.

Hacía dos años, sólo seis meses antes del accidente, mis padres habían venido a cenar el día de Nochebuena y le habían traído a Maribel un vestido de "Diseño y Artesanía" que mi madre insistió en regalarle.

En aquella ocasión, Maribel había hecho los buñuelos porque, a los catorce años, quería demostrar su independencia y sus capacidades. Primero, afirmó que quería hacer los tamales y el revoltijo de romeritos, pero yo sostuve que eran demasiado complicados. Además, eran la parte principal de la comida. Si no salen bien, ¿qué vamos a comer?, pensé. "¿Quizá podrías hacer los buñuelos?", le sugerí. ¿Qué llevaban los buñuelos? Harina, azúcar, sal, huevos, leche, mantequilla, polvo de hornear y canela. Ni más, ni menos. No podían salir mal.

A primera hora de la mañana, sacó un tazón y un tenedor.

—¿Qué haces? —le pregunté.

—Mis buñuelos.

—¿Tan pronto? No se tarda más de media hora en prepararlos.

—Ya lo sé.

—¿Sabes también que son las ocho y media de la mañana?

—Sí.

—Pero no vamos a comérnoslos hasta esta noche.

—Mami —dijo, poniéndose una mano en la cadera.

—Maribel —repliqué yo, imitando su gesto y poniéndome la mano en la cadera.

Ella puso los ojos en blanco.

—Vuelve alrededor de las seis —le indiqué, haciéndola salir de la cocina—. Para entonces habré terminado y podrás tener la cocina para ti sola.

A las seis en punto, regresó y anunció:

—¡Hora de buñuelos!

Yo estaba limpiando la encimera. La comida estaba lista, servida en tazones que había cubierto con papel de aluminio y guardado en el refrigerador.

—¿Quieres que te ayude? —me ofrecí.

—Me dijiste que podía hacerlos yo.

—Puedes hacerlos tú. Sólo te estoy preguntando si quieres ayuda.

Pero cuando sacó un tazón, lo dejó en la encimera y dispuso junto a él los ingredientes, supe la respuesta.

—Bueno, ¿sabes dónde está todo? —le pregunté antes de dejarla sola.

—Mami —contestó—. Vivo aquí. He vivido aquí toda la vida.

—Eso no le resulta de ayuda a tu padre —repliqué—. Pregúntale dónde está algo.

Maribel hundió un dedo en el azúcar y se lo chupó.

—Muy bien —dije—. Llámame si necesitas algo.

Desde la habitación contigua la oí tararear mientras media, vertía y removía. Oí los cajones abrirse y cerrarse y el ruido metálico de las cucharas contra el interior de los tazones. Oí la masa caer con un ruido sordo sobre la encimera y los pequeños gruñidos de Maribel mientras la amasaba y la estiraba con el rodillo. Estaba cosiéndole un botón a una de las camisas de trabajo de Arturo cuando ella salió de la cocina con la barbilla manchada de harina.

—¿Ya están listos? —pregunté.

Se sentó a mi lado y me puso una mano enharinada en la rodilla.

—Todo va bien —repuso con solemnidad, como si fuera un médico salido del quirófano para emitir un informe de última hora.

Volvió a desaparecer, y oí chisporrotear el aceite mientras se calentaba y el suave crepitar cuando Maribel dejó caer en la sartén uno a uno los discos aplanados de masa. Lo está haciendo, pensé. Mi chica.

Aquella noche, mis padres vinieron a cenar y comimos, llenos de la alegría propia de la época. Cuando todos terminamos, Maribel corrió a la cocina, donde sus buñuelos esperaban en una fuente oval cubiertos con un paño. Los trajo a la mesa con orgullo y, como una anfitriona perfecta, hizo circular la bandeja, sosteniéndola sobre el hombro de cada comensal mientras cada uno se servía el postre. Los buñuelos tenían un color marrón dorado y la canela que Maribel había espolvoreado sobre cada uno de ellos mientras estaban aún calientes se había fundido y filtrado en la masa como pequeños cristales ambarinos.

—¿Los has hecho tú? —le preguntó Arturo, incrédulo.

—Yo solita —contestó Maribel.

Arturo me miró.

—Así es —confirmé.

—Se ven estupendos —observó mi madre.

Y vi a Maribel, observándonos a todos atentamente, con el rostro rebosante de orgullo. La vi crecer ante mis ojos. Vi la familia que tendría algún día y la comida que prepararía para ellos. Vi toda su vida ante ella, esperando.

Mayor

No había tenido ninguna agarrada con Garrett desde que me enfrenté a él aquel día con Maribel. Lo había visto por ahí, merodeando solo detrás de la escuela, arañando la acera con una roca, lanzando piedritas a los neumáticos de los autobuses mientras se ponían en fila para llevar a todo el mundo a casa. Lo había visto apoyado sobre la pared del pasillo, con las manos en los bolsillos del abrigo, mirándose las botas gastadas. Y lo había visto en clase de gimnasia, a pesar de que ya nunca se ponía la ropa de deporte. Aparecía con ropa de calle y Mr. Samuels le decía: "Si no te cambias de ropa, no participas", al oír lo cual Garrett se encogía de hombros, se plantaba en las gradas de madera y cerraba los ojos durante los cuarenta y cinco minutos siguientes mientras nosotros correteábamos, lanzando a canasta y aprendiendo a jugar al bádminton.

Entonces, un día, justo antes de las vacaciones de invierno, estaba buscando un cuaderno en mi taquilla cuando oí a alguien decir:

—¿Cómo está cerebro de mosquito?

Me volví.

—¿Cómo está tu novia? —preguntó Garrett—. La retrasada.

—No la llames así —dije.

—Que no la llame qué, ¿novia o retrasada?

—Te dije que la dejaras en paz —repliqué.

—¿Ah, sí? —arrugó la cara para adoptar una expresión exagerada de perplejidad.

Metí el cuaderno en la mochila, cerré la taquilla y eché a andar.

—¡Eh! —gritó Garrett. Se acercó trotando por detrás de mí y me agarró del brazo, dándome un tirón para que volviera a quedar de cara a él—. Aún no había terminado de hablar contigo.

—Tengo que irme —respondí, tratando de liberar mi brazo.

—¿Está buena para la cama? Me apuesto a que sí. Me apuesto a que a una chica así puedes hacerle lo que quieras.

—Cállate.

—He estado pensando en todas las cosas que podría hacerle. Decirle que se quite la ropa…

—Que te calles.

—Hacer que me la chupe…

Y fue entonces cuando le di un puñetazo. Nunca le había pegado un puñetazo a nadie en toda mi vida, pero antes de poder darme cuenta, cerré fuertemente el puño, eché el codo hacia atrás, y le di a Garrett justo en la parte lateral del cuello. Apunté a la cara, pero fallé.

—¡Dios! —gritó, retrocediendo.

Acto seguido, se abalanzó sobre mí, me agarró por la cintura con los brazos, me embistió en el estómago con la cabeza y me tiró al suelo.

—Suéltame —grité.

Garrett me golpeó tan fuerte que sentí sabor a sangre en la boca. Apoyaba todo su peso sobre mí, inmovilizándome contra el suelo. Muy vagamente, noté que una pequeña multitud se estaba congregando a nuestro alrededor.

Garrett me dio unos cuantos puñetazos más, en el pecho y en las costillas, antes de que Mr. Baker, el profesor de clases de conducir, pusiera fin a la pelea.

—Basta ya —dijo, separándonos—. De pie, muchachos.

Garrett se zafó de Mr. Baker de una sacudida y empezó a dar vueltas, describiendo un estrecho círculo. Mr. Baker lo agarró de la manga del abrigo.

—Cálmate —le ordenó.

Me llevé la mano a la boca y me toqué el labio ensangrentado, partido justo por el centro. ¿Qué había pasado? ¿De verdad le había dado un puñetazo? Pero en lugar de sentir dolor o remordimiento de algún tipo, me sentía eufórico.

—Al despacho del director los dos —dijo Mr. Baker, esforzándose aún por acorralar a Garrett—. Y después llamaremos a sus padres.

Garrett escupió una risotada.

—¿Algo gracioso, Mr. Miller?

—Le deseo buena suerte con eso.

—¿Con qué?

—Mire, si habla con mi padre, hágame un favor y pregúntele dónde coño ha estado. Llevo tres días sin verlo.

Mr. Baker respiró hondo.

—Venga —dijo—. Vamos a resolver esto.

LA ESCUELA CITÓ a mis padres a una reunión.

—¿De qué se trata? —preguntó mi padre cuando mi madre se lo mencionó aquella tarde. Lo había interceptado en la puerta cuando llegó a casa de trabajar.

—Tenemos que ir a hablar con sus profesores.

—¿Con todos sus profesores?

—No lo sé. Tal vez sólo con la consejera académica. Pero les he dicho que iríamos en cuanto llegaras a casa. Alguien nos está esperando.

Yo estaba de pie, pegado a la puerta de mi cuarto, donde nadie me veía, pero podía oír todo lo que mis padres decían. Al llegar a casa, me había ido derecho a mi habitación con el teléfono sobre la boca, tratando de ocultarle a mi madre el labio partido e hinchado, y no había salido desde entonces. La enfermera de la escuela había querido limpiarme la sangre pero yo le había rogado que lo dejara estar, y ahora no hacía más que mirármela, seca y costrosa, en el espejo, lleno de asombro.

—¿Ahora? —dijo mi padre.

—Quieren vernos lo antes posible.

Mi padre suspiró.

—¿Está aquí?

—Está en su habitación. Pero no va a decirme nada. Podemos hablar con él cuando volvamos a casa. Vámonos.

—No me empujes.

—Tenemos que irnos.

Sabía que mi madre estaba tratando de hacer salir a mi padre por la puerta, probablemente dándole en la pierna con el bolso.

—¿Qué has hecho, Mayor? —gritó mi padre en dirección al interior del apartamento antes de que se oyera el clic de la puerta al cerrarse.

Una hora y media después, me encontraba sentado en la cama, aguardando mi destino, cuando mi padre llegó pisando fuerte por el pasillo y abrió la puerta de mi habitación de par en par. No era un tipo enorme, pero tal como respiraba parecía inflarse, y estaba ahí parado, mirándome, con el cuello doblado y los brazos colgando a sus costados. Tragué saliva con fuerza. Mientras mi madre y él estaban fuera, me había convencido de que a lo mejor mi padre se sentiría orgulloso de mí —sólo un poquito— cuando descubriera que había estado involucrado en una pelea. Tal vez ello le demostraría que había un poco de machismo en mí después de todo. Además, era algo que ni siquiera Enrique había hecho nunca. Al menos que yo supiera. Pero ahora, viéndole la cara, me di cuenta de que estaba completamente equivocado. El silencio reinaba en la habitación. Volví a tragar, intentando hacer bajar la saliva que se me había acumulado en la boca.

Mi padre cerró la puerta a sus espaldas. Se puso a andar delante de mí, respirando como un toro. Me senté sobre las manos y me miré las rodillas.

Después de unos cinco minutos, dije:

—¿Qué pasa?

Mi padre se detuvo y me miró como si hubiera acabado de quebrantar la primera regla de combate. Como si hubiera tenido que saber que no debía hablar primero.

—¿Que qué pasa? —repitió con incredulidad—. ¿Que qué pasa? Voy a decirte lo que pasa. Le diste un puñetazo a alguien.

—¡Se lo merecía!

Mi padre volvió a ponerse a caminar por la habitación y, de pronto, por algún motivo, supe que lo que le preocupaba no era la pelea.

Después de otro largo silencio, dijo:

—Tu consejera nos dijo que tus notas están empeorando.

Agaché la cabeza. Así que este era el problema. Últimamente había pasado tanto tiempo con Maribel que no había prestado atención suficiente a cosas como la tarea.

Pero a continuación, mi padre añadió:

—Le pregunté si era porque estabas dedicándole demasiado tiempo al fútbol.

Algo se desplomó en mi interior como un ascensor fuera de control. Mierda, pensé, mierda, mierda, mierda. Mi padre seguía caminando por la habitación. Intenté prepararme para lo que fuera que viniese a continuación. Había una clara posibilidad de que me pegara. No es que lo hubiera hecho antes —había lanzado objetos y pateado cosas, pero a veces me daba la sensación de que cuando se enfadaba estaba sólo a un centímetro de irse a las manos, como si durante todos estos años, aunque la idea pudiera habérsele pasado por la cabeza, había sido capaz de controlarse, pero si se lo presionaba demasiado, no habría forma de detenerlo.

—Me has mentido —me acusó.

Asentí.

—Todo este tiempo.

Volví a asentir.

Mi padre movió la mandíbula de un lado a otro.

—¡Todo este tiempo!

—Lo siento —me disculpé.

—¡Esta tarde me has hecho quedar como un tonto! ¿Es eso lo que crees que soy? ¿Un tonto?

—No —chillé.

—Yo pensaba que estabas ahí afuera todos los días, jugando, que eras parte del equipo. Pero ¿qué hacías en su lugar? ¿Drogarte? ¿Beber?

—¡No!

—¿Cómo puedo saberlo?

—Yo no bebo ni me drogo, papi.

—¡Todo este tiempo! —rugió, y arremetió hacia mí y me estrujó los hombros entre sus manos, poniéndome en pie.

Se le ensancharon los orificios de la nariz y me miró directamente a los ojos.

—¡Maldita sea, Mayor! —Me hincó las puntas de los dedos en la piel como si estuviera tratando de llegarme hasta el hueso.

Yo no quería llorar, pero sentía que me ardían los ojos.

Mi padre aproximó su cara a la mía, lo bastante como para que las puntas de nuestras narices casi se tocaran.

—Estás acabado —dijo.

LAS NAVIDADES DE aquel año fueron al mismo tiempo las mejores y las peores que habíamos pasado en mucho tiempo. Había una especie de sombra que se proyectaba sobre todas las cosas, densa y pegajosa como una película de debajo de la cual no podíamos salir. No había tardado en deducir que "estás acabado" significaba que estaba castigado sin salir hasta nuevo aviso. Nada de Maribel, nada de William, nada de paga, nada de nada salvo estar en casa e ir a la escuela hasta que mi padre decidiera lo contrario. Y, encima, anunció mi padre la noche siguiente, aquel año tampoco tendría regalos de Navidad.

—Espera a ver el montón de regalos que le estamos comprando a Enrique —dijo—. ¡Una montaña de regalos! Eso te enseñará a no volver a mentirme. —Mi madre le decía que estaba siendo muy duro conmigo, pero mi padre no quería oír hablar de ello. Con lo cual todo lo que tenía que ver conmigo se convirtió en una fuente más de tensión entre ambos.

La víspera de Navidad, los tres fuimos en autobús a la estación de Wilmington a recoger a Enrique, que venía a pasar unos cuantos días a casa durante las vacaciones. Mi madre le había suplicado que se quedara más tiempo, pero él afirmaba que debía regresar al campus por alguna oscura razón que nunca nos reveló. Aún así, unos pocos días eran mejor que nada —yo necesitaba todos los amortiguadores que pudiera conseguir— y mi madre estaba que no cabía en sí misma ante la expectativa de volver a ver a su pequeñín, como no paraba de decir.

—Ahora es un hombre hecho y derecho —le dijo mi padre.

—Sigue siendo mi pequeñín —insistía mi madre.

Cuando Enrique bajó las escaleras que conducían al vestíbulo de la estación, llevaba una sudadera con capucha que decía Maryland en la parte delantera y unos pantalones de deporte negros. Iba sin afeitar y llevaba una bolsa de lona en la mano. Francamente, parecía un vagabundo.

—¡Kiko! —gritó mi madre, corriendo hacia él y lanzándole los brazos alrededor del cuello.

—Hey, mamá —le oí decir.

Cuando mi madre y Enrique se acercaron a nosotros, mi padre le sacó la bolsa de lona de las manos y le dio unas palmaditas en la espalda.

—¡Aquí está! —exclamó—. Mi buen hijo.

Me encogí ligeramente. Mi madre me miró con lástima.

—¿Qué tal el tren? —le preguntó mi padre.

—Pasable —respondió Enrique y, acto seguido, me propinó un puñetazo en el hombro.

—Hey —dije.

—¿Qué pasa, muchacho?

Tomamos el autobús de vuelta a casa y cuando llegamos mi madre comenzó los preparativos de la comida favorita de Enrique: tamales de cerdo. Le recordó que aquella noche íbamos a la iglesia, pero él le rogó que no lo forzara a ir, aduciendo que estaba cansado y necesitaba dormir. Cuando vi que mi padre no se oponía no lo pude creer. En su lugar, se limitó a decir:

—¿Te está machacando mucho el entrenador allí?

—Sí, papá —contestó Enrique.

Sin embargo, con mi madre se podía contar.

— Pero es Navidad —protestó—. A Dios le gustaría ver tu cara una vez al año. ¡Una vez!

—¿Acaso no me la ve todos los días? —inquirió Enrique.

—En la iglesia —aclaró mi madre—. Le gustaría ver tu cara en la iglesia. Y a mí también.

Enrique miró a mi padre como diciendo: no lo dirá en serio, ¿verdad?

—Está cansado, Celia —intervino mi padre.

—Puede estar cansado después.

Enrique volvió a mirar a mi padre, pero en esta ocasión aquél parecía resignado al hecho de que ni Enrique ni él tenían alguna posibilidad de ganar esta batalla. Mi madre acabaría venciéndolos por cansancio.

— Lo he intentado — dijo con escaso entusiasmo.

Más tarde, mientras me estaba vistiendo para ir a misa, Enrique llamó a mi puerta.

—¿Por qué te estás preparando tan pronto? —me preguntó al verme.

No le dije que era porque estaba impaciente por ver a Maribel, que estaría allí. Tenía la impresión de que no iba a estar a la altura de los estándares de mi hermano. Quiero decir que si lo único que hacía era mirarla, daría la talla, sin problema. Pero si se enteraba de toda la historia…

—No tengo nada mejor que hacer —repuse.

Él se echó a reír.

—Sí. Ya me lo han dicho. Pero ¿qué hiciste? ¿Cómo acabó castigado el angelito?

El labio se me había prácticamente curado a aquellas alturas, sólo me quedaba una especie de línea morada donde había estado el corte, pero se lo indiqué en cualquier caso.

—Me metí en una pelea.

Los ojos de Enrique se dilataron.

—¿Quieres decir por accidente?

—No. Yo la empecé. Le di un puñetazo a alguien.

—Caray —dijo Enrique—. Mientras he estado fuera te has convertido en un tipo duro.

Se sentó sobre mi cama y miró a su alrededor como si estuviera tratando de averiguar si algo más había cambiado desde el verano, que era la última vez que había estado en casa.

—No podría volver aquí de ninguna manera —declaró—. Este sitio es de lo más deprimente. Cada vez que vuelvo, me parece más un sitio de mala muerte.

—No está tan mal.

Enrique soltó una risita.

—Eso es porque no conoces nada mejor.

Saqué del cajón la corbata con clip y procedí a engancharla en el cuello de la camisa.

—Ves, es de esto de lo que estoy hablando —manifestó Enrique—. Todas esas reglas. Como si a Dios le importara si llevas corbata o no.

—Tú también solías llevar corbata cuando ibas a la iglesia —señalé.

—Exacto. Solía. Pero ahora no me verías con esa cosa ni muerto.

—No es para tanto.

Mi hermano meneó la cabeza.

—Un día saldrás de aquí y verás.

Traté de imaginármelo, que me marchaba a la universidad al cabo de unos años y empezaba una vida que era sólo mía, una vida en la que no tenía que ponerme corbata para ir a la iglesia, una vida en que ni siquiera tenía que ir a la iglesia, en la que nadie me castigaría, y en la que podría hacer lo que quisiera.

Me arranqué la corbata y la arrojé sobre la cama.

—A la mierda —dije, en una voz quizá demasiado alta.

Enrique se echó a reír.

—¡Eso es lo que te estaba diciendo!

Fuimos a misa del gallo en autobús con los Rivera aunque Enrique se sentó atrás de todo, pegado a su iPod, y prácticamente era como si no estuviera allí. El conductor sintonizó la emisora de radio que sólo emitía villancicos y cuando empezaron a sonar los compases de "Feliz Navidad", supongo que porque éramos los únicos pasajeros del autobús, subió el volumen y gritó:

—¡Aquí tienen! ¡Un pedacito de su tierra para ustedes!

—Todos los años lo mismo. Si está en español, es un pedacito de nuestra tierra. Yo no había oído nunca esta canción hasta que llegué a los Estados Unidos —protestó mi padre en voz baja.

—Y todos los años te quejas —dijo mi madre.

—¿Te gusta esta canción?

—No.

—Es como cuando todo el mundo piensa que me gustan los tacos. ¡En Panamá ni siquiera comemos tacos! —observó mi padre.

—Tienes razón. Comemos arroz con pollo —replicó mi madre.

—Y mariscos. Una corvina más fresca imposible.

—Sí.

Aquella era una de las pocas cosas que podía unir a mis padres, el hilo que los recomponía: su convicción de que nadie más en este lugar comprendía a Panamá como ellos.

Yo estaba sentado frente a ellos, con los pies sobre el asiento, las medias de vestir subidas hasta mitad de la pantorrilla. Llevaba el cierre de la chaqueta subido hasta la barbilla para que mi madre no viera que no me había puesto la corbata. Los Rivera estaban al otro lado del pasillo.

—A mí me gustan los tacos —comenté.

Mi madre suspiró.

—¿Por qué tienes que decir eso?

—¿Y a ti, Maribel? —le pregunté—. ¿Te gustan los tacos? Al ver que no respondía, repetí la pregunta, más fuerte.

Maribel estaba presionando la yema del dedo pulgar contra sus incisivos.

Mis dientes son realmente afilados —dijo.

—¿Así que podrías comerte un taco crujiente? —pregunté.

—Está bien —contestó ella.

Mi madre me dio un golpe en el hombro.

—Déjala en paz —me advirtió.

—Sólo estaba preguntándole si le gustaban los tacos.

—No sé lo que significa eso —repuso mi madre.

—¿Tacos? Significa tacos.

— No sé si ahora con "tacos" quieres decir otra cosa. Tanta palabrería de tacos…

Aquello me hizo reír. Palabrería de tacos. Y en cuanto empecé a reír, me di cuenta de que llevaba mucho tiempo sin reírme, demasiado, y recordé lo agradable que era, cómo me calentaba los músculos y me llenaba de esa alegría que solía faltar en mi vida, de esa alegría que estaba sepultada bajo las riñas de mis padres y mi torpeza en la escuela. Por la ventanilla, miré fijamente a la oscuridad, a la senda iluminada de farolas que brillaban en el aire, y me reí mientras todo el mundo en el autobús permanecía en silencio.

LA MAÑANA SIGUIENTE, mi madre preparó una jarra de Café Ruiz —nuestra delicia anual— y sacó el pan de rosca con

almendras que había hecho la noche anterior. Nuestro apartamento estaba decorado con los mismos adornos cansados que
ella desplegaba todos los años: figuritas de ángeles en las rin-
coneras, una funda de ganchillo en forma de muñeco de nieve
para cubrir el rollo de papel higiénico de recambio del baño, una
guirnalda de ramas secas con una cinta de terciopelo rojo que
mi madre colgaba sobre la puerta de la cocina, un pesebre de
porcelana en el suelo. No habíamos comprado árbol y, conforme
a la amenaza, no tuve ningún regalo. Enrique tampoco tuvo lo
que se dice una montaña de obsequios, a menos que un paquete
de cuatro unidades de desodorante y una nueva maquinilla de
afeitar Gillette con un montón de hojas de recambio contaran.

—Ya no me gusta demasiado afeitarme —dijo al abrirlos, y
cuando yo me ofrecí a quedarme con ellos, se echó a reír y dijo—:
Claro. Puedes utilizarlas para quitarte ese vello inexistente que
tienes encima del labio. —Aparte de él, la única persona que tuvo
un regalo fue mi madre, y no fue más que un horrible juego de
champú y acondicionador que mi padre juró haber comprado en
el salón de peluquería a pesar de que todos pudimos ver por la etiqueta en el dorso del envase que los había sacado de la estantería
de productos en liquidación de Kohl's. Mi madre lo colocó sobre la
mesa de café. Ninguno de nosotros mencionó la etiqueta.

Mi madre llamó a mi tía Gloria y se enteró con sorpresa de
que, al final, había decidido presentarle una demanda de divorcio a mi tío Esteban, noticia que a mi madre le provocó un leve
estado de shock, no porque no lo hubiera visto venir, sino por
su firme oposición al divorcio. Al divorcio de cualquiera. Pero
cuando colgó el teléfono estaba en el séptimo cielo por haber
hablado con su hermana, cosa que siempre la alegraba, por lo
menos a corto plazo, hasta que la alegría era desplazada por el
hecho de volver a echarla de menos.

A última hora de la mañana, los radiadores dejaron de funcionar, y mi padre hizo lo que hacía siempre —darles puntapiés y

decir palabrotas— hasta que se rindió y se dejó caer en el sofá. No mucho después, sonó el teléfono. Era la Sra. Rivera, que llamaba a mi madre para decirle que no había calefacción y preguntarle qué debíamos hacer. Mi madre le dijo que esperara, que acabaría volviendo.

—¿Los Rivera? —preguntó mi padre desde el sofá cuando mi madre colgó el teléfono. Apuesto a que están muertos de frío. Nunca pensaron que dejarían México por esto, estoy seguro.

—Deberíamos invitarlos a casa —dije.

—¿Por qué? —quiso saber mi madre.

Me quedé paralizado. ¿Por qué? Tampoco nosotros teníamos calefacción. ¿Qué iba a responderle? ¿Sólo porque quería ver a Maribel? ¿Porque le había comprado un regalo hacía un mes, una bufanda roja que me había costado básicamente toda mi paga y que había envuelto en papel de seda y había estado guardando para ella bajo la cama, y ahora que estaba castigado no sabía cómo iba a dársela?

—Deberíamos invitar a casa a todo el mundo —dije—. A todo el edificio. Con más calor corporal, estaremos todos calentitos.

—Eres un genio —dijo Enrique, con sarcasmo.

—Es verdad —insistí—. Es la radiación termodinámica. Está demostrado.

Pero cuando la Sra. Rivera volvió a llamar a mediodía, preocupada porque el apartamento se enfriaba por segundos, mi madre los invitó a pasarse por casa. Luego colgó y marcó los números de Nelia y de Quisqueya y les dijo que hicieran correr la voz. Sacó todas las velas que teníamos y encendió un fósforo tras otro, hasta que en todas las mechas ardieron pequeñas llamas.

—Está bonito así, ¿no crees? —me preguntó, y tuve que admitir que efectivamente estaba bonito. Antes de que pudiera preparar otra jarra de café, la gente ya estaba llamando a nuestra puerta, deseándonos una feliz Navidad y empuñando botellas de ron en las manos enguantadas.

Todos se dejaron el abrigo y el sombrero puesto. Quisqueya llevaba en la cabeza su sombrero de pieles, que siempre me hacía pensar que con él parecía rusa. Micho trajo su cámara y se dedicó a recorrer el apartamento sacándoles fotos a todos los que habían llegado ya: a Benny haciendo el signo de la paz; a Nelia sentada en el sofá con las piernas cruzadas, tomándose a sorbitos una cerveza que le había dado mi padre; a Quisqueya sentada a su lado, fingiendo que no quería que le sacaran una foto. Cuando aparecieron los Rivera, Micho los juntó a los tres frente a nuestra puerta y los hizo posar para sacarles una instantánea. Maribel miraba directamente a la cámara, pero no sonreía, así que me coloqué detrás de Micho, agitando los brazos y poniendo caras tontas para ver si reaccionaba. Cuando ella esbozó una sonrisa, Micho dijo: "¡Eso es! Esa estuvo buena".

Poco después, llegaron José Mercado y su mujer, Ynez, agarrada al brazo de su marido mientras él rengueaba con su andador.

—Gustavo tenía que trabajar —le explicó Benny a mi padre, a pesar de que éste no le había preguntado—. El cine debe de ser el único sitio que está abierto el día de Navidad.

—Hollywood no cree en Dios —replicó mi padre.

Benny se echó a reír.

—Pero Dios seguro que cree en Hollywood. ¿Has visto a esas mujeres? ¿Megan Fox? ¿Y la boca de Angelina Jolie? ¡Dios cuida los detalles, hombre!

Mi padre alzó su cerveza.

—¡Salud!

—Es un comentario depreciable —lo amonestó Quisqueya.

Incluso nuestro casero, Fito Mosquito (así es cómo lo llamábamos), se pasó por casa el tiempo suficiente para asomar la cabeza por la puerta y anunciar que Delmarva, la compañía eléctrica, estaba en camino para arreglar la calefacción.

—¡No me echen la culpa! —dijo.

—¡No te preocupes! —le gritó Micho—. No te echaremos la culpa. ¡Simplemente lo deduciremos este mes de la renta!

Fito agitó un dedo en su dirección y unas cuantas personas se echaron a reír.

—Sólo te estamos tomando el pelo, amigo. Entra —le dijo Micho.

Los radiadores no volvieron a funcionar hasta bien entrada la noche, pero con toda la gente abarrotada nuestro apartamento aquella tarde, empezó a parecer más Navidad. Todos tiritaban, reían, bebían y charlaban. Cuando nos quedamos sin café, mi madre juntó varias ollas de cacao que había preparado con crema de leche y varias barras de chocolate que había encontrado al fondo de un armario y que había fundido. El Sr. Rivera preguntó si teníamos canela en rama para echar en las tazas y prepararlo al estilo mexicano y mi madre encontró en un armario un frasco de canela en polvo que espolvoreó dentro de la olla.

—¿Estás contento ahora? —bromeó—. Siempre tiene que ser a la manera de México. México, México. Como si el resto de nosotros no existiera.

—¡Que viva México! —gritó Micho desde la esquina de la habitación.

—¡México! —dijo Arturo.

—¡Panamá! —exclamó mi padre.

—¡Presente! —intervino mi madre, y todo el mundo se echó a reír.

—¡Nicaragua! —gritó Benny—. ¡Presente!

—¡Puerto Rico! —agregó José.

—¡Presente! —dijeron Ynez y Nelia al mismo tiempo.

—¡Venezuela! —gritó Quisqueya—. ¡Presente!

—¡Paraguay! —añadió Fito—. ¡Presente!

Y, en aquel momento, "Feliz Navidad" empezó a sonar en el radio.

—¡Otra vez esa maldita canción! —gruñó mi padre.

—¡Oh, déjalo ya! —lo instó mi madre, y se puso a cantar y a ondear las caderas mientras mi padre la miraba con expresión incrédula.

—¿Qué pasa? —dijo ella—. ¿No quieres bailar conmigo? Muy bien. Benny, ven.

Y Benny tomó a mi madre de la mano y la hizo dar vueltas por la habitación.

Ynez y José se unieron a ellos, José apoyándose en su andador mientras se balanceaba adelante y atrás, y Micho tiró de Nelia y la hizo levantarse del sofá girando sobre sí misma. Casi todos los presentes se pusieron a cantar y, al final, mi padre dejó su bebida y ocupó el lugar de Benny como pareja de baile de mi madre, rodeándole la cintura con el brazo.

—¡Bueno, esto ya es más como tiene que ser! —exclamó por encima del ruido—. ¡Así son las Navidades que yo conocía!

Tomé el baile como la señal que había estado esperando y me llevé de allí a Maribel para poder darle el regalo. Nos sentamos al final del pasillo, frente a mi habitación, donde nadie pudiera vernos, y le entregué el paquete cuadrado e irregular que había envuelto.

—Puedes abrirlo —le dije—. Es para ti. —De pronto, me sentía nervioso, como si fuera tal vez demasiado o tal vez no le gustara.

—No pesa nada —observó ella, y yo asentí, ansioso por que siguiera desenvolviéndolo.

Maribel arrancó un pedazo de cinta adhesiva y abrió el papel de seda por un lado. Elevó el paquete a la altura de su rostro y echo una ojeada al interior entornando los ojos.

—Es una bufanda —le dije, antes de que ella acabara de sacarla de su envoltorio siquiera—. Es de alpaca.

Maribel extendió completamente la bufanda y entrelazó sus dedos con los flecos de lana que adornaban los extremos.

—¿Te gusta? —le pregunté.

—Sí.

—La elegí roja para que hiciera juego con tus gafas de sol.

—Es muy suave.

—Es de alpaca —repetí, como si de repente fuera un vendedor de alpaca o algo por el estilo. Maribel se colocó la bufanda alrededor del cuello.

—Siento no haber venido a verte —declaré—. Mi padre me ha castigado sin salir.

—¿Qué es eso? —quiso saber ella.

—Significa que no me deja ir a ninguna parte salvo a la escuela. En fin. No es para tanto. Sólo quería que supieras por qué no he venido a tu casa.

Ella asintió.

—Quería que supieras que no es que no quiera verte.

—Está bien.

Entonces, allí, en la penumbra del pasillo, la besé. Una electricidad extraña recorrió mi cuerpo. Mi primer beso de verdad. Maribel tenía la piel caliente y olía a detergente para la ropa y a escarcha, un aroma tan fresco como el aire de invierno. Ella se apartó primero, pero me miró y sonrió. Lo único que yo deseaba era volver a hacerlo, besarla, olerla, sentir su boca contra la mía. Me sentía mareado sólo de pensarlo, como si, por algún motivo, hubiera resbalado bajo el agua. Pero entonces, en la sala, mi padre comenzó a cantar en inglés: *"I want to wish you a Merry Christmas from the bottom of my heart"*, trinando como un cantante tirolés cuando llegaba a *heart*, y Maribel se echó a reír y el momento pasó.

Adolfo "Fito" Angelino

Me vine a los Estados Unidos en 1972 porque quería ser boxeador, como el gran Juan Carlos Giménez, que era paraguayo. Como yo. En Washington, D.C., había un entrenador que era bueno y estaba preparando boxeadores peso mosca. Que es lo que yo era. Flaco pero fuerte. Le escribí una carta. Sully Samuelson. ¡Vaya nombrecito! Y él me contestó. Me mandó una carta firmada con su nombre. Me dijo que no estaba aceptando nuevos luchadores pero que si alguna vez iba a D.C. lo fuera a ver. Tal vez supuso que como estaba tan lejos, en Paraguay, las posibilidades de que fuera alguna vez a D.C. eran escasas. Tal vez no fueran más que palabras vacías. Pero pensé que si conseguía que me recibiera, si podía mostrarle de qué era capaz, que iba a ser el próximo Giménez, querría con toda seguridad trabajar conmigo. De manera que me fui a su gimnasio y practiqué todos los días los pasos de boxeo, pof, pof, pof, ligero como el aire sobre mis pies y, de pronto, ¡buuum! Un gancho que nunca veías venir. Me puse unos pantalones cortos de satén rojo y el mejor par de zapatillas de boxeo que me podía permitir. Esperaba que Sully se fijara en mí, que me viera y reconociera que era un campeón. Pero pasaron unos cuantos días y nada. Y cuando al final pregunté por él a uno de los otros chicos, descubrí que Sully se había mudado a Vermont, que era un lugar del que, por aquel entonces, nunca había oído hablar. ¿Vermont? ¿Y eso qué es?

Pensé en ir hasta allí. ¡Vermont, jaja! Pero sólo conseguí llegar hasta Delaware. Me quedé sin dinero por el camino, así que me bajé aquí y encontré un trabajo extendiendo alquitrán durante varios días, con el fin de ganar lo suficiente para otro billete de autobús. Tenía que ser algo temporal, pero estaba aplicando un recubrimiento sellador en el parking de este edificio y el casero solía salir al balcón a fumar un cigarrillo mientras yo trabajaba. Se llamaba Oscar. Resultó que iba a volverse a Montevideo, de donde era originario, y el propietario del edificio quería que encontrara un sustituto para administrar la propiedad. Por alguna razón, pensó que yo podría hacer el trabajo. "Ni hablar —le dije—. ¡Yo voy a ser boxeador!". Me echó una ojeada y se puso a reír. "¿Tú?", se sorprendió. Lo reté a un combate de boxeo. Le dije que si le ganaba, tenía que darme el dinero para el billete a Vermont, pero que si él me ganaba, aceptaría el empleo de administrador del edificio.

Bueno, aquí estoy. No es ninguna vergüenza.

¿Quién se viene a los Estados Unidos y acaba en Delaware? Personalmente, nunca pensé que viviría aquí. Pero me ha sorprendido. Es un sitio popular entre los latinos. Y todo a causa de las plantaciones de champiñones de Pensilvania. Aquí se cultivan la mitad de los champiñones del país. En los setenta, solían contratar puertorriqueños para cosecharlo todo, pero ahora contratan mexicanos. Y también solían darles a los trabajadores una casa. Una casa de mierda, con ratas grandes como conejos, las ventanas tapiadas y sin agua caliente. Después de que Reagan promulgara la amnistía, los trabajadores empezaron a traerse de México a sus familias. Pero no metieron a sus mujeres y a sus hijos en aquellas casas asquerosas. Encontraron otros lugares donde vivir. Lugares como Delaware. Es más barato que Pensilvania. Y no hay impuesto a las ventas. Ahora tenemos todos los supermercados hispanos, y el distrito escolar ha puesto en marcha varios programas de inglés. Conozco aquí a algunas personas que creen que estamos intentando tomar el control, pero sólo queremos ser parte de esto. Queremos nuestra parte del pastel. Delaware también es nuestro hogar.

Esto me gusta. Empecé como administrador, pero ahora soy

el propietario del edificio. Lo compré hace casi diez años después de desempeñar también otros trabajos adicionales y ahorrar. Hice un buen negocio. Pero la zona está cambiando. Hay un choque de culturas. Intento hacer de este edificio una especie de isla para todos nosotros, refugiados que el mar arrojó a la orilla. Un puerto seguro. No permito que nadie se meta conmigo. Si alguien quiere decirme que regrese a casa, me vuelvo, sonrío con educación y contesto: "Ya estoy en casa".

Alma

No le había mencionado a nadie que había encontrado al muchacho con Maribel, pero tampoco había sido capaz de dejar de pensar en ello. Me asfixiaba bajo el peso de lo sucedido y estaba furiosa conmigo misma por haberlo dejado llegar hasta ella, por haber creado una abertura lo bastante grande como para que él se colara por ella y la encontrara.

Así que, al final, inmediatamente después de Año Nuevo, hice lo que debería haber hecho desde el principio: acudí a la policía. En México los policías eran corruptos y a menudo carecían de autoridad. Nadie confiaba en ellos. Pero tal vez aquí, pensé, serían diferentes.

La comisaría de policía era un edificio de ladrillo y vidrio con una bandera de los Estados Unidos frente a la entrada, fijada en el suelo con cemento. El interior olía a productos de limpieza. Me dirigí hacia una ventanilla situada tras un mostrador negro donde había una mujer de uniforme sentada pasando las páginas de una revista.

—Me llamo Alma Rivera —dije cuando llegué al mostrador, gritando para que pudiera oírme a través del cristal.

La mujer levantó un dedo, se bajó del taburete y desapareció en otra habitación. Cuando regresó, la acompañaba un oficial de sexo masculino con un rostro cincelado y mentón con hoyuelo. Se detuvo detrás del cristal y dijo en español:

—Soy el oficial Mora. ¿Puedo ayudarla en algo?

—Soy Alma Rivera —volví a gritar en español.

—La oigo perfectamente. ¿Cómo podemos ayudarla?

Respiré hondo.

—He venido por un problema con un muchacho.

El oficial Mora asintió. Esperé a que me invitara a pasar al otro lado del cristal, para que pudiéramos hablar en privado, pero él se quedó allí de pie sin decir nada, esperando a que yo continuara. No había nadie más en el vestíbulo, así que continué.

—Un día, regresé a casa y había un muchacho con mi hija.

—¿Cuántos años tiene su hija?

—Quince.

—¿Y el muchacho?

—Es de su edad, creo.

—¿Así que un chico adolescente estaba con su hija adolescente? —inquirió el oficial Mora.

—Él la estaba sujetando contra la pared de nuestro edificio.

—¿La agredió? —preguntó el oficial Mora

—La estaba sujetando contra la pared —repetí.

—¿Lo vio usted darle un puñetazo o un puntapié o causarle cualquier tipo de daño físico?

—No. Pero el único motivo por el que no lo hizo fue porque yo aparecí.

—¿Dijo él algo que la haga pensar eso?

—No, pero vino buscando a mi hija —repetí, con la frustración abrasándome la garganta.

—Tal vez sean amigos.

—No.

—Por experiencia sabemos que los padres no siempre son conscientes de lo que sus hijos adolescentes se traen entre manos.

—Usted no lo entiende… —empecé. Tuve el impulso de hablarle de su lesión cerebral, pero no quería su compasión. Sólo quería su ayuda.

El oficial Mora plantó las manos sobre el mostrador de detrás de la ventanilla.

—Lo que me está usted contando es que llegó a casa y encontró a su hija con un muchacho de su edad. Eso es todo lo que sabe. ¿Es una chica guapa?

—Nos estuvo observando cuando fuimos a la gasolinera —señalé.

—¿Quién? ¿El chico?

—Estuvo mirando a mi hija.

—¿Mirándola? Señora Rivera, eso no es un crimen.

—Le había levantado la camisa —lo informé. No lo había revelado antes por vergüenza. No quería que nadie, ni siquiera la policía, imaginara a Maribel de aquel modo.

La expresión del oficial Mora cambió.

—¿Cuándo?

—Cuando los encontré el otro día.

—¿Lo vio usted levantarle la camisa?

—No, pero...

—Entonces, ¿podría haberlo hecho ella misma?

—¡Ella no es así!

El oficial Mora se frotó la nuca, hizo rotar la cabeza una vez, y respiró hondo.

—Señora —dijo a través del cristal—, esto es una comisaría de policía. Aquí no nos ocupamos de las relaciones entre adolescentes. A menos que él la agrediera de algún modo o a menos que hubiera una amenaza verbal de algún tipo, no podemos hacer nada.

Me lo quedé mirando con incredulidad.

—Creí que ustedes la ayudarían.

El oficial Mora suspiró, como si tener que seguir tratando conmigo fuera un enorme esfuerzo.

—No podemos protegerla de un muchacho que, honestamente, lo más probable es que sólo esté enamorado de ella. Eso es trabajo suyo —manifestó.

Le dijo algo en inglés a la oficial, que meneó la cabeza antes de volver otra página de su revista. Era una tonta, me apercibí, por creer que les importaría algo esto. Apreté los labios y me coloqué bien la correa del bolso sobre el hombro con toda la dignidad que fui capaz de reunir. Ni el oficial Mora ni la mujer parecieron darse cuenta.

—Gracias —dije con sarcasmo.

—De nada —replicó el oficial Mora muy serio, como si creyera que había cumplido con su trabajo.

DEBERÍA HABERME IDO a casa. Pero la indignación se agitaba en mi vientre, y aquel día, tras subir al autobús de vuelta a casa, se me ocurrió otra idea. Fito había mencionado en una ocasión el nombre del barrio donde vivía el muchacho. Capitol Oaks, ¿no? Si la policía no iba a ayudarme, pensé, yo misma iría hasta allí.

Recorrí el pasillo y le di un golpecito en el hombro al conductor. Con mi mejor inglés, le pregunté: "¿Capitol Oaks?". Él asintió y dijo algo que no comprendí, pero aguardé detrás de él, esperando que cuando llegáramos a la parada oportuna, me indicaría que me bajase.

Mientras el autobús seguía circulando, saqué del bolso el diccionario para buscar las palabras que quería. Aún no las había aprendido en la clase de inglés —había asistido a unas cuantas lecciones más desde la primera vez—, así que tendría que enseñármelas yo misma. Busqué "dejar". *Leave*.

"En paz". *Alone. Leave alone. Leave alone*, dije en mi cabeza. Practiqué las palabras, pronunciándolas en silencio hasta que el conductor detuvo el autobús y me hizo un gesto agitando la mano por encima del hombro. "Capitol Oaks", dijo.

En cuanto me bajé del autobús y me di la vuelta, lo vi: un barrio que se encontraba probablemente a sólo dos kilómetros del nuestro, por el que debía de haber pasado una docena de veces y en el que no me había fijado nunca, con un letrero atornillado a una pared baja de ladrillos en la entrada medio cubierta de malas hierbas.

Me santigüé y murmuré: "Dios me lleve". A continuación, sujeté mi bolso con fuerza y, dejando atrás el letrero, me dirigí hacia las hileras interminables de chalets de una sola planta. Los jardines estaban secos y descuidados, y algunos renos iluminados y globos de nieve inflables salpicaban aún algunos de los jardines delanteros. En México, Arturo había construido nuestra casa antes de casarnos. Unos cuantos amigos y él habían excavado una parcela con palas y picos. Durante semanas, habían echado cemento y colocado los cimientos. Habían formado una cadena desde un montón de bloques de hormigón hasta los cimientos, se habían ido pasando los bloques el uno al otro para que Arturo, que era el más próximo a la casa, los colocara. Hasta que colocaron ladrillos suficientes como para que su altura permitiera llamarlos muros. En el hueco de uno de los bloques de hormigón, el que estaba centrado justo sobre la puerta principal, Arturo había introducido una estampa de San Martín Caballero metida en una bolsa de plástico para que nos trajera buena suerte. Aquí, la pintura de la fachada de las casas se descascarillaba y los porches se hundían. Había camionetas y autos de dos puertas aparcados en los caminos de acceso a las casas. Percibí, como si fuera una bruma suspendida en el aire, que no era bienvenida.

Anduve durante diez minutos, tal vez más. No había señales del muchacho ni de nadie. Sólo un frío en el aire, un arco de cielo gris por encima de mi cabeza. No iba a funcionar. Allí no había nadie aparte de mí. ¿Y cómo creía que iba a encontrarlo en cualquier caso sin una dirección? Ya estaba volviendo hacia la entrada cuando oí un ruido a mis espaldas.

Me volví, y allí, bajando por el sendero que conducía a un chalet con la fachada recubierta de listones de madera color marrón, canaletas oxidadas y una contrapuerta torcida sobre sus bisagras, lo vi —al muchacho—, arrastrando un cubo de basura por la agrietada entrada de vehículos.

Me di cuenta de que me había visto. Había estado observándome mientras vagaba por la calle. Había salido de la casa a propósito.

Permanecimos los dos a tal vez diez metros de distancia, inmóviles, durante largo tiempo. Al final, el chico dejó el cubo de basura. Se acercó a mí, y sentí que el mundo se encogía, al tiempo que mi corazón palpitaba contra mis costillas. Cuando estábamos a un brazo de distancia el uno del otro, se detuvo.

Agarré fuertemente el forro de mis bolsillos con las manos y murmuré:

—*Leave alone*.

Él me miró desde debajo de la capucha de su sudadera azul marino.

En algún lugar en lo más profundo de mí misma, en algún lugar más allá del que creía poder llegar, reuní el valor suficiente para repetirlo, más fuerte esta vez.

—*Leave alone*.

El muchacho me miró fijamente y dijo algo que no oí. Lo repitió y la segunda vez lo entendí.

—Váyase a casa —dijo en inglés.

Conocía aquellas palabras, y supe, por el modo en que las pronunció, que no quería decir que me fuera al apartamento.

Entonces, levantó una mano y me apuntó a la cara. Dio un paso al frente y aplicó la punta del dedo a mi mejilla, al hueso que describía una curva justo bajo mi ojo izquierdo. Torció la mano cuarenta y cinco grados y simuló una pistola, con tres dedos doblados hacia atrás, el pulgar elevado en el aire, y dejó escapar de sus labios una explosión de aire, al tiempo que su aliento caliente como una bola de fuego se proyectaba contra mi rostro.

—¿Comprende?—dijo.

Me sentí mareada. No sabía qué hacer. Quería marcharme de

allí. Quería irme de allí corriendo y no volver a ver nunca a aquel muchacho. Pero mis pies eran como un peso muerto. Muévete, me dije mentalmente. Vamos, Alma.

Me volví y me forcé a caminar, esperando escuchar el sonido de sus pasos, preparándome por si el muchacho corría hacia mí y me daba un empujón por detrás y me tiraba al suelo o me hacía lo que fuera que iba a hacerme. Pero sólo oí el roce de mis vaqueros mientras mis piernas se apresuraban hasta llegar a la carretera principal.

ESTUVE EL RESTO del día con los nervios a flor de piel, pues el encuentro con el muchacho me pinchaba como espinas en la piel. No podía quitármelo de la cabeza. Cuando Arturo y yo nos sentamos a la mesa de la cocina aquella noche, permanecí callada y preocupada, mirando la taza de té, con el golpeteo del radiador como único ruido de fondo. Me daba cuenta de que Arturo me estaba mirando —sabía que él notaba que algo no iba bien—, pero a diferencia de la última vez, no me preguntó qué era.

Recorrí el borde del tazón con los dedos. Arturo se aclaró la garganta y tomó otro trago de té. Levanté la vista lo suficiente como para verlo llevarse la taza a la boca, para ver sus manos alrededor de la arcilla barnizada, esas manos ásperas, los pellejos finos como piel de cebolla alrededor de las uñas, allí donde se los había mordido, los rasguños de sus nudillos en el punto en que rozaban contra la parte superior de la caja cuando arrancaba los champiñones del suelo y los metía en su interior. Vi el escote en V de la camiseta de los Baltimore Orioles que se había comprado en la tienda del Goodwill y que llevaba para estar por casa, la oscura zona que no se había afeitado en varios días a lo largo de su mandíbula. Me parecía conocer cada centímetro de su cuerpo y, sin embargo, durante el último año, nos había costado muchísimo llegar el uno al otro. Antes del accidente, éramos las personas más felices que conocía. "Nadie más ha estado nunca tan enamorado como lo estamos nosotros. Nadie más comprende siquiera lo que esa palabra significa", solía decirme Arturo. Creíamos ser especiales. Creíamos ser indestructibles. Pero, después del accidente, bajo las nubes cada vez más abundantes del destino, algo cambió. Seguíamos queriéndonos el uno al otro tanto como siempre, pero era como si ninguno de los dos supiera ya qué hacer con ese amor. Era como si la pena nos estuviera consumiendo hasta tal punto que ya no había espacio para nada más. Cuando caíamos juntos en la cama o nos abrazábamos, apretando nuestros cuerpos piel contra piel, era por desesperación, por un deseo de volver a descubrir de algún modo lo que era familiar y lo que era bueno. Pero lo que antes parecía como una comunión, no hacía más que enfatizar nuestro dolor y, al final, habíamos dejado por completo de intentarlo.

Ahora, sin embargo, al mirarlo, un fuego rugía en mi interior. De pronto estaba cansada de sentirme tan privada de todo, tan a la deriva a causa de la tristeza. Quería sofocar ese sentimiento, eliminarlo de nuestras vidas como las telarañas de un rincón lleno de polvo. Quería borrar la angustia y la distancia, los remordimientos y la culpa, y sustituirlos por algo nuevo. Quería hallar la manera de encontrar el camino que volviera a conducirnos el uno al otro. Incluso ahora, incluso después del día que había pasado. Especialmente ahora.

Levanté un pie debajo de la mesa y lo restregué contra la pierna de Arturo.

Él me miró, sobresaltado.

—¿Qué pasa? —preguntó.

Retiré mi silla de la mesa y me acerqué a él.

—¿Qué haces? —inquirió.

Le puse la mano en la nuca y me incline, besando su piel, respirando el aroma de su cabello.

—Alma —dijo, apartándose.

Le tomé la mano que sostenía la taza.

—¿Qué es todo esto? —pregunté, tocando la piel levantada alrededor de la uña de su dedo pulgar. Me llevé su mano a los labios y cerré la boca alrededor de su dedo, esperando a ver si protestaba. Le chupé todos los dedos, uno a uno, mientras él me observaba.

Y entonces me coloqué encima de él, sentada a horcajadas en su regazo.

—Te echo de menos —murmuré.

Arturo me puso las manos en las caderas y me atrajo hacia su cuerpo.

—Aquí estoy —replicó.

—Más cerca —dije.

Me atrajo más cerca, haciendo contonear mis caderas, y enterró su rostro en mi cuello. Extendí los dedos entre su pelo, sintiendo la calidez de su cuero cabelludo, el suave rasguñar de su bigote contra mi piel. Y para cuando estuvo dentro de mí, estaba convencida de que incluso después de todo, después del accidente, y de haber viajado hasta tan lejos, de haber dejado atrás el paisaje con que nos habíamos despertado todas las mañanas de nuestra vida entera —montañas pobladas de cedros y árboles de mango—, pasara lo que pasara en lo sucesivo, todo iría bien mientras nos tuviéramos el uno al otro. Contigo la milpa es rancho y el atole champurrado. Y, entonces, llegó el éxtasis. Fue como si el mundo suspirara. Como si cada ser humano y cada criatura y cada gas y líquido y mota de polvo y grano de arena y ráfaga de aire se asentaran de repente y todo quedara en orden en el universo. Aunque no fuera más que por ese momento.

Mayor

Poco después de Año Nuevo, mi tía Gloria llamó a mi madre para decirle que el divorcio era ya una realidad.

—Esteban ya no forma parte de mi vida —declaró.

Mi madre rompió a llorar.

—¿Por qué lloras? —le preguntó mi tía—. Es una buena noticia. Y oye esto: ¡tiene que pagarme!

—¿A qué te refieres? —dijo mi madre, sollozando.

—¡Voy a recibir ochenta mil dólares por el acuerdo de divorcio!

Las lágrimas de mi madre se secaron de inmediato. Su voz se volvió seria.

—¿Cuánto?

—Es de esa casa de veraneo que tenía. La que su padre le regaló y a la que no iba nunca. ¡Tiene que liquidarla y el dinero será para mí!

—Y va a darnos una parte —nos contó mi madre aquella noche. Estaba sonrojada, casi no podía contenerse.

Mi padre se secó la boca con una servilleta.

—¿Cuánto va a darnos? ¿Cincuenta dólares? —dijo y sonrió con suficiencia.

—Desde luego, eso ha sido una ruindad —lo reprendió mi madre—. Cuando te diga la verdadera cifra, te vas a sentir mal.

Le eché una ojeada a mi padre, que esperaba apretando la servilleta en la mano cerrada. Mi madre volvió a ponerse a comer, retirando delicadamente las alcaparras del arroz con las púas del tenedor.

Tomó al menos cuatro bocados antes de que mi padre dijera:

—¿Y bien? No lo mantengas en secreto.

Una sonrisa jugueteó en los labios de mi madre.

—No me lo digas, pues —dijo mi padre.

—¿Quieres saberlo?

—¿Por qué habría de darnos dinero en cualquier caso?

—Porque lo necesitamos.

—¿Quién lo necesita? Nosotros no. Estamos bien.

—¿Estamos bien? ¿Ahora estamos bien? ¿Durante meses has estado hablando de que podrías perder el trabajo, pero ahora me dices que estamos bien?

—Sí.

—Increíble.

Mi padre se echó una cucharada de arroz en la boca, probablemente para evitar decir nada más.

Pero mi madre no pudo dejarlo pasar.

—Sólo estoy diciendo que el dinero nos vendría bien.

Mi padre dejó caer el tenedor en el plato con estrépito.

—¡Por Dios, Celia! ¡Te he dicho que no lo necesitamos! ¿Qué es lo que va a darnos? ¿Cien dólares? ¿Doscientos? ¡No lo necesitamos!

—¡Si no quieres aceptarlo, no tienes que hacerlo! Me lo quedaré para mí, entonces.

—¿Y eso qué se supone que quiere decir?

—Lo que he dicho.

—¿Quieres marcharte?

—¿Quién ha hablado de marcharse?

—Tú te quedas esto, yo me quedo lo otro. ¿Es eso lo que estás haciendo? ¿Igual que Gloria?

Mi madre puso los ojos en blanco.

Pero mi padre estaba desatado. Levantó su plato de la mesa y lo tiró al suelo, haciendo volar el arroz, las alcaparras y los pimientos por toda la cocina.

—¡Maldita sea, Celia! ¿Cuántas veces he de decirte que yo

cuidaré de esta familia? ¿Qué crees que hago ahí fuera todos los días? ¿Crees que me dejo la piel trabajando por diversión? —Se levantó, haciendo caer la silla.

Mi madre hizo una mueca y se quedó mirando el plato.

Desde el otro lado de la mesa, mi padre le agarró ambas muñecas.

—¡Mírame cuando te hablo!

Pero en cuanto ella lo miró, él le soltó las manos con brusquedad, lleno de indignación.

—No sé cuántas veces… —murmuró, sacudiendo la cabeza. Luego se dio la vuelta, utilizando una pierna para apartar la silla, que estaba caída de espaldas en el suelo, pasó por encima de la comida, y se marchó de la cocina.

El reloj de la pared emitía un débil tic tac. Las botellas de cristal llenas de vinagre y salsa picante que mi madre guardaba en las estanterías de la puerta de la nevera tintinearon. Me sentí avergonzado por mi madre, sentada frente a mí con una mueca en la cara, como si estuviera resuelta a no llorar, pero guardé silencio absoluto, esperando a ver qué sucedía a continuación.

Al final, mi madre dijo sin perder la calma:

—Por favor, Mayor, termínate el pollo.

DOS DÍAS MÁS tarde, mi padre y yo nos enteramos de la noticia: la tía Gloria iba a darnos diez mil dólares. Cuando el conflicto entre mis padres se hubo apaciguado, mi madre soltó abruptamente la cifra durante la cena. Mi padre casi se atragantó con la comida.

—No lo puedo creer —repetía mi madre una y otra vez.

—Bueno, probablemente nosotros le hayamos dado casi la misma cantidad a lo largo de los años —manifestó mi padre una vez recuperado del asombro.

—¿Diez mil dólares, Rafa? Vamos…

—Hemos hecho lo que hemos podido —replicó mi padre.

—Claro que sí. Y ahora ella está haciendo lo mismo. Es sólo que Gloria puede permitirse hacer más. ¡Diez mil dólares! No lo puedo creer.

A mi padre no le costó tanto hacerse a la idea. La mismísima mañana que el dinero aterrizó en la cuenta bancaria de mis padres, dijo:

—Creo que deberíamos comprarnos un auto.

—¿Un qué? —saltó mi madre al tiempo que tomaba un pedazo de tocino y se lo metía en la boca.

—Nada extraordinario —repuso mi padre—. No estoy hablando de un Alfa Romeo. Sino sólo de un auto. Algo que funcione.

Me di cuenta de que estaba contento de sólo pensarlo.

—¿Un auto? —replicó mi madre, perpleja.

—Sí. ¿Sabes lo que es? Tiene cuatro ruedas. Consume gasolina.

No era ningún secreto que desde niño a mi padre le encantaban los autos, y la cumbre de su obsesión habría sido poseer uno. En una ocasión, se había comprado un número de *Autoweek* en el quiosco de Newark y durante los últimos años se había consolado hojeándolo tumbado en el sofá, lamiéndose el pulgar cada vez que volvía las finas y brillantes páginas, contemplando durante lo que parecían horas un elegante Maserati negro o un redondeado Bugatti azul. Enrique y yo solíamos reírnos de él por esta razón, pero incluso cuando las páginas acabaron por caerse, mi padre las pegó en su lugar con cinta adhesiva y volvió a hojearlo.

—¿Pero qué haremos con un auto? —preguntó mi madre. Miró a mi padre con aire ligeramente divertido, como si acabara de sugerir que compráramos un elefante.

—¿Tú qué crees? —repuso mi padre—. Andar en él.

—¿Adónde?

—A todas partes. Podríamos ir al Pathmark.

—Yo no sé conducir.

—Aprenderás.

—¿Puedo conducirlo yo? —dije.

—Tú todavía no tienes la licencia —contestó mi padre.

—Pero cuando la tenga, quiero decir.

—Rafa, en serio —continuó mi madre—. No necesitamos un auto. Con ese dinero podríamos ir diez veces a Panamá.

Mi padre se frotó la barbilla. Nos miró a los dos, que estábamos sentados tomándonos el desayuno. Me di cuenta, y estoy seguro de que mi madre también, de que ya había tomado una decisión.

—Vamos a comprar un auto —afirmó.

LOS CONCESIONARIOS DE autos de nuestra ciudad se encontraban en Cleveland Avenue. Autos encerados y resplandecientes, hileras de banderines de plástico que se entrecruzaban sobre los aparcamientos. Pero, por supuesto, como mi padre siempre tenía que buscar una ganga, no fue a Cleveland Avenue adonde fuimos.

En su lugar, tomamos un autobús que nos llevó hasta un establecimiento de venta de autos de segunda mano que mi padre había encontrado a través de un anuncio del periódico. Estaba en medio de la nada, y el sol invernal brillaba sobre las hectáreas y hectáreas de tierra que lo rodeaban. La hierba dura crujía bajo nuestros pies mientras caminábamos y el viento aullaba, abriendo agujeros en el aire.

Mi madre hizo una mueca y se subió el cuello del abrigo, protegiéndose la cara.

—¿Está previsto que nieve hoy? —preguntó.

Mi padre estaba ya muy por delante de nosotros.

—¿Está previsto que nieve? —inquirí, entusiasmado ante la perspectiva.

—No lo sé. Sólo preguntaba. No puedo creer que estemos en enero y que ni siquiera hayamos tenido aún una nevisca.

Miré al cielo. Aunque el aire era glacial, me pareció que hacía demasiado sol para nevar, pero tal vez me equivocara. Esperaba equivocarme.

El único motivo por el que los había acompañado era porque mi padre pensaba que podía necesitar un traductor. "Utilizas el inglés todos los días", le dije. Pero él había declarado que no conocía el lenguaje de los autos. Para él, cada cosa tenía su propia lengua: la lengua del desayuno, la lengua de los negocios, la lengua de la política, y así sucesivamente. En español, conocía todas las lenguas, pero a pesar de que llevaba muchísimo tiempo hablando inglés, creía saberlo sólo para ciertos dominios. Nunca hablaba de autos en inglés con nadie, dijo. Por lo tanto, no conocía la lengua. No servía de nada explicarle que yo tampoco me pasaba precisamente el día hablando de autos con la gente. Para él, yo conocía todas las lenguas del inglés en la misma medida en que él conocía las del español. Y por muy orgulloso que estuviera de que fuera tan ducho en una, creo que también se avergonzaba de no ser mejor en la otra.

Había un grupo muy numeroso de autos, aparcados sin orden ni concierto, algunos con los neumáticos metidos en una rodada, otros totalmente desprovistos de neumáticos. Mi padre recorrió el laberinto de vehículos con las manos en los bolsillos y los examinó en silencio.

Al cabo de escasos minutos, un hombrecito de cabello gris con una chaqueta a cuadros salió a saludarnos.

—Buenos días —dijo, estrechándole la mano a mi padre —. ¿En qué puedo ayudarles?

—Queremos comprar un auto —respondió él.

El hombre asintió.

—Tenemos unos cuantos. ¿Tienen alguna preferencia en particular? ¿Un sedán o una ranchera? ¿Una camioneta tal vez?

—Me gustaría algo rápido —contestó mi padre.

—¿Un deportivo? —dijo el hombre.

Mi madre tiró a mi padre de la manga a modo de advertencia de que no se dejará llevar demasiado lejos. Como era de esperar, él la ignoró.

—¿Tiene algo italiano? —preguntó, como si no acabara de ver todo lo que había en el aparcamiento.

—¿Un deportivo italiano? —al hombre se le abrieron los ojos como platos—. Me temo que no. Lo que tenemos aquí es en su mayor parte de producción nacional o japonés. Hay entre ellos unos cuantos Volkswagen. Pero Volkswagen es lo más europeo que tenemos. Tengo uno, de unos quince años, que aún corre tan bien como Secretariat[4] cuando estaba en la plenitud de su vida. ¿Quiere echarle un vistazo?

Dudaba que mi padre hubiera entendido todo lo que el vendedor le había dicho, pero lo siguió mientras nos conducía a la esquina del fondo del campo, donde había un auto pequeño, marrón como el cacao en polvo, aparcado al sol.

—Aquí está —indicó el vendedor—. Se lo compré a un tipo en Bear la semana pasada. No presenta demasiados problemas, que yo sepa. Tiene una abolladura en el capó y los cinturones de seguridad están un poco flojos, pero las luces funcionan, el cambio de marchas va suave como la seda y tiene dirección asistida. Sólo tiene cincuenta y un mil kilómetros. Un poco de óxido alrededor de los guardabarros, como puede usted ver, pero el radio funciona. El aire acondicionado aún enfría. Aunque no es que se necesite en esta época del año. —Soltó una risita—. Probablemente le dure otros diez años. Una auténtica belleza, en mi opinión.

Yo no habría sido tan entusiasta. El auto era pequeño y nada llamativo. Pero, comparado con el resto del inventario, bien

---

4   Secretariat fue un caballo purasangre estadounidense que en 1973 se convirtió en el noveno campeón de la Triple Corona de Estados Unidos, tras después de 25 años sin que nadie lo consiguiera, y estableció nuevos récords en los tres eventos de la serie: el Derby de Kentucky, el Preakness States y el Belmont Stakes. (N. de la t.)

podría haber sido un Lamborghini, y por el modo en que mi padre lo miraba supe que estaba cautivado.

—¿Cuánto? —preguntó.

—A todos los vehículos de este tipo les aplicamos los valores del Kelley Blue Book, así que nuestros precios son justos.

—¿Cuánto? —volvió a preguntar mi padre.

—Dos mil trecientos —respondió el hombre.

Mi madre hizo un ruido.

—¿Los tiene? —quiso saber el hombre.

Mi padre, adoptando de pronto la actitud de un maestro de las negociaciones, se encogió de hombros.

—Sólo estábamos mirando —señaló.

—No van a encontrar nada mucho mejor que esto —manifestó el hombre, dándole unas palmaditas al capó del auto.

Mi padre echó una ojeada a través de la ventana del copiloto.

—Dos mil doscientos —ofreció el vendedor—. Son tiempos duros. Los dejaré un momento tranquilos.

Mi padre se desplazó hasta el otro lado del auto y comprobó la visión desde la ventanilla del conductor después de limpiar parte de la escarcha frotando el cristal con el talón de la mano.

Mi madre se estremeció a causa del viento.

—Rafa —dijo.

El viejo la miró, interpretando esto, al parecer, como el modo de mi madre de indicarle a mi padre que era hora de marcharse, porque dijo:

—De acuerdo. Dos mil justos. Es todo lo que puedo hacer. Y pueden llevárselo hoy.

Mi padre dio una vuelta más alrededor del auto, cuyo parabrisas posterior reflejaba la luz del sol, y preguntó:

—¿Acepta cheques?

REGRESAMOS A CASA, dos mil dólares más pobres, en nuestro nuevo Volkswagen Rabbit. En aquella enorme parcela de tierra, el viejo, que, como supimos después de aceptar comprar el auto, se llamaba Ralph Mason, le dio a mi padre una rápida clase sobre los caprichos de la transmisión manual. Mi madre y yo nos acomodamos en el asiento de atrás mientras Mr. Mason, desde el lado del copiloto, le enseñó a mi padre a meter las marchas, indicándole que presionara el pedal del embrague y luego lo soltara. "¡Acelere!", gritaba Mr. Mason. "¡Déle gas!". Y mi padre obedecía lo mejor que podía. Al principio era un desastre, y cada vez que el auto daba un brinco, mi madre exclamaba: "¡Ay!", pero desarrolló la coordinación básica de la conducción con sorprendente facilidad. Al cabo de diez minutos, Mr. Mason declaró que mi padre era un conductor nato.

—Es usted el mejor alumno que he tenido —le dijo, dándole unas palmaditas en el hombro, y mi padre sonrió de oreja a oreja. En el asiento posterior, mi madre puso los ojos en blanco.

A mi padre no se le paró el motor ni una sola vez en el camino de vuelta a casa. Por supuesto, tampoco pasó los cuarenta y ocho kilómetros por hora, ni siquiera en el tramo de la Carretera 141 que comunicaba la Interestatal 95 con la autopista de Kirkwood. Nos arrastramos hasta la 141 con precaución, como un escarabajo sobre la punta de una rama, y mantuvimos una velocidad regular incluso a pesar de que todos los demás autos pasaban volando junto a nosotros, tocando la bocina al tiempo que nos esquivaban.

—¿Qué haces? —preguntó mi madre, sentada en el asiento del copiloto, sujeta con el cinturón de seguridad.

Mi padre, concentrado en la carretera que tenía delante, no contestó.

—¡Todo el mundo nos está pasando!

—Déjalos —repuso él, agarrando el volante con las dos manos ahora que estábamos en marcha.

—No, esto no está bien, Rafa. Tienes que ir a la misma velocidad que los demás.

—El límite de velocidad es ochenta —señalé, tratando de ayudar.

Mi madre le echó un vistazo al velocímetro.

—¡Sólo vas a cuarenta!

Una vez más, mi padre guardó silencio. No dio explicación alguna, ni intentó defenderse. Se concentró en la carretera y en conducir el auto.

Un camión con tráiler nos pasó con un rugido al tiempo que nos dirigía un largo bocinazo. Desde arriba, el conductor nos mostró el dedo medio.

—No puedo mirar —dijo mi madre, tapándose los ojos con la mano—. Es espantoso.

—¡Dale gas! —exclamé yo, imitando la voz de Mr. Mason.

—Ustedes dos —dijo mi padre—, sé lo que estoy haciendo.

—Espero que no nos encontremos a ninguno de nuestros conocidos —dijo mi madre.

—Estamos en la autopista, Celia, no en una fiesta.

—¡Qué vergüenza!

—Ninguno de nuestros conocidos tiene siquiera un auto —señaló mi padre.

—Tampoco nosotros vamos a tenerlo por mucho tiempo si no vas más deprisa.

—Sé lo que estoy haciendo.

—¡Es peligroso, Rafa! Todo el mundo tiene que esquivarnos.

Yo había estado mirando de vez en cuando por la ventanilla posterior. La gente cambiaba de carril y nos hacía señas con las luces largas. En aquel momento, vi un auto que circulaba por nuestro carril por detrás de nosotros dar un doble bruscamente hacia un costado justo antes de alcanzarnos. El conductor no se había percatado de lo despacio que íbamos o había calculado mal lo rápido que iba a darnos alcance. Se desvió a la cuneta mientras mi padre, absolutamente inconsciente de lo sucedido, siguió avanzando. El conductor enderezó el auto, puso el intermitente, y volvió a incorporarse rápidamente al tráfico en cuanto se abrió un hueco. Viró con brusquedad para rodearnos y, al pasarnos, gritó por la ventana abierta:

—¡A ver si aprendes a conducir, idiota!

Mi madre se hundió en el asiento.

—Ay, Dios —gimió.

—Menos mal que Enrique no está aquí —señalé.

—Sería el cuento de nunca acabar —admitió mi madre.

—Casi hemos llegado —dijo mi padre.

—¿A dónde? —preguntó mi madre.

—A la salida.

Y cuando abandonamos la autopista, cuatro kilómetros más adelante, mi padre redujo las marchas con destreza hasta poner primera para detenerse en un semáforo. Mi madre se incorporó.

—Tú no lo entiendes —dijo mi padre—. Te paran.

—¿Quiénes? ¿De qué estás hablando? —quiso saber mi madre.

—Por eso llevaba tanto cuidado.

—¿Quién te para?

—La policía. Si eres blanco, o quizá oriental, te dejan ir en auto a donde quieras. Pero si no lo eres, te paran.

—¿Quién te ha dicho eso?

—Los chicos de la cafetería. Eso es lo que dicen. Si eres negro o moreno, automáticamente piensan que estás haciendo algo malo.

—Rafa, eso es ridículo. Llevamos viviendo aquí quince años. Somos ciudadanos americanos.

—La policía no lo sabe a simple vista. Ven una cara morena a través del parabrisas y ¡bum! ¡Sirenas!

Mi madre meneó la cabeza.

—¿Ese era el problema?

—No quería darles motivos para pararme.

—Conducías como si fueras ciego, Rafa. *Eso* les dará motivos para pararte.

—Todos los demás tienen que cumplir la ley. Nosotros tenemos que obedecerla doblemente.

—¡Pero eso no significa que tengas que ir el doble de despacio que los demás!

El semáforo se puso verde y mi padre arrancó el auto en primera. Circulamos bajo el paso elevado al tiempo que una sombra envolvía el auto como un manto.

—La próxima vez, trata de integrarte a los demás y todo irá bien —le sugirió mi madre.

—Así funciona el mundo —replicó mi padre.

—¿Qué? —dijo ella mientras volvíamos a emerger a la luz del sol.

—Tratar de integrarse. Así funciona el mundo.

—Bueno, por lo menos así funcionan los Estados Unidos —repuso mi madre.

AUNQUE EN NUESTRA casa el humor en general había mejorado, seguía castigado sin salir, lo cual significaba que no había visto a Maribel desde Navidad. Entonces le había dicho que pasaría un tiempo antes de que pudiera volver a ir a su casa. Últimamente recordaba cada vez mejor las cosas —ya no tenía que repetírselas tan a menudo y en ocasiones incluso aludía a cosas de las que habíamos hablado unos días antes— pero no estaba seguro de que fuera a acordarse de aquello y esperaba que no creyera que la estaba ignorando o que había perdido el interés. En todo caso, el castigo me había dado tiempo para echarla de menos, y la mayoría de las tardes estaba en casa deprimido, mirando por la ventana a través de la escarcha que se iba formando alrededor de los bordes, con la esperanza de alcanzar a verla al bajarse del autobús. Y después me apartaba porque sabía que verla sería una tortura. Y después regresaba porque no verla era una tortura. Y después trataba de mantenerme un rato alejado de la ventana y forzarme a hacer otra cosa como darme una ducha o leer o jugar a algún juego en el móvil, pero era inútil. No hacía más que dar vueltas por la casa lleno de angustia, sin saber dónde mirar, sin saber adónde ir, y con la sensación de que estaba perdiendo el juicio.

En la escuela, las cosas no iban mejor. Permanecía sentado en mi pupitre, dibujándoles sombreros y bigotes a las personas que salían en mis libros de texto mientras pensaba en Maribel. Me preguntaba qué estaría haciendo, si se sentiría tan triste como yo, cómo llevaría el pelo aquel día, cómo iría vestida. Cada vez que el profesor me preguntaba, no tenía la menor idea de en qué punto de la lección estábamos. Decía "¿Eh?" y, por lo general, tras recibir una mirada de decepción o más a menudo incluso de sorpresa, me desplomaba en la silla y me sentía como una mierda. Iba a la oficina de la enfermera y me quejaba de que tenía dolor estómago o decía que estaba prácticamente convencido de tener la gripe porcina por lo que tenía que irme a casa. La enfermera me tomaba la temperatura y me mandaba de vuelta a clase cada vez.

En ocasiones, cuando volvía a casa después de clases, encontraba a una de las amigas de mamá en nuestra sala, tomando sorbos de café recién hecho de las tazas de Café Duran que mi madre sacaba del armario sólo para los invitados. De vez en cuando me saludaba la imagen de la Sra. Rivera, cuya compañía gustaba a mi madre, y siempre que ella estaba allí, me demoraba en el pasillo al que daba la cocina y escuchaba a escondidas, esperando que dijera algo sobre Maribel. Una vez mi madre mencionó mi nombre y, tras una pausa, la Sra. Rivera dijo:

—Parece que Maribel le gusta, ¿no?

—¿A Mayor?

—Creo que le ha hecho bien. Cuando él viene a verla está distinta. Más como solía ser.

—¿De verdad? —Mi madre parecía genuinamente sorprendida.

—Pero, ¿ha sucedido algo? —quiso saber la Sra. Rivera—. Hace tiempo que no viene a casa.

—¿No te lo dije? Rafa lo castigó sin salir. Mayor tuvo un altercado en la escuela y, como siempre, Rafa se salió de sus casillas. Él es tan rabioso.

—¿Fue grave? —preguntó la Sra. Rivera—. Lo que hizo en la escuela.

—No, no. No fue nada. Créeme, Mayor es un buen chico.

La Sra. Rivera no contestó nada a esto último y yo me pregunté si le habría creído a mi madre o si el hecho de saber que me habían castigado sin salir habría estropeado de algún modo la imagen que tenía de mí.

Un día volví de la escuela y encontré a Quisqueya sentada junto a mi madre en el sofá con las piernas cruzadas. Antes era una habitual en mi casa, pero últimamente no la había visto demasiado. Sus botas peludas para la nieve estaban junto a la puerta y su sombrero blanco de pieles estaba dispuesto en medio de la mesita de café como si fuera un pastel.

—¿Has tenido un buen día? —me preguntó mi madre cuando entré y dejé caer la mochila al suelo.

—No estuvo mal.

—¿Sucedió algo interesante?

—No.

—Últimamente, es hombre de pocas palabras —le señaló mi madre a Quisqueya.

—Como todos los hombres —repuso Quisqueya—. Excepto mis hijos, por supuesto. Me llaman todas las noches desde la universidad para hablar conmigo.

—¿Podrías volver a decirme en que universidad están? —preguntó mi madre, fingiendo ignorancia.

—Qué poca memoria tienes, Celia. Están en Notre Dame.

—¡Ah, sí! Notre Dame. No sé por qué siempre se me olvida.

Quisqueya volvió la mitad de su cuerpo para mirarme.

—He notado que últimamente pasas mucho tiempo con la chica Rivera —señaló.

Mi madre hizo chasquear la lengua.

—Recientemente, no. Mayor está castigado sin salir.

Quisqueya sofocó un grito.

—¡Castigado sin salir!

Mi madre meneó la cabeza, como si sintiera haberlo mencionado.

—No fue nada —declaró.

—Bueno, en tal caso, antes. Solía pasar mucho tiempo con ella antes.

Quisqueya se volvió de nuevo hacia mí.

—Es una lástima lo que le pasa, ¿verdad? Pero cuando los veo juntos a los dos, parece que están manteniendo auténticas conversaciones. Como la gente normal.

—Usted no sabe nada de ella —espeté, con las mejillas ardiendo y sin entonación alguna en la voz.

—No tanto como tú, desde luego —replicó Quisqueya.

—Sólo son amigos —intervino mi madre.

—Claro. Así es como empiezan —repuso ella.

—Mayor, vete a tu habitación y empieza a hacer la tarea —me ordenó mi madre.

—No tengo tarea.

—Es una buena idea que hagas tarea —declaró Quisqueya—. Trabajar duro es lo que llevó a mis chicos donde están. —Volvió a girarse hacia mi madre—. ¿Te dije que los dos van a licenciarse en informática? Deberías oírlos hablar de sus estudios… ¡Todos esos términos técnicos! Les encanta. Pero tengo que decirles: "¡Por favor! ¡Sólo soy su mamita!". —Sonrió—. No entiendo nada de nada de eso.

—Quizá sea porque *usted tiene* algún problema en el cerebro —espeté.

—¡Mayor! —saltó mi madre.

—¿Qué dijo? —preguntó Quisqueya.

—No sé qué le pasa últimamente —se disculpó mi madre.

—Dije que quizá no entienda nada de eso porque tiene algún problema en el cerebro.

Quisqueya se quedó blanca.

—¡Mayor! ¡A tu habitación! —dijo mi madre furiosa. Se levantó del sofá y me señaló la dirección a seguir. Al ver que no me movía, gritó—: Ahora.

TODO AQUELLO NO eran más que estupideces. Quisqueya y Garrett y mi padre y media humanidad podían decir lo que quisieran, pero Maribel y yo estábamos hechos el uno para el otro. Lo sabía.

Así que, al día siguiente, en lugar de irme directamente a casa después de la escuela, cuando llegué a nuestro edificio, me dirigí hacia su casa. Me temblaban las piernas por el miedo a que mi madre, o peor aún, mi padre, me vieran, así que en cuanto la Sra. Rivera abrió una rendija de puerta, mirando por encima de la deslustrada cadena dorada, pregunté:

—¿Puedo pasar?

—¿Tienes permiso para estar aquí? —inquirió ella.

—¿Está Maribel?

—¿No estás castigado sin salir, Mayor?

—*Estaba* castigado, sí. Pero ya no.

Me apercibí de la duda reflejada en su rostro.

—Mi padre me ha levantado el castigo —añadí, y al final ella me dejó entrar. Encontré a Maribel en el dormitorio, de pie junto a la ventana. Llevaba puesta la bufanda roja que yo le había regalado para Navidad y tuve que contenerme para no ir hasta ella y besarla allí mismo.

—Hola —dije.

Ella se volvió y me dirigió una mirada de asombro.

—Tenía ganas de verte —agregué.

Maribel me miró, parpadeando con sus largas pestañas.

—Tienes un auto —enunció ella, por fin.

—¿Te has enterado ya de eso? Sí. Pero no es… no es un auto bonito ni nada. Y no es mío, ¿sabes? Es de mi padre.

—¿Dónde está?

—Fuera, en el parking. Mi padre no lo ha tocado desde que lo trajimos a casa.

—Entonces el auto está triste.

—¿Está triste?

—Se siente solo.

—Si tú lo dices…

—¿No deberíamos ir a hacerle una visita?

—¿Al auto? —entonces me percaté de lo que estaba intentando hacer. ¿Se dan cuenta? Era inteligente. Era mucho más inteligente de lo que nadie creía. Sonreí—. Claro… Si quieres.

Le dijimos a su madre que nos íbamos a mi casa y le prometí, como siempre, que no me apartaría de Maribel en todo el recorrido de treinta pasos de su apartamento al mío.

—No digas nada —le advertí a Maribel mientras nos deslizábamos por la puerta de mi casa. Tan silenciosamente como pude, tomé las llaves del auto de la repisa de la ventana, apretándolas en el puño cerrado para que no tintinearan. Luego volví a escabullirme fuera y le indiqué a Maribel por señas que me siguiera. Los dos estábamos de vuelta en el exterior antes que mi madre se hubiera dado cuenta de nada.

Abrí la puerta del auto y dejé que Maribel se acomodara, luego corrí al lado del conductor y me senté junto a ella. Dentro del auto hacía un frío glacial y olía a cobre y a humedad, como a nieve. Vi que alguien —mi madre, supuse— había colgado un rosario del espejo retrovisor.

Maribel pasó la mano sobre el cuero descolorido e irregular del tablero.

—Mi padre siempre quiso tener un auto —le expliqué—. Desde pequeño. Pero en lugar de un auto tenía un burro.

—¿Un burro?

—Le puso de nombre Carro.

Maribel se echó a reír.

—Sí, lo sé. Un burro llamado Carro. Qué tonto.

—Tu padre es muy gracioso.

—En realidad no lo es —objeté. Deslicé las manos sobre el volante. Al rozar accidentalmente el freno con el pie, la suela de mi zapatilla chirrió contra la rugosidad del pedal.

—¿Sabes conducir? —me preguntó Maribel.

—Prácticamente —contesté—. Tomé clases de conducir durante el último período de evaluación, así que tengo el permiso, pero aún no he hecho el examen para conseguir la licencia de verdad. Pero mi amigo William sí lo hizo y aprobó sin problemas, de modo que no puede ser muy difícil. Lo único que me preocupa es aparcar en paralelo, pero probablemente no tenga que hacerlo a menos que vaya a Filadelfia o a D.C. o algo así. No lo sé. El instructor, Mr. Baker, siempre nos hacía pasar por su casa para poder darle de comer al perro. Todos los años, por "Mischief night", alguien tira huevos contra la fachada de su casa y él se queja al director, pero qué tonto, si no llevara constantemente alumnos a su casa, nadie sabría dónde vive y eso no pasaría. Es bastante estúpido.

—Has hablado un montón.

—¿Ah, sí?

—Como horas.

—Qué va. No puede ser.

—No me importa —replicó ella.

—¿Qué? ¿Que no te importo? —Quería ver qué decía, pero solo se sonrojó.

—Me gusta este auto —afirmó—. Está muy cool. —rozó con los dedos el compartimento situado entre los dos asientos delanteros, rascando el duro plástico con las uñas. Observé el delicado hueso redondo de su muñeca moverse hacia adelante y atrás y sentí la sangre latir en mis oídos.

Eché un vistazo a través de la ventanilla y miré por el retrovisor para comprobar si alguien nos estaba observando. Antes me había parecido oír cerrarse una puerta, pero al mirar ahora no había moros en la costa. No sabía cuánto tiempo pasaría antes de que mi madre o mi padre salieran a buscarnos hechos unas fieras. Me estaba entrando un calor enorme a pesar de que en aquel auto hacía un frío de mil demonios. Me bajé el cierre de la chaqueta.

—¿Mayor? —dijo Maribel.

—¿Sí? —contuve el aliento.

—Creo que eres la única persona que… que me… que me ve.

—Tal vez todos los demás necesiten gafas —repuse, tratando de hacer una broma, pero no causó ningún efecto, y agarré fuertísimo el volante con las manos hasta que creí que se me iba reventar la piel de los nudillos.

Me volví hacia ella. Desde la primera vez, lo único que deseaba era volver a besarla. Relájate, me dije a mí mismo. No es nada. Es solo que…

Cerré los ojos y me incliné por encima del compartimento central hasta que mi boca encontró la suya. Le puse una mano en el hombro, sobre el áspero abrigo, agarrando el tejido con el puño. Su nariz me rozó la mejilla, y la lana de su bufanda me cosquilleó el mentón. Al cabo de escasos segundos, deslicé mi lengua dentro de su boca, impresionado al sentir las conchas marinas de sus dientes y, después, la humedad de su lengua al tocar la mía. Moví la mano hasta su cuello, sintiendo su piel cálida y suave, y mientras la abrazaba de este modo, mi corazón latía a toda velocidad. Mejor dicho, mi corazón corría largas distancias, hacía carreras de obstáculos, salto de altura y juro que incluso salto con pértiga. Empezaron a apretarme los pantalones. Me di cuenta, pero no me importó. Seguimos besándonos, mientras yo mantenía la mano bajo su bufanda. Y, de pronto, noté los pantalones calientes y mojados. Me aparté de ella. Me cubrí rápidamente la entrepierna con las manos y orienté mi cuerpo de modo que no la tocara.

—¿Pasa algo malo? —inquirió.

—No pasa nada malo —respondí.

Y, Dios, eso sí que era verdad.

Nelia Zafón

Soy boricua y a mucha honra, nacida y criada en Puerto Rico hasta que le dije a mi mami en 1964, el año en que cumplí los diecisiete, que quería vivir en la ciudad de Nueva York y bailar en Broadway. Mi madre armó un gran escándalo. "Sólo tienes diecisiete años! ¡No tienes dinero! ¡Estás más perdida que un juey bizco!". Todas esas cosas. Pero yo soñaba con ser la próxima Rita Moreno. Iba a ser una Estrella. Le dije a mami: "¡Puedes buscarme en las películas!", y me fui.

Cuando llegué a Nueva York, no conocía a un alma. Dormí en el suelo de la Grand Central Terminal las tres primeras noches, observando los pies de todo el mundo pasar, hombres en mocasines, mujeres con zapatos de charol. Clic, clic, clic. Todo el mundo tenía un lugar adonde ir menos yo. Había llegado a mi destino, ¿y ahora qué? Un sueño no es lo mismo que un plan. Comencé a tener la sensación de que quería volver a casa, pero tal como me había marchado — toda esa dignidad juvenil y toda esa convicción que le había arrojado a mi madre como un tornado— me hubiera avergonzado de volver tan pronto. Mi mami habría dicho: "¿Has visto, nena? Después de todo no eres más que una niña. No. Había plantado una estaca y ahora tenía algo que demostrar, a mi mami y a mí misma, a todos los de mi barrio. Tenía que demostrar que podía lograrlo.

Sin embargo, tuve suerte. En la estación del ferrocarril, conocí a una muchacha, a esa chica de compañía llamada Josie a quien sus padres habían echado de casa por fumar marihuana. Tenía un amigo, un tipo de Queens, que se iba a la guerra y ella iba a vivir en su apartamento hasta que volviera. Nunca olvidaré lo que me dijo: "Tengo que regarle las plantas para que no se mueran". Al cabo de un tiempo, cuando él no regresó, cuando ni siquiera pudieron encontrar pedazos suficientes de su cuerpo para juntarlos y mandarlos a casa, lloró tanto y durante tanto tiempo que lo supe: estaba enamorada de él. Había estado esperándolo, echando todos los días tazas de agua en las macetas que albergaban sus plantas, poniéndolas al sol, cuidándolas porque pensaba que era una forma de cuidar de él.

Viví en aquel apartamento durante un año. Había conseguido un empleo como camarera, pero Josie nunca me cobró el alquiler. Los padres de su amigo pagaban el apartamento, me dijo. Estaba cubierto. En su lugar, invertí todo mi dinero en clases de baile y de interpretación que tomaba por la mañana en un pequeño estudio de Elmhurst. En cuanto a la comida, vivía de las sobras de las bandejas de los clientes del restaurante. Echaba todo lo que la gente no se comía en un contenedor de cartón para comida preparada y me lo guardaba para más tarde. *Hash browns*, la costra de las tostadas, pasta, crema de maíz, todo eso. Al jefe le daba prácticamente igual.

Me presentaba a audiciones cuando me enteraba de que las había. Recuerdo que hubo una audición para *El hombre de la Mancha* en un pequeño teatro de Greenwich Village. Me presenté para el papel de ama de llaves. Cuando llegué, un hombre estaba poniendo en fila a todas las chicas. Recuerdo que le pregunté si tenía importancia que no fuera hispana. Porque, claro, se trataba de una obra en español. "¿Qué es usted?", me preguntó. "Puertorriqueña", le contesté, y él replicó: "¿Y cuál es la diferencia?".

No conseguí ese papel ni ningún otro después. Ni uno solo. Lo intenté durante años. Tras la noticia del amigo de Josie, me marché del apartamento de Queens porque no me parecía bien quedarme allí. Josie se negó a irse. Siguió regando las plantas. Tal vez se negara a aceptar lo sucedido, pero quizá fuera la única forma en que podía aferrarse a una persona a la que había amado. Quizá deberíamos ser todos igual de apasionados.

Pronto encontré un lugar para vivir en un sótano situado debajo de una tienda de comestibles. Era realmente un sótano. Tenía unas paredes de piedra llenas de humedad y una ventanita no mayor que un ojo entrecerrado. Bailaba todo el día y tomaba trenes y autobuses a todos los rincones de la ciudad para presentarme a las audiciones. Por la noche servía bandejas de comida y flirteaba con los hombres para conseguir propinas más altas. A veces, cuando volvía a casa y bajaba a ese apartamento del sótano con los ojos pesados por el agotamiento, pensaba: ¿Es esto lo que es? ¿Este país? ¿Mi vida? ¿No hay *nada* más?

Pero incluso cuando pensaba estas cosas, otra parte de mí siempre me decía: lo hay. Y lo encontrarás.

Pero, bueno, no lo encontré. Trabajé como una loca. Practiqué el baile hasta que me sangraron los pies y mis rodillas parecían bolas de agua. Me unté Vicks en los talones agrietados y me di tantos baños calientes que perdí la cuenta. Fui a un profesor de canto y canté hasta tener la garganta en carne viva. Me maté, pero no lo logré. El mundo ya tenía su Rita Moreno, supongo, y no había sitio para más de una boricua a la vez. Así son las cosas. Los americanos pueden manejar a una persona de cada lugar. Tenían a Desi Arnaz, de Cuba. Y a Tin Tan, de México. Y a Rita Moreno, de Puerto Rico. Pero, en cuanto éramos demasiados, ponían el grito en el cielo. ¡No, no, no! Sólo teníamos *curiosidad*. No estamos realmente *interesados* en ustedes.

Pero soy una luchadora. Que me pongan contra las cuerdas y pelearé como nunca. ¡Bam! Así que pensé: bueno, si no lo voy a encontrar, solo me queda otra opción: crearlo.

Me informé y descubrí que en Delaware las compañías nuevas pagaban menos impuestos, de modo que ahorré durante algún tiempo —dejé de tomar clases y acepté hacer turnos extra en el restaurante— y me despedí de Nueva York. Me vine a Wilmington para intentar poner en marcha mi propia compañía teatral. Encontré otro empleo como camarera, sólo por las noches, en un bar esta vez, y trabajé durante el día para arrancar el teatro. Eran otros tiempos. Amor libre, compañerismo, "conéctate, agarra la onda y abandona el sistema[5]". Había comunidades de artistas, gente que no quería trabajar para las grandes empresas, gente que estaba dispuesta a ayudar a una muchacha como yo y que muchas veces trabajaba gratis. Conocí a un tipo que me ayudó a construir escenarios y a poner algunas luces. Lo pinté todo yo misma. Conseguí un camión entero de bancos de madera de una iglesia que estaban renovando. Los puse uno detrás de otro para la gente que esperaba que algún día viniera a ver mis espectáculos. Parish Theater lo llamé, a causa de esos bancos.

En 1971, realizamos nuestra primera producción, una obra titulada *The Brown Bag Affair*. Era muy picante, provocativa, con mucha desnudez, pero el argumento era potente y, a pesar de que las primeras semanas no acudió mucha gente a verla, empezó a correr la voz. Primero tuvimos un público de diez personas, pero acabó aumentando a veinte, todas sentadas, hombro con hombro, en aquellos largos bancos. Cada pocos meses presentábamos un nuevo espectáculo y, dos años después de abrir nuestras puertas, un público asiduo acudía a ver cada una de ellas. El teatro no era demasiado rentable pero ganábamos lo suficiente para seguir montando las obras. Ello era ya de por sí una especie de milagro.

Hoy, veinte años después, sigo dirigiendo el Parish Theater. Sólo ofrecemos una producción por semana. A veces, actúo en ellas pero, ahora, para mí, el verdadero placer es dar papeles a otros actores, verlos interpretar, especialmente a los jóvenes. Una vez fui como ellos. Los comprendo. Y ahora pienso: muy

---

5   "Turn on, tune in, drop out", eslogan popularizado por Timothy Leary, padre de la cultura psicodélica, que promulgaba el uso del LSD entre los jóvenes. (N. de la t.)

bien, *esto* es lo que es. Mi vida. Este país. Me costó muchísimo empezar y nunca llegué a ser una gran estrella, pero ahora, cuando vuelvo a Puerto Rico a visitar mi viejo barrio de Caguas, me siento orgullosa porque, en cierto modo, al fin y al cabo logré mi objetivo.

Hace unos cuantos meses, conocí a un hombre que vino al teatro. Es más joven que yo, un gringo, abogado, muy joven y guapo. ¡Cielos! Casi no tenemos nada en común pero, por algún motivo, encajamos bien el uno con el otro. Me hace reír. ¿Cómo puedo explicarlo? Tiene garra. Tengo cincuenta y tres años y arrugas en las manos. No me casé jamás, y ahora esto. Nunca sabes lo que te depara el destino. Dios sabe lo que hace. Pero eso es lo que hace a la vida tan emocionante, ¿no? Lo que me hace seguir adelante. La posibilidad.

Alma

Un día, cerca de finales de enero, Maribel y yo estábamos sentadas a la mesa, haciendo la tarea, cuando, tres horas antes de su hora de regreso habitual, Arturo entró por la puerta de casa, la cerró de golpe a sus espaldas y cruzó el pasillo a grandes pasos.

Maribel me miró, confusa.

—Ahora vuelvo —le dije.

Encontré a Arturo en el baño, quitándose la ropa mientras pequeños pedacitos de champiñón llovían al suelo. Abrió la llave de agua y, sin esperar a que el agua se calentara, se metió en la ducha, sumergiendo la cabeza bajo el chorro.

—¿Estás bien? —le pregunté.

No contestó.

Apoyé las manos en el borde del lavabo, sintiendo la porcelana fría y suave, y me miré en el espejo. Por un segundo, el miedo se apoderó de mí. ¿Era eso? ¿Algo que tenía que ver con el muchacho?

—¿Ha sucedido algo? —inquirí, tratando de ocultar la ansiedad en mi voz.

Arturo sacó la cabeza de debajo del agua. Gruesas gotas se deslizaban por su rostro, goteando de las puntas de su bigote.

—¿De verdad quieres saberlo? —inquirió—. Me han despedido.

—¿Despedido?

—Sí. Porque cambié de turno. La mañana que me quedé en casa porque era el primer día de escuela de Maribel.

—¡Pero si eso fue hace meses!

Arturo cerró el agua, torciendo la llave con tanta fuerza que creí que iba a romperla. Lo observé levantar la toalla del suelo y frotarse con ella para secarse, con el pelo enmarañado sobre su ancho pecho, el pene flácido colgando entre sus piernas robustas.

—No lo entiendo —dije.

Él arrojó la toalla al suelo.

—¡Chingao!

—Tiene que ser un error. Se tomaron un montón de molestias para conseguirte una visa. ¿Por qué habrían de hacerlo y después darse la vuelta y despedirte?

—Porque son unos cobardes.

—¿Qué quieres decir?

—El único motivo por el que patrocinaron nuestras visas es que el gobierno los estaba presionando para que contrataran trabajadores con papeles. Pero ahora todo el mundo dice que eran sólo habladurías.

—Pero, ¿por qué significa eso que tienen que despedirte? ¿Qué van a hacer? ¿Deshacerse de todos los que tienen ya y contratar ahora a gente sin papeles?

—Probablemente. Así ahorran dinero.

Pensé en llamar a su jefe y explicarle la situación. Tal vez si supiera de Maribel, sería más comprensivo. Tal vez si supiera lo que ese trabajo significaba para nosotros. Las cosas no deberían haber salido así. Habíamos seguido las reglas. Nos habíamos dicho a nosotros mismos: No seremos como los demás, como esa gente que hizo las maletas y se marchó hacia el norte sin esperar a tener la autorización oportuna. No estábamos menos desesperados que ellos. Comprendíamos, al igual que ellos, lo mucho que una persona podía desear: dinero, o tranquilidad de conciencia, o una educación mejor para una hija herida, o sólo una oportunidad —¡una oportunidad!— en esto que se llama vida. Pero nosotros íbamos a ser distintos, dijimos. Haríamos las cosas como era debido. Así que habíamos completado los papeles y esperado durante casi un año a que nos dejaran venir. Habíamos esperado a pesar de que habría sido tantísimo más fácil no esperar. ¿Y para qué?

Arturo terminó de secarse en silencio.

—Trabajé duro —declaró al cabo de un rato.

—Lo sé.

—Hice lo que creí…

—Lo sé —repliqué.

Permanecimos unos momentos en silencio.

—¿Quizá yo podría buscar un empleo? —sugerí.

—No. Nuestras visas sólo permiten que trabaje yo. Tengo treinta días. Si puedo encontrar algo en treinta días, seguiremos siendo residentes temporales. Puedo trabajar en cualquier cosa. Bastará un salario para que nuestros papeles sigan siendo válidos.

Quise darle un abrazo, pero él dio un paso atrás, tenso, absorto en sus pensamientos.

—Encontrarás algo —afirmé.

ASÍ QUE DURANTE el día, todos los días, Arturo buscaba trabajo. Se ponía la ropa que usaba para ir a la iglesia —pantalones negros y camisa, cinturón marrón y sus botas de vaquero— y entraba en una tienda tras otra, pidiendo solicitudes de empleo. La gente se reía en su cara. "¿No has oído que la economía está hecha una mierda?", le decían. "No podemos *deshacernos* de los trabajadores lo bastante aprisa. Vuelve a cruzar el río nadando, amigo". Sin embargo, ¿qué podía hacer sino seguir intentándolo, tienda tras tienda?

Tuvimos que usar dinero de nuestros ahorros para pagar el alquiler. No teníamos elección. Arturo y yo tratamos de convencer a Fito, pero él se mantuvo firme. "Me siento mal por ustedes", dijo. "De verdad. Pero tengo una hipoteca que pagar y dependo para ello del pago de los alquileres". Arturo le estrechó la mano y le aseguró que pronto le llevaría el dinero, aunque tanto él como yo temíamos que pudiera no ser cierto. Dos meses, estimábamos, era lo máximo que podríamos aguantar sin cobrar un salario.

Preparé arroz con frijoles y más arroz con frijoles y más arroz con frijoles, pero como no podíamos permitirnos comprar chiles, ni jamón, ni nada para realzar el sabor, pronto nos cansamos del arroz con frijoles.

—*Avena* —sugerí—. Aún nos queda *avena*. —Pero ni Arturo ni Maribel la querían. Nos desplazábamos por el apartamento en la penumbra y encendíamos la luz sólo cuando el sol se había puesto ya. Teníamos la calefacción apagada por la noche. Nos duchábamos en días alternos para ahorrar agua. Seguía lavando la ropa en el Laundromat, pero me la llevaba a casa empapada y la extendía sobre las encimeras de la cocina y por el suelo para que se secara. La habría tendido sobre la barandilla del balcón, pero temía que se congelara. En lugar de sentarnos a la mesa de la cocina por la noche a tomar una infusión, ahora sólo hervía agua para Arturo y para mí, pero el agua era un pobre sustituto e intentar fingir lo contrario sólo me deprimía aún más.

Traté de quedarme en el apartamento durante el día por si Arturo se pasaba por casa, ya fuera a comer o a dejar las solicitudes de empleo. Le preparaba la comida y le daba discursos motivacionales. Él luego volvía a marcharse, dispuesto a probar en un sitio nuevo. Yo sólo iba hasta el Dollar Tree o el Laundromat, ambos lo bastante cerca como para no tener que ausentarme demasiado tiempo. La Community House estaba demasiado lejos y, aunque había vuelto a la clase de inglés algunas veces, ahora dejé de ir del todo. Sin embargo, seguía queriendo aprender inglés, así que le pregunté a Celia si vendría a casa a enseñarme algunas cosas. Trajo un libro de ejercicios que ella y Rafael habían utilizado cuando llegaron a los Estados Unidos. Tenía ilustraciones para mostrar vocabulario —palabras para designar colores, alimentos, partes del cuerpo, animales—, como un libro infantil de primeras palabras.

—En Panamá, Rafa y yo aprendimos inglés en la escuela —me explicó—. Pero cuando llegamos aquí, tuvimos que refrescarnos la memoria.

Nos sentamos a la mesa de la cocina.

—Miércoles. *Wednesday.* —dijo ella.

Yo repetí las palabras.

—Jueves. *Thursday* —siguió.

—Tursday —dije yo.

—"Tursday" no —me corrigió—. *Thursday.* Apoya la lengua contra la parte posterior de los dientes.

—¿Dónde tengo ahora la lengua? —pregunté.

—En la parte superior de la boca, creo. Estírala.

Pero yo no entendía qué quería decir y cada vez que lo repetía —Tursday—, Celia me corregía.

—*Thursday.*

—Tursday.

—*Thursday.*

—Tursday.

—No, *Thursday*. Z z z.

—*Thursday* —dije.

—¡Muy bien! —dijo Celia y aplaudió.

Cuando no tenía clase con Celia, procuraba por lo menos sentarme frente al televisor con el diccionario que me había dado la profesora Shields y buscar tantas palabras como podía mientras iban apareciendo en los subtítulos de la pantalla.

Aprendí la frase *"Are you hiring?"*, y se la enseñé a Arturo. Pensé que tal vez si abordaba a los potenciales patronos en inglés, tendría más posibilidades. Pero después de intentarlo en varios lugares, me dijo:

—Me siento tonto. Lo digo y ellos me contestan en inglés y, a partir de ahí, se acabó. Me miran como si fuera estúpido.

—No eres estúpido —repuse.

—Para ellos, sí —replicó él.

Y sin embargo, a pesar del estrés de la búsqueda y de la angustia por los resultados, desde aquella noche en la cocina, volví a sentirme más cerca de Arturo, aunque no fuera más que unos centímetros, y noté que él también se sentía más próximo a mí. A veces, me tomaba la mano bajo las mantas mientras estábamos acostados en la cama y, en una ocasión, cuando estaba lavando los platos de la cena en el fregadero, mirando los pedacitos de comida que flotaban en el agua jabonosa, se me acercó por detrás, introdujo sus brazos bajo los míos, me puso las manos en los hombros y descansó la barbilla en mi nuca, como si simplemente quisiera estar cerca de mí.

Nuestro aniversario de boda era el 19 de febrero y aunque en Pátzcuaro solíamos salir a cenar, aquí no teníamos dinero para eso. Pero Arturo quería hacer honor a la tradición, de modo que planeamos ir a tomar algo en su lugar. Agua, decidimos, pues incluso los refrescos estaban por aquel entonces fuera de nuestras posibilidades.

Fuimos a la pizzería de al final de la calle porque Arturo había presentado allí una solicitud de empleo y yo sabía que él confiaba en la posibilidad de que alguien lo reconociera si volvía a pasar por allí y, de algún modo, salir del local con trabajo. Sólo nos quedaban siete días antes de convertirnos en ilegales.

La pizzería se encontraba en la esquina de un pequeño centro comercial y un cartel de vinilo suspendido sobre la puerta anunciaba su nombre. "Luigi's". El interior estaba lleno de mesas cuadradas y sillas con estructura de metal, y el aroma que flotaba en el aire era dulce e intenso: tomates y queso.

De camino hacía allí, le dijimos a Maribel que sólo íbamos a pedir agua.

—¿Podemos pedir horchata? —preguntó en cuanto nos sentamos.

—Aquí no tienen horchata —respondí.

—¿No es un restaurante? —preguntó.

—Sí. Pero no tienen horchata.

—¿Tienen pescado blanco? —quiso saber.

—No vamos a pedir nada —contesté.

—¿Por qué no?

—Hemos venido a celebrar nuestro aniversario de boda.

—Con agua —añadió Arturo.

Pedimos tres aguas con hielo y cuando nos las trajeron nos sentamos, bebiéndola a sorbos de unos vasos de plástico rojo, festejando en silencio, mientras a nuestro alrededor parejas y familias americanas comían pedazos de pizza y bebían botellas de cerveza. Tenía la impresión de que no aprobaban de que estuviéramos allí, bebiendo sólo agua, ocupando una mesa. Pero, cuando miré a nuestro alrededor, noté que nadie miraba en nuestra dirección, y me sentí como solía sentirme en este país, llamativa e invisible a la vez, como un bicho raro en quien todo el mundo reparaba pero elegía ignorar.

En aquel momento, la puerta del establecimiento se abrió y levanté la cabeza de golpe para ver quién era. El muchacho, pensé. Mientras nos íbamos hacia allí, estaba convencida de que nos venía siguiendo y había mirado por encima del hombro, creyendo haber oído el claqueteo de su patineta a nuestras espaldas, pero sólo vi a Arturo, que me dirigió una mirada perpleja. Pero ahora sólo había entrado una joven madre empujando a su hijo en un cochecito. Me llevé el vaso a los labios y respiré hondo.

Minutos después, Arturo rompió el silencio que había caído sobre nosotros como una niebla.

—Bueno —dijo—. Diecinueve años.

—¿Diecinueve años qué? —preguntó Maribel.

—Diecinueve años que tu madre y yo estamos casados. Tenía dieciocho cuando me case con ella.

—No digas eso —dije—. Me hace sentir muy vieja.

—Eres vieja —dijo Maribel.

Arturo se echó a reír.

—¿Qué es lo que te hace tanta gracia? —preguntó Maribel.

—Sí. ¿Qué es lo que te hace tanta gracia, Arturo?

—¿Es... un chiste? —preguntó Maribel.

—Tu padre no sabe ningún chiste —repuse yo.

—Pues claro que sé chistes.

—¿Como cuál?

—Les contaré uno que oí en un programa estadounidense de madrugada. ¿Por qué se cayó la bicicleta? —Estudió nuestros rostros inexpresivos, esperando una respuesta. Al ver que no recibía ninguna, dijo:

—Porque tenía dos neumáticos.

—Eso no tiene ningún sentido —protesté.

—Bueno, el público se rió. ¿Es posible que los subtítulos estuvieran equivocados?

—¿Estaba cansada? —dije—. ¿Fue por eso por lo que se cayó?[6]

—¿Crees que tú puedes hacerlo mejor? —me desafió Arturo—. Veamos cómo cuentas un chiste.

—¿Un chiste sobre qué?

—Sobre cualquier cosa.

—Sí —intervino Maribel.

Contemplé el interior del restaurante, buscando inspiración.

—Estamos esperando —insistió Arturo.

—Un momento.

—Tal vez puedas pedir uno del menú —propuso Arturo—. Camareros, agua para nosotros y un chiste para mi mujer. La pajita no hace falta.

Maribel sonrió.

—Me estoy volviendo más gracioso a cada minuto que pasa,

---

6 Aquí, el personaje confunde "It had two tires", tenía dos neumáticos, con "It was too tired", estaba muy cansada. (N. de la t.)

Alma. Será mejor que se te ocurra algo rápido si quieres estar a mi altura.

Miré a la mesa y traté de concentrarme. Al final, para satisfacerlos, les conté el único chiste que conocía, uno que me había hecho reír a carcajadas cuando lo había oído, aunque nunca se lo había contado a nadie.

—¿Por qué Jesús no usaba champú? —pregunté.

—No lo sé. ¿Por qué? —inquirió Arturo.

—Porque tenía agujeros en las manos.

Él me miró escandalizado. Al ver su expresión, me santigüé. Señor Dios que estás en los cielos, perdóname.

Entonces, Arturo se echó a reír. Incluso Maribel, que dos meses antes hubiera sido incapaz de procesar un chiste como aquel, se cubrió la boca con la mano para contener la risa.

Arturo levantó su vaso e hizo un brindis:

—Por la mujer más graciosa que conozco —dijo.

—Gracias —repliqué.

Arturo frunció el ceño.

—¿Y sobre mí, nada?

—Perdona. Por el mejor hombre que conozco.

—Eso está mejor.

—Y por la mejor hija —añadí.

—¡La mejor! —dijo Arturo.

Los miré a ambos, la forma en que el bigote de Arturo se curvaba hacia arriba cuando sonreía, la forma en que resplandecía el rostro de Maribel.

—La mejor —repetí.

PASARON OTROS SIETE días. Siete días tocando puertas y haciendo llamadas e implorando a los propietarios de las tiendas y a todo el que quisiera escuchar. Pero al final de la semana Arturo volvió a casa con las manos vacías.

En la mañana del día después de que finalizara el plazo me lo encontré sentado bajo la tenue luz azul, con la cabeza gacha y los dedos entrelazados detrás de la nuca. Me acerqué a él y le puse una mano en el hombro con toda mi ternura. Quería curarlo de algún modo con mi contacto, salvarlo de sentir que nos había fallado.

—Lo siento —dijo.

—Hiciste todo lo que estaba en tus manos —repuse.

—Si alguien se entera…

—¿Quién se va a enterar?

—Tendría que dejar la escuela, Alma.

—Nadie se va a enterar.

Se pasó las manos por el cabello.

—No hemos hecho nada malo, Arturo.

Él no contestó.

—Nosotros no somos como los demás —proseguí—. Como esos de quienes hablan.

Arturo separó las manos y me miró con expresión triste y cansada.

—Ahora, sí. —declaró.

A FINALES DE febrero hubo una tormenta de hielo. Así es cómo la llamó Celia. La telefoneé no mucho después de que comenzara, cuando el golpeteo contra nuestras ventanas se volvió tan ensordecedor que tuve la convicción de que aquellos cientos de pequeñas colisiones acabarían rompiendo el cristal. Estaba sola en casa —Arturo estaba aún buscando trabajo, ya no para conservar nuestras cuatro visas, sino porque necesitábamos dinero— y cuando oí el tamborileo seguido de golpes fuertes, como cascos de caballo, contra los cristales, me cruzó por la cabeza el pensamiento de que se trataba de niños del barrio que lanzaban piedras contra la ventana. Pero, al mirar, descubrí un refulgente espectáculo plateado que se destacaba contra un cielo blanco. Astillas de lluvia.

Cuando Celia contestó al teléfono, dijo:

—Es una tormenta de hielo. Estoy segura de que la escuela mandará pronto a los niños a casa. No salgas a menos que quieras caerte y romperte algo. La última vez que sucedió esto, a José se le resbaló el andador. Se rompió la muñeca y tuvo que llevar una escayola durante seis semanas.

—¿Es hielo? —inquirí—. ¿Que cae del cielo?

—Sorprendente, ¿verdad? —dijo Celia—. ¿Te imaginas?

—¿Son pedacitos de hielo?

—Son más bien como lanzas. Bueno, eso parece peligroso. Más bien como palillos.

—Palillos de hielo —repetí.

Habíamos estado esperando la nieve todo el invierno —todos comentaban sin cesar lo extraño que era que no hubiera llegado aún— pero nunca había oído nada acerca de hielo que cayera del cielo.

—De hecho, cuando acaba, es muy bonito —señaló Celia—. En White Clay Creek Park hay un pantano que se congela, y los niños van a patinar sobre él. Tal vez a Maribel le gustaría. ¿Quieres que vayamos? Es algo que por lo menos hay que ver.

—Maribel no sabe patinar sobre hielo.

—No es necesario. Todos patinan con zapatos. Vayamos el domingo, después de misa. Las carreteras ya estarán limpias pero el pantano estará aún congelado.

—¿Está lejos?

—A unos pocos kilómetros. Antes había un autobús, pero ya no hace esa ruta. ¿Quizá podríamos ir en auto? ¡Sería divertisísimo! Te vendría bien un poco de diversión, ¿no? Rafa ni siquiera ha conducido ese auto desde que lo compró. Y Maribel podrá decir que ha ido a patinar sobre hielo.

Las maravillas que hay en este país. En México, había hombres que vendían hielo transportándolo en unos carros tirados por bicicletas. Aquí, caía del cielo.

Imagínate si el lago Pátzcuaro se helara de punta a punta, pensé. Quería decirles a mis padres que habíamos caminado con los zapatos sobre islas de hielo. No se lo iban a creer. Pensarían que habíamos estado en la luna.

—Sí —le dije a Celia—. Vayamos.

AQUEL DOMINGO, ESTÁBAMOS todos en el parking junto al auto de Rafael, esperando a que nos dijera dónde sentarnos.

—¿No te diste cuenta de que iba a ser un problema? —le preguntó a Celia.

—También se te podría haber ocurrido a ti, ¿sabes?

—Creí que tenías un plan —replicó Rafael.

—Lo tenía —dijo Celia—. Que tú nos llevaras hasta allí en el auto. Ese era mi plan.

—Bueno, déjame pensar —dijo él.

—Un acontecimiento único en la vida —observó Celia, y Arturo se volvió hacia mí y soltó una risita.

La mayor parte del hielo del suelo se había derretido, aunque no así el que recubría las ramas de los árboles, que se combaban bajo su peso. A la luz del sol, los cables del teléfono parecían cuerdas de cristal sobre nuestras cabezas, los arbustos centelleaban como pasteles hechos de diamantes, estrellas de escarcha se imprimían contra nuestras ventanas. Por la noche, los árboles se rozaban unos contra otros en medio del viento y producían un delicado tintineo. No podíamos dar crédito a nuestros ojos, ni a nuestros oídos, ni al penetrante frescor que invadía nuestras narices.

—¿Qué mundo es este? —le pregunté a Arturo. Y él meneó la cabeza.

—Bueno, vamos a probar una cosa —sugirió Rafael. Abrió la puerta trasera—. Alma, tú primero. Después, Celia, acomódate junto a Alma.

—¿Quién se sentará delante? —preguntó Celia.

—Yo me sentaré delante —se ofreció Mayor.

—Arturo puede ir delante conmigo —le dijo Rafael a Celia—. Es más grande que tú.

Celia miró a Arturo de pies a cabeza y luego le indicó con un gesto que se aproximara a donde se encontraba ella.

—Ponte aquí —le dijo y se volvió de manera que los dos quedaron espalda contra espalda. Ella era un dedo más alta que él.

—Creo que el más alto eres tú, Arturo —intervino Rafael.

Pero Celia agitó un dedo.

—No. Yo soy más alta que él.

Rafael se masajeó las sienes, como si todo aquel asunto le estuviera dando dolor de cabeza.

—Bueno. Tú te sientas delante. Arturo, por favor, instálate junto a tu mujer. Mayor, tú al otro lado.

—¿Y Maribel? —inquirió Mayor.

—Puede sentarse en el regazo de su padre.

Hasta el momento, Arturo y yo éramos los únicos que habíamos entrado en el auto.

—Ven aquí, Mari —la llamó Arturo, palmeándose los muslos—. Veamos si cabes.

Maribel introdujo una pierna en el auto y, de espaldas, metió el trasero por la puerta, agachando la cabeza para dejar libre la abertura. Pero cuando se sentó en las rodillas de Arturo, incluso con una pierna aún fuera del vehículo estaba demasiado alta para poder estirar el cuello y la espalda.

—¡Por favor! ¡No puede ir así sentada! —objetó Celia desde el exterior.

—Vuelve a salir— le indicó Rafael, tendiéndole la mano.

—Puede sentarse encima de mí —se ofreció Mayor—. Los dos somos delgados. Y al ver que nadie contestaba, se encogió de hombros y entró en el auto sentándose junto a mí.

Rafael se quedó ahí, considerando a la gente y las plazas del vehículo, como si todo aquello fuera un rompecabezas complicado que podría resolver con tan sólo encontrar la pieza adecuada.

—Esto es ridículo —dijo Celia al final—. Maribel, ¿te importaría sentarte en el regazo de Mayor? Son sólo unos pocos kilómetros. Yo me sentaré delante y tú, Rafa, conducirás.

En silencio, Maribel rodeo el auto y se sentó en las rodillas Mayor, con las mariposas de brillantitos de los bolsillos posteriores de sus vaqueros reposando sobre sus muslos.

Arturo me miró.

—No pasa nada —le dije, a pesar de que también yo estaba intranquila por dejar que viajara así. Las carreteras parecían estar limpias, pero ¿y si más adelante volvían a estar heladas? Me incliné hacia un lado y cerré la puerta de Mayor con pestillo. Agarré el antebrazo de Maribel como si de algún modo así fuera a protegerla en caso de accidente.

Rafael tuvo que acelerar varias veces el motor para hacerlo arrancar en medio del frío, y justo después de que arrancara, alguien gritó desde la terraza.

Rafael bajó la ventanilla.

—¿Todo bien? —gritó una voz. Era Quisqueya—. Oí el jaleo, así que salí a ver qué pasaba —explicó.

—No pasa nada —respondió Rafael a gritos.

Quisqueya se agachó para mirar entre los barrotes de la terraza.

—¿Quién está ahí?

—Los Rivera y nosotros —gritó Rafa—. Vamos al parque a llevar a los chicos a patinar. —Capté brevemente el rostro de ella, que traicionaba su decepción, mezclada con un destello de envidia.

—Celia te llamará más tarde —le dijo Rafael. Vi que Quisqueya le dirigía una mirada dudosa mientras él subía la ventanilla.

—No necesito… —empezó a decir, pero la ventana se cerró antes de que terminara de hablar.

—¿Por qué le has dicho que la llamaría después? —inquirió Celia.

—Sólo para quitárnosla de encima. ¿Qué le importa a ella lo que estamos haciendo?

—¡Pero ahora tengo que llamarla más tarde!

Rafael dio marcha atrás.

—Vaya vidajena, esa mujer —señaló.

—¿Qué significa eso? —preguntó Mayor.

—Una persona entrometida —respondió Rafael—. Que siempre se mete en los asuntos de los demás. —Empezó a sacar el auto—. Bueno, ya basta. Si esperamos mucho más, el hielo se va a derretir. Vámonos.

EN EL PANTANO debía de haber un centenar de chiquillos. Mientras nos dirigíamos hacia la laguna helada, los vimos agitando los brazos y chillando al tiempo que impelían sus cuerpos sobre la superficie, medio en cuclillas para no perder el equilibrio.

—¿No se romperá? —pregunté—. ¿Con todos esos niños encima?

—No sé cómo es esto —dijo Arturo.

Caminamos sobre la hierba quebradiza y, cuando llegamos a la laguna, Maribel se agachó y posó una mano sobre la superficie.

—Puedes patinar encima del hielo —le dijo Celia—. ¿Has visto a todos esos niños?

—Ven —la instó Arturo—. Veamos si sabes mantenerte en pie sobre el hielo. Ninguno de tus amigos de Pátzcuaro puede decir eso.

Todos esperábamos que hiciera algo, pero Maribel simplemente se quedó en cuclillas con los pies pegados al suelo, mirándonos a través de sus gafas de sol.

—Vamos, Maribel —insistí. Quería alentarla, pero mi voz sonó estridente.

Arturo me lanzó una mirada y yo aparté los ojos, avergonzada de mi impaciencia.

—¿No quieres probar? —le preguntó Mayor. Saltó sobre el hielo y se deslizó con las manos extendidas a los lados— ¿Ves? Es divertido.

Maribel se levantó, dio un paso hacia el hielo, y Mayor acudió corriendo a ayudarla. Avanzó despacio, ayudándola con la mano. Contuve el aliento, pendiente de cada uno de sus pasos, preocupada por si se caía. Pero al cabo de nada ya caminaba por sí misma, colocando un pie delante del otro con precaución. Miré a Arturo y sonreí.

—Lo ha conseguido —dije.

Rafael y Celia patinaron juntos hasta el centro del estanque y, con cautela, con las manos en los bolsillos del abrigo, Arturo entró en el lago helado y comenzó a realizar leves movimientos con las botas, describiendo pequeñas zetas mientras se miraba los pies.

—¿Qué tal? —pregunté.

—Es igual que un suelo —contestó él—. Ven a probar.

Se deslizó hacia atrás sobre las suelas de sus botas, mirando simultáneamente a sus espaldas con el fin de asegurarse de que no iba a chocar con nadie. Me quedé en el borde del estanque observando cómo se bamboleaba y avanzaba dando bruscos tirones.

Y entonces, por el rabillo del ojo, vi algo que me hizo volver de golpe la cabeza. El muchacho, pensé. Pero cuando me giré, no había nadie. ¿Había estado realmente ahí? De repente, tuve la seguridad de que así era, de que estaba observándonos, esperando su oportunidad. Me volví a mirar el lugar donde estaba Maribel con Mayor hacía unos instantes, pero no la vi. No la vi a ella ni tampoco a Mayor. Recorrí el pantano con los ojos, rastrillando con la vista el montón de cuerpos que se movían sobre el hielo, los niños con sus abrigos de brillantes colores y sus gorros de lana, que chillaban y reían.

—¿Maribel? —grité—. ¡Mari!

Cuando me quise dar cuenta, Arturo volvía a estar frente mí, al borde del estanque.

—¿Qué pasa? —preguntó.

—¿Adónde ha ido? —dije—. ¡Maribel!

Arturo giró sobre sí mismo.

—Mar... —empezó a gritar. De pronto calló—. Está ahí, Alma. Con Mayor.

Traté de concentrarme en el lugar que él me señalaba.

—No la veo.

—Ahí mismo.

Y entonces la vi: su cabello oscuro, sus piernas inexpertas enfundadas en sus vaqueros ajustados, su abrigo grande. Parpadeé y respiré hondo, tratando de aflojar la tenaza que me oprimía el corazón.

—No la veía —me justifiqué.

Arturo meneó la cabeza.

—No sé lo que te pasa.

—La perdí.

Arturo salió del lago y se subió a la orilla donde yo me encontraba.

—No —replicó—. Hay otra cosa. No me refiero a este momento en particular.

Y por un intenso instante, sin ningún motivo en particular, consideré hablarle del muchacho. No eran más que un montón de palabras que podía darle, pensé, como un regalo. Pero, ¿qué pensaría ahora de mí, sabiendo que se lo había estado ocultando durante tanto tiempo? Que el chico había venido hasta nuestra casa, que me había ido a Capitol Oaks, que había encontrado al muchacho con Maribel aquel día. Además, antes de irnos de México le había prometido que, una vez aquí, yo me ocuparía de todo. Me había prometido a mí misma que no lo preocuparía con nada más. Y, ahora, aquí estaba: una cosa más.

—No es nada —lo tranquilicé.

—Mientes.

Agité la cabeza, temerosa de abrir la boca.

—Entonces, ¿son sólo imaginaciones mías? ¿Me estoy volviendo loco?

—No te estás volviendo loco.

—¿Entonces *pasa* algo?

—Son sólo las cosas de siempre… que estás sin trabajo, y el dinero. Quizá echo de menos México.

—No es eso —afirmó él.

—No sé qué quieres que te diga.

—Quiero que me digas la verdad.

—¡Estoy diciéndote la verdad!

—¡Vamos, Alma! ¿Crees que no te conozco? ¿Crees que no te respiro y te sueño cada día de mi vida? ¿Crees que no he estado dentro de ti? Sé cuando me mientes. Hay algo más.

Y de nuevo, por un brevísimo momento, pensé que sería muy fácil decir: "Aquí tienes. Te lo he estado ocultando todo este tiempo, pero aquí tienes, si quieres puedes quedártelo". Cuando vuelvo la vista atrás, me doy cuenta de que debería haberlo hecho. En aquel instante, contárselo habría cambiado nuestro destino.

—No hay nada más —le aseguré.

Miré al otro lado del estanque, a la línea de árboles y el suave trozo de cielo. Fijé los ojos en Maribel, observándola en compañía de Mayor, la forma en que sonreía cuando estaba con él, el modo en que él le hablaba, sin juicios ni expectativas, lo a gusto que ella parecía sentirse cuando estaban juntos. Me sentía agradecida por todas esas cosas.

—Mírala —dije.

Arturo se volvió y juntos contemplamos a Maribel quitarse de la boca un fino mechón de cabellos que se le había introducido con el aire. Mayor dijo algo y ella se echó a reír.

Arturo se acercó al borde de la hierba helada y volvió a meterse en el hielo, golpeando con las botas su marmórea superficie. Me miró con expresión cariñosa.

—Ven —me invitó, ofreciéndome la mano.

Yo no me moví.

—Estoy aquí —dijo—. Cuando estés lista.

Tomé su mano y sentí su piel áspera y cálida contra la mía.

—Estoy aquí mismo —dijo.

Bajé un pie hasta el hielo. Arturo tiró de mí con suavidad, haciendo resbalar los dedos hasta mis codos, ayudándome a bajar con cuidado. Levanté el otro pie y lo planté junto al primero al tiempo que me aferraba a las mangas de su abrigo. Y me encontré sobre el hielo, que, como descubrí con asombro, era tan firme como el suelo, apoyando todo mi peso en los brazos de Arturo.

EL SÁBADO DESPUÉS de ir a patinar, Arturo les pidió prestada el radio a los Toro y nos la llevamos a casa después de comer en su apartamento. Arturo la instaló sobre la mesa de la cocina y sintonizó una emisora que no ponía más que música de los Beatles, que eran, desde pequeño, su grupo favorito. Subió el volumen y cantó las palabras que había memorizado después de escucharlas toda la vida — "... *la la la la life goes on!*"—, batiendo palmas y con una amplia sonrisa en la cara. "¡Va!", nos gritaba a veces a mí o a Maribel, y tamborileaba las manos sobre la mesa, las paredes o nuestros traseros. Los Beatles cantaban con su acento inglés que el sol salía después del invierno. Coreamos la música, a pesar de no saber el significado de algunas de las palabras. *"Little darling... It's all right"*.

Y entonces, en medio de la juerga, oímos llamar a la puerta.

—¿Qué ha sido eso? —preguntó Arturo.

—¿El qué? —repuse.

Volvieron a llamar.

Arturo pasó delante de mí para ir a abrir la puerta y, cuando regresó, venía seguido de Quisqueya.

—Alma —dijo ella al verme—. Buenas.

—Quisqueya dice que tiene que hablar con nosotros —me explicó Arturo.

—Siéntate. ¿Puedo ofrecerte algo? ¿Un vaso de agua?

—¿Tienen café?

Empecé a sacudir la cabeza —hacía semanas que no comprábamos ni café ni té—, pero entonces ella dijo:

—Oh, no te molestes por mí. Quiero decir, si tienes café hecho… —Estiró el cuello para explorar la encimera de la cocina buscando la evidencia de una cafetera mientras se acomodaba en una silla vacía.

—Te traeré agua —le dije. Si se hubiera tratado de otra persona, me hubiera sentido avergonzada por no tener nada más que ofrecerle pero había algo curiosamente agradable en tener que desilusionar a alguien como Quisqueya.

—Sólo si no es demasiada molestia —repuso, cruzando sus pequeñas manos en su regazo.

Saqué un vaso del armario y abrí la llave de agua.

—Maribel, ven a saludar —instruyó Arturo, apagando la música y llamando a Maribel desde la sala de estar.

Obediente, Maribel se acercó a la sala metiéndose el pelo detrás de las orejas.

—Di hola —la instó Arturo.

Maribel permaneció en silencio.

—No pasa nada —dijo Quisqueya—. Lo comprendo.

Arturo apretó la mandíbula.

—Es tímida —se disculpó.

—Maribel, tenemos que hablar con Quisqueya unos minutos. ¿Quieres esperar en el dormitorio? —le dije.

Una vez se hubo marchado, Arturo se sentó a la mesa de la cocina frente a Quisqueya. Yo le puse delante el vaso de agua.

Quisqueya tomó un sorbo y lo empujó al centro de la mesa. Luego se quedó ahí sentada, retorciéndose los dedos en el regazo.

Arturo me miró, arqueando las cejas. Yo sacudí la cabeza, tan perpleja como él.

—Bueno —empezó ella—. Detesto decir las cosas.

—¿Sucede algo malo? —le pregunté.

—¿A mí? Yo estoy bien. Gracias por preguntar. —Se agitó inquieta mientras Arturo y yo esperábamos.

—Bueno —volvió a comenzar—. Una tarde salía para ir al hospital. ¿Sabían que trabajo allí como voluntaria? En realidad, no hago nada del otro mundo. Cambio bacinillas y coloco almohadas y distribuyo comidas. A veces, los pacientes me toman por una enfermera, pero yo les digo: "¡Por favor! Las enfermeras hacen cosas importantes. Yo sólo vengo a hacer algunas tareas. No es nada". Por supuesto, todos hacemos la obra de Dios. Así lo veo yo. Aunque sólo colaboremos en pequeñas cosas. —Calló y se nos quedó mirando.

—Lo que haces es importante —concedí, aunque no sabía adónde quería llegar.

—Sí —admitió Quisqueya. Hizo ademán de tomar el vaso de agua, pero lo pensó mejor y devolvió la mano a su regazo.

—Hace unas cuantas semanas, salía de casa para ir al hospital. Y, ¿saben que los Toro se han comprado un auto? Yo no he tenido ocasión de subir en él pero… Ah, claro que lo saben. Los llevaron a dar una vuelta, ¿verdad? ¿La semana pasada? ¿Me vieron? ¿En la terraza? A veces Rafael puede ser muy maleducado. ¿Y saben que Celia no me llamó después de aquello? Ya casi no la veo. Siempre parece tener planes con otra gente… —y al llegar a este punto, me lanzo una mirada explícita—. Me da mucha pena. Antes éramos muy unidas.

Arturo me miró, confuso.

—Los vi sentados juntos en el auto —soltó Quisqueya de pronto.

—¿A quién? —inquirió Arturo.

—A Mayor Toro. Y a su hija. Estaban juntos en el auto.

Quisqueya lanzó una rápida mirada al pasillo y, acto seguido, se inclinó hacia nosotros—. Estaban besándose —dijo.

—¿Cuándo? —pregunté.

—Hace unas pocas semanas.

—¿Besándose? —dijo Arturo.

—Sí, besándose. Mayor Toro y la hija de ustedes, Maribel.

—¿Estás segura de que eran ellos? —quiso saber Arturo.

—Desde luego. En el auto de Rafael.

¿Cuándo habían estado en el auto de Rafael? Conocían las reglas. Tenían que estar o aquí o en casa de los Toro.

—Pasan mucho tiempo juntos —añadió Quisqueya.

—Son amigos —repuso Arturo. Me di cuenta de que estaba molesto, pero no quería darle a Quisqueya la satisfacción de saberlo.

—Creo que son más que amigos.

—De acuerdo —replicó Arturo—. ¿Es esto lo que has venido a decirnos?

Quisqueya pareció momentáneamente derrotada. Se lo veía en la cara. Había estado impaciente por contarnos la noticia, por ver qué impacto causaba, y ahora que veía que prácticamente no había hecho mella, estaba decepcionada.

—No —respondió despacio—. Hay más.

Al ver que no aportaba ningún otro detalle y permanecía ahí sentada con los labios apretados, Arturo le dijo:

—Bueno, dilo de una vez. ¿Qué es?

—Sólo *empezó* con un beso —continuó Quisqueya—. Pero, después, Mayor le puso una mano en la pierna. Los vi a través del parabrisas. Se estaban besando y luego Mayor se inclinó hacia ella. Y le puso la mano en la pierna y… era difícil ver todo lo que hacían, pero unos minutos más tarde, cuando Mayor salió del auto, tenía los pantalones… mojados.

Arturo se apartó de la mesa y se levantó.

Quisqueya calló, con los ojos como platos, el rostro casi tan colorado como su cabello. Yo no sabía qué pensar. Era demasiado.

—Te lo estás inventado —la acusó Arturo.

—Lo siento —dijo Quisqueya—, pero pensé que deberían saberlo. Especialmente teniendo en cuenta...

—Arturo, siéntate.

Arturo recorría la habitación haciendo pequeños círculos.

—Sé cómo pueden ser los chicos —continuó Quisqueya—. Con los muchachos de la edad de Mayor... todas las precauciones son pocas. Por supuesto, Celia dice siempre que es buenísimo, pero yo estuve en su casa hace poco y deberían haber oído el modo en que me habló. Muy irrespetuoso. Si así es como me trata a mí, empecé a pensar... Bueno, estaba preocupada por Maribel.

Arturo me miró como preguntando: "¿Tú te crees lo que está diciendo?"; "No lo sé", le dije con los ojos. Tal vez. No estaba segura. Pero tampoco estaba dispuesta a correr ningún riesgo. Si hubiera una posibilidad siquiera...

—Ahora tengo que irme —dijo Quisqueya—. Gracias por el agua.

Aguardó, como si esperara que uno de nosotros la acompañara a la puerta. Al ver que ni Arturo ni yo nos movíamos, se marchó sola, con el claqueteo de sus zapatos resonando por el pasillo.

Mayor

A finales de febrero, mi padre regresó a casa una noche y dijo:
—Se acabó.

Yo iba de camino a la cocina, pero era lo bastante sensato como para saber cuándo no debía cruzarme en su camino. Unos cuantos años atrás, Enrique y yo habíamos ideado un sistema de alerta que consistía en mostrarnos un cierto número de dedos para indicar el nivel que mi padre había alcanzado en la escala de la volatilidad. Si Enrique hubiera estado en casa aquel día, yo lo hubiera calificado como un nivel cuatro, el segundo más alto posible, que significaba "Radiactivo. Mantente alejado". El día que me había castigado sin salir, probablemente había llegado a un nivel seis, fuera de los límites.

Escuché desde el pasillo mientras mi madre corría a recibirlo. Oí voces sofocadas. Y, después, durante un largo minuto, silencio.

—¡Mayor, ven a cenar! —gritó mi madre. Parecía enfadada.

Recorrí el pasillo despacio, sin saber qué esperar, preparándome para que volvieran a echarme la bronca. Tal vez hubiera estropeado algo en el auto cuando me metí en él a escondidas con Maribel y se había dado cuenta. Pero mi padre ya había estado en el auto desde entonces —habíamos ido todos juntos a White Clay a patinar en el pantano la semana anterior— y no había dicho nada. O quizá la Sra. Rivera le hubiera contado al final a mi madre que había estado en su casa cuando no debía. O a lo mejor nada. Con mi padre nunca se sabía.

Pero cuando llegué a la mesa, no dijo una palabra. Estaba sentado con los brazos cruzados, con el abrigo y el gorro de lana aún puestos, mientras mi madre servía en los platos arroz con guandú, golpeando con cada movimiento el borde de la cuchara contra la paila. Yo tampoco dije nada. Sólo me concentré en ser invisible, instalándome en silencio en una silla y conteniendo el aliento.

Cuando se hubo terminado la mitad de la comida que tenía en el plato, mi madre miró a mi padre y dijo:

—¿No vas a decírselo?

—Déjalo correr, Celia.

—Tiene derecho a saberlo, ¿no te parece?

—¿A saber qué? —pregunté.

—Vete a tu habitación —me ordenó mi padre.

—¿Qué he hecho?

—¿Es así cómo me contestas? Cuando te digo que vayas a tu habitación, vas.

—Mayor, quédate donde estás —dijo mi madre—. Ni siquiera ha comido todavía, Rafa. Déjalo comer.

—Mayor, ve a tu habitación —repitió mi padre.

—Mayor, quédate donde estás —dijo mi madre.

Esperé a que mi padre contraatacara y, al ver que no lo hacía, tomé con indecisión el tenedor y lo hundí en el arroz.

Tomé unos cuantos bocados mientras mis padres me observaban. Mi madre apretaba y relajaba los labios como si quisiera decir algo. Un géiser a punto de explotar. Después de un minuto y veinte segundos —estuve pendiente del tiempo en el reloj de la pared— mi madre dijo:

—Bueno, ¿y si no encuentras nada?

—¡Por Dios, Celia!

—Creo que es una pregunta legítima.

—Ya te he dicho que encontraré algo.

—Pero, ¿y si no es hasta dentro de mucho tiempo?

—Pues no es hasta dentro de mucho tiempo.

—¡Rafa!

—¡Esta mujer! —exclamó mi padre, mirando al techo y juntando las manos como si estuviera rezando—. Que Dios me ayude.

—No digas eso.

—No me escuchas.

—No me estás diciendo nada.

—Te estoy diciendo que encontraré algo. ¿Quieres que te lo vuelva a decir? Encontraré algo. Encontraré algo. ¿Me oyes?

Después de que mi padre abandonara la mesa, agarrando bruscamente su paquete de cigarrillos de encima de la nevera y escapándose la terraza, mi madre me miró y dijo:

—Bueno, más vale que lo sepas. Ha acabado por suceder. Tu padre ha perdido su empleo.

EL RESTO DE la historia fue emergiendo poco a poco: la cafetería estaba cerrando. Las ventanas estaban tapiadas. Las puertas cerradas con candado. Cerraba después de cuarenta y cinco años. Mi padre había estado preocupándose todo ese tiempo por si lo despedirían porque se le había caído un omelet o por haber dejado abierta la puerta del refrigerador y, ahora, el motivo por el que lo echaban no era ni siquiera culpa suya. Era la maltrecha economía lo que lo había tirado al agua y había hecho volcar todo el barco con él.

Mi padre había trabajado en aquella cafetería durante quince años. Quince años tomando el autobús para acudir al mismo local con reservados de cuero sintético, un mostrador de linóleo manchado de café y las paredes recubiertas de paneles de madera. Había empezado como ayudante de camarero, recogiendo mesas y limpiando los trocitos de huevo que habían quedado abandonados sobre ellas, y nunca se había quejado. "En Panamá no me habría ido tan bien", le había oído decir con anterioridad. "No tenía cerebro suficiente para hacer gran cosa de mí mismo". Pero mi padre era inteligente. No había ido a la universidad, lo cual lo hacía tener una idea equivocada de su valor, pero el único motivo por el que no lo había hecho era que se había visto obligado a trabajar después de que sus padres fallecieran. En Panamá, había servido mesas en un restaurante de carretera, lo cual resultó ser la única experiencia que necesitaba para encontrar trabajo en los Estados Unidos.

Al final, mi padre ascendió de ayudante de camarero a lavaplatos y, por último, a cocinero. Había vuelto miles de omelets y frito montones de *hash browns*. Había colado a mano la pulpa del jugo de naranja cuando en la cafetería hacían ese tipo de cosas y, más adelante, había servido jugo de naranja prefabricado de máquina cuando la gerencia decidió pasarse a este producto. Recordaba los tiempos en que todos los que entraban pedían café y recordaba que las camareras se habían quejado cuando todo el mundo empezó a pedir café con leche en su lugar. Quince años. Seis días a la semana. Levantándose temprano. Metido en grasa hasta los codos. Y ahora se había acabado. Sin más.

Mi padre peinaba el periódico todos los días, buscando en los clasificados, llamando a cuantos parecían prometedores y colgando el teléfono o bien hecho una furia o lleno de decepción. Recorrió la ciudad entera completando solicitudes para trabajar en las cocinas del Hilton de Christiana, del Caffè Gelato, del Valle Pizza, del Grotto Pizza, del Friendly's, del Charcoal Pit, del Ali Baba, del Klondike Kate's, del Iron Hill, del Home Grown, del Deer Park, e incluso el restaurante del Hotel duPont. Mi madre le sugirió que fuera a la Community House para ver si alguien de allí lo podía ayudar, pero él detestaba tanto la idea de que mi madre se metiera en sus cosas como la de aceptar ayuda de un lugar que él llamaba la "Handout House", o "la casa de las limosnas", que le gritó que no metiera su narizota en sus asuntos, a lo que mi madre replicó: "¿Narizota?". Mi padre le contestó colocando su brazo a continuación de su nariz para imitar a un elefante. Ella ni siquiera tenía una nariz grande, pero en aquella época ambos se habían rebajado a lanzarse ataques mezquinos, así que se marchó corriendo al dormitorio, donde estuvo encerrada toda la tarde. Incluso cuando hablaban el uno con el otro de manera civilizada, mis padres se pasaban la hora de la cena lamentándose de que, hasta el momento, el presidente Obama no había hecho nada y que no notaban la más mínima mejoría, que la gente estaba desesperada y que, gracias a Dios, ellos tenían el dinero de Gloria, pero todos los demás lo estaban pasando fatal y la situación era ahora tan grave que atracaban a la gente en las puertas de las Western Union para quitarles el dinero que estaban a punto de mandar a los familiares que habían dejado en su tierra.

—El objetivo son las personas que tienen nuestro aspecto —decía mi padre—. Antes eran los orientales, pero, ahora, lo que se estila es meterse con los latinos. Y con los árabes. Aunque al menos eso puedo entenderlo. Son los responsables de los atentados del once de septiembre. ¿Qué le hemos hecho nosotros nunca a nadie?

Nos miraba a mi madre y a mí como si de verdad esperara que alguien le diera una respuesta.

—"Oriental" se refiere a las alfombras —intervine yo, repitiendo una cosa que mi profesor de estudios sociales, Mr. Perry, nos había dicho una vez.

—¿Qué?

—Debes decir "asiáticos", no "orientales". No sé si "árabe" es correcto.

—¿Esto es lo que te enseñan en la secundaria? —preguntó mi padre—. Olvídate de cómo hay que llamar a la gente. ¿Qué pasa con la historia?

—Nos enseñan historia.

—¿Y han estado alguna vez las cosas tan mal como ahora en este país?

—Bueno, hubo la Gran Depresión.

—No sé —manifestó mi padre—. Tengo la impresión de que el mundo se está yendo a la mierda.

—No digas eso —protestó mi madre.

—¿Qué preferirías que dijera?

—¿Qué te parece algo agradable, para variar?

—Yo digo cosas agradables.

—¿Cuándo?

Mi padre se encogió de hombros.

—Eso mismo —dijo mi madre.

HACÍA MESES QUE no salía con William, últimamente porque había estado castigado sin salir, pero incluso antes de eso él me había invitado a hacer algo en varias ocasiones —ir a Holy Angels a ver a las chicas con sus uniformes o a Bing's a comer bollos de canela o a ver una película en el centro comercial de Newark— pero yo me había negado tan a menudo que había empezado a ignorarme, fingiendo no haberme visto cuando me cruzaba con él por el pasillo de la escuela, marchándose si me acercaba a él cuando estaba en la taquilla, instalándose a una mesa lo más apartada posible de donde me encontraba yo en la cafetería… Supuse que con el tiempo se le pasaría pero, al final, quien acabó cediendo fui yo.

—Hey —lo interpelé en una ocasión en clase de química. Estábamos realizando sin demasiado entusiasmo el experimento de aquel día, sentados el uno junto al otro mientras nos ignorábamos mutuamente—. ¿Es así realmente como van a ser las cosas entre nosotros?

William hizo como que no me había oído.

—Hey —dije más fuerte.

Él me miró.

—Sabes que esto es una imbecilidad, ¿no? —dije.

—¿Me acabas de llamar imbécil?

Puse los ojos en blanco.

—Entonces, ¿vas a seguir comportándote así?

—¿Así, cómo?

—Como si no fueras mi amigo.

—¿Yo? Eres tú el que no hace más que ignorarme.

—He estado castigado sin salir.

—Eso dijiste.

—Es verdad.

—¿Y antes de eso?

—Tenía otros planes.

—Sí. Con ella.

—Te dije que podías venir con nosotros si querías.

—¿Y qué haces con ella en cualquier caso?

—¿Qué quieres decir? Hablamos.

—¿Sabe hablar?

Le mostré el dedo del medio.

William tomó un vaso de laboratorio y lo miró a la luz, observando el suave burbujeo de las sustancias químicas en su interior.

—¿Qué quieres que te diga? —le pregunté.

—Di que lo sientes.

—¿Que siento qué?

Me miró de reojo.

—En serio, si no lo sabes, no vale la pena.

Me pasé la lengua por los dientes. Muy bien. Si era necesario, lo haría.

—Lo siento —dije.

—Con sinceridad.

—No me jodas —espeté.

William se encogió de hombros.

—Lo siento —repetí.

Él sonrió y dejó el matraz.

—Entonces, amigo, ¿quieres hacer algo hoy después de clase?

—Sigo castigado.

—A la mierda. ¡Acabamos de hacer las paces! Ahora no puedes dejarme colgado. Iremos a ver una película o algo. Luego te llevaré a casa en auto.

Me di cuenta de lo mucho que aquello significaba para él y de lo hecho polvo que se sentiría si lo rechazaba. Además, me había escabullido aquella vez para ver a Maribel y nadie se había enterado, así que quizá podía volver a escaparme sin que lo notaran.

—De acuerdo —le dije—. No hay problema.

AQUEL DÍA, APENAS llegué a casa, mi madre se levantó del sofá y me dijo:

—Me ha llamado la Sra. Rivera.

Ya estaba. Ni una palabra acerca de dónde había estado o por qué llegaba tan tarde a casa. Ni una palabra acerca del castigo. Dejé la mochila en el suelo.

Mi madre frunció el ceño. Se retorcía la pulsera que llevaba en torno a la muñeca.

—¿Por qué? —inquirí. ¿Se trataba de Maribel?, me pregunté de repente. ¿Le había sucedido algo?

Mi madre pareció a punto de decir algo pero de pronto se detuvo.

—Probablemente deberíamos esperar a tu padre.

—Pero, ¿por qué?

—Deberíamos hablar contigo los dos.

Ahora sí que estaba realmente preocupado.

—¿No puedes decírmelo ahora? ¿Pasa algo malo?

Ella estudió mi rostro. Tenía los ojos hinchados y cansados y el maquillaje que los rodeaba estaba corrido, como si se los hubiera estado frotando.

—No lo sé —contestó.

—¿Está bien Maribel?

—Tal vez deberías irte a tu habitación, Mayor.

—¿Está bien?

—Por favor, Mayor. No me hagas decir nada ahora. Ni siquiera

sé qué decir. Espera a que tu padre vuelva a casa. Primero tenemos que hablar él y yo, y luego vendremos a buscarte.

—Sólo te estoy preguntando si está bien. —Era lo único que
quería saber. Mientras estuviera bien, pensé, nada de lo que mi
madre pudiera decir tenía importancia.

—Está bien —repuso ella—. Es sólo… —comenzó, y entonces, detrás de mí, mi padre entró por la puerta.

Le lanzó una mirada a mi madre y preguntó:

—¿Qué pasa?

—Tengo que hablar contigo —respondió ella.

—¿Qué ha pasado?

—Mayor, vete a tu habitación. Vendremos a verte en un
minuto.

—Papi ya está en casa. ¿Por qué no puedo quedarme aquí?

—Mayor, por favor —insistió mi madre.

Mi padre arrojó su mirada sobre mí.

—Ya la has oído —dijo—. Vete.

Enfadado, arrastré la mochila por la alfombra mientras me
dirigía a mi habitación.

—¡Recoge la mochila del suelo! —gritó mi madre.

Sin volverme, agarré bruscamente la mochila y me fui a mi
cuarto. Antes de cerrar la puerta, oí que mi padre decía: "Celia,
¿qué demonios pasa?".

Me senté sobre la cama deshecha con los codos apoyados en
las rodillas. Me levanté y me quité los zapatos de una patada, lan-
zándolos al rincón. Traté de escuchar a través de la puerta, pero
no oí nada. En el bolsillo de mis pantalones, el teléfono se puso
a vibrar y, al mirar quién era, vi que William me había mandado
un mensaje. "Buena película. ¿Tu mdre ta cbreada?".

Respondí: "NLS. Me ha mndado a mi hab".

William: "jaja. Nenita".

Yo: "t llmo logo".

Apagué el teléfono y lo lancé sobre la cómoda.

Después de una eternidad, mis padres llamaron a la puerta y entraron. Me di cuenta enseguida de que mi madre había estado llorando. Apretaba con fuerza en la mano un pañuelo de papel y tenía la mitad del cuerpo oculto detrás de mi padre, que exhibía una mirada sombría en los ojos. Me levanté, sin zapatos, mirándolos, esperando las noticias, fueran las que fueran.

—Hemos recibido una llamada —dijo mi padre, con voz fría.

—Esa parte ya se la conté —intervino mi madre.

Mi padre levantó una mano para hacerla callar.

—La Sra. Rivera dijo que tú y Maribel estuvieron en mi auto el otro día.

Tragué saliva.

—No hicimos nada.

—¿De modo que es verdad?

Asentí.

—¿Son imaginaciones mías o sigues castigado sin salir? —preguntó él.

—Sí.

—¿Cómo conseguiste las llaves? —dijo mi madre.

—Las tomé de la repisa de la ventana.

Mi padre me miró con imparcialidad.

—¿Besaste a Maribel? —me preguntó.

De mis mejillas salieron llamas.

—¿Qué?

—¿La besaste en el auto?

—¿Por qué?

—Contesta la pregunta, Mayor.

—No lo sé. Quizá.

—¿Quizá sí o quizá no?

Me quedé mirándolos.

—¿Qué le hiciste?

—Nada.

—¿La besaste? —preguntó mi madre desde detrás de mi padre.

—Bueno, sí, supongo. No tuvo importancia.

Mi padre miró a mi madre y por un delirante segundo pensé que me había librado, que de algún modo me había exculpado a mí mismo y que ahora podíamos volver a la normalidad. Pero, entonces, mi padre me dijo despacio, muy serio:

—No vas a volver a verla.

—¿Qué?

—Nunca más.

—¿Eso qué significa?

—Significa exactamente lo que he dicho.

Sentí una languidez en el pecho.

—¿Pero por qué?

—Sus padres no quieren que la veas —dijo mi padre.

—¿Por qué la besé?

—¿Hubo más?

—No...

—¿No? —preguntó mi madre, esperanzada.

—Juro que no.

Pero mi padre meneó la cabeza.

—No importa. Quebrantaste las reglas, Mayor. Sólo podían estar juntos en casa del uno o del otro, ¿no? Sé que tal vez te parezca injusto pero es lo que los Rivera quieren para ella, de forma que tienes que respetarlo. Y encima, sigues castigado. Lo que significa que no deberías haber ido a verla, estuvieras donde estuvieras.

—Lo dices porque no te gusta —protesté.

—No.

—¡No te ha gustado nunca!

—Mayor, cálmate —dijo mi madre.

—Ni siquiera sabes nada de ella. Quiero decir, ¿le pregunta alguien alguna vez lo que *ella* quiere?

Mi padre sacudió la cabeza.

—No volverás a verla.

—¿Así que se acabó? —pregunté. Sentí que todo aquello se alejaba de mí bamboleándose, como una cuerda que se me estuviera escurriendo entre las manos.

—Dios —dijo mi madre—. Qué lío magnífico.

José Mercado

Mi mujer, Ynez, y yo vinimos al mundo en Puerto Rico, yo en 1950, y ella cinco años después. Poco después de casarnos, me enrolé en la marina. Siempre había querido hacer algo heróico. Con la marina, viajé a Vietnam, Granada, el Golfo Pérsico y Bosnia. Volví a casa. Y eso es lo único que le importa a cualquier soldado.

Me encantan las cosas esotéricas de la vida. Mi padre solía llamarme asceta. No lo decía como un cumplido, claro. Estaba decepcionado por mis intereses y por el hecho de que no fueran los mismos que los suyos, que eran la agricultura y la cría de ganado. Creía que un hombre tenía que trabajar duro con las manos, que el esfuerzo y el sudor eran prueba de una vida virtuosa. No apreciaba que yo quisiera leer libros y que al cumplir los quince ahorrara dinero para comprarme un caballete y me pasara las tardes pintando árboles. De hecho, la única ocasión en que estuvo orgulloso de mí fue cuando me uní a la marina. Por aquel entonces, era un viejo que no tardaría en morir, pero aún recuerdo su expresión cuando se lo dije, el modo en que había sonreído con aquellos dientes suyos, todos marrones por los bordes, la forma en que las arrugas se extendieron por sus mejillas.

A Ynez no le gustaba la idea. Me apoyó, pero estaba preocupada. No tuvimos hijos. Sabíamos desde el principio y de una forma terriblemente egoísta que nuestro interés residía únicamente en el otro.

Así que durante mis despliegues, cuando ella estaba en casa, estaba sola, y el peso de la soledad la deprimía, creo, y le facilitaba amplias llanuras abiertas por las que vagaba su mente, proporcionándole demasiado tiempo y espacio para pensar en lo que me podía suceder y si yo volvería y cuándo.

Cuando regresé de Vietnam, Ynez lloró a mis pies. Me di perfecta cuenta del daño que aquello había causado en ella. Pero no estaba dispuesto a abandonar la marina. Durante la guerra, había presenciado atrocidades de las que amenazan con robarle a un hombre el alma. Me di cuenta de que los seres humanos no eran mejores que cualquier animal o bestia, y que en muchos casos podían ser infinitamente peores. Pero, muchas veces, antes de que acabara el día, el valor de los hombres me devolvía la fe en las personas. Y había acabado comprendiendo el punto de vista de mi padre sobre la satisfacción de sentirse útil, de estar en el mundo bajo las circunstancias más exigentes, y de descubrir que podía no sólo sobrevivir sino prosperar, y que mi cuerpo, mi presencia física, podía tener importancia.

De modo que, ocho años después, volví a marcharme, pero esta vez, mientras estaba fuera, le escribí cartas a Ynez. El saber de mí con regularidad suficiente, pensé, aliviaría su preocupación. A lo largo de los años, durante los despliegues siguientes, le escribí cientos de cartas. A veces escribía dos o tres al día. Empezaron como una manera de salvarla a ella, pero me salvaron también a mí. Me ayudaron a entender las cosas que veía, y a partir de ahí, comencé a comprender el mundo y el lugar que yo ocupaba en él.

En aquellos tiempos, leía mucha poesía. Me llevaba al extranjero pequeños folletos, libritos encuadernados en grapa con unas tapas que eran poco más que cartulina. En ocasiones copiaba los poemas y los incluía en mis cartas. Ynez solía decirme que debería escribir mi propia poesía, pero el sólo hecho de sentir admiración e incluso de tener la ambición necesaria para hacer algo, no significa que seas capaz de hacerlo tú, lo cual era mi caso. Soy un buen lector de poesía, pero no se me dan bien demasiadas cosas más.

Ahora la vista me está fallando, así que me resigno a escuchar libros en CD. A veces, Ynez me lee poesía en voz alta. Ya no tengo ninguno de esos folletos que solían hacerme compañía en tantos lugares lejanos. Por lo general, los quemaba después de leerlos, para aligerar la carga. Pero Ynez saca libros de la biblioteca, nos sentamos en el sofá, me cubre con una manta de lana, recoge sus delgados pies sobre los almohadones y yo cierro los ojos mientras ella lee.

Hay un poeta americano llamado Marvin Bell, que surgió a finales de los sesenta, en plena guerra de Vietnam. Tiene un poema precioso titulado "Poema al estilo de Carlos Drummond de Andrade" (*"Poem After Carlos Drummond de Andrade"*), que es una referencia al famoso poeta brasileño. Me encanta la parte que dice:

Y es la vida, sólo la vida, lo que te hace respirar profundamente
   el aire
lleno del humo de quemar madera y del polvo de la fábrica,
   porque
has estado corriendo y ahora tus pulmones suben y bajan con la
excitación nerviosa de una hoja mecida por la brisa primaveral,
   aunque es
invierno y te estás tragando la inmundicia de la ciudad.

Y, luego, esta parte del final, que para mí quiere decirlo todo:

La vida te ha rodeado con sus tentáculos, se te clava al
corazón y, de pronto, despiertas como si fuera la primera vez
y estás en una parte de la ciudad donde el aire es
dulce —tienes el rostro sonrojado, tu pecho palpita con fuerza, tu
estómago es un planeta, tu corazón es un planeta, cada uno de tus
   órganos es un

CRISTINA HENRÍQUEZ   219

planeta aparte, todo ello de una pieza, aunque las piezas giran
por separado, oh, indicaciones silenciosas de lo inevitable, mien-
    tras entre
las restricciones naturales del invierno y del sentido común, la
    vida te destruye
entre sus brazos.

Alma

Después de que le dijéramos que no podía volver a ver a
Mayor, Maribel se volvió malhumorada y taciturna. Yo ya
había observado en ella un poco la misma actitud desde que
Mayor estaba castigado, pero ahora era peor. Apenas hablaba.
Asentía o decía que no con la cabeza. Extendía una mano para
indicar que quería algo. Se sentaba en la repisa de la ventana que
daba a la calle y se quedaba mirando al parking con el mentón
apoyado en las rodillas.

Una vez, hacía casi dos años, Maribel había insistido en pintarse
las uñas de negro. Ella y su amiga Abelina se escondieron en su
habitación y se pintaron las uñas la una a la otra, y cuando Maribel
se sentó a la mesa aquella noche a la hora de cenar, lo vimos.

—¿Qué te has hecho en las manos? —le preguntó Arturo.

—Me he pintado las uñas —respondió Maribel, sonriendo y
extendiendo los dedos como un abanico.

—¿Es permanente? —inquirió Arturo.

—Es sólo pintura de uñas, papi.

Arturo me miró como preguntando: ¿Deberíamos preocupar-
nos por esto?

A aquellas alturas, me había dado cuenta de que a Maribel le
gustaba pensar que era una rebelde. Y sin embargo sólo lograba
pequeñas insurrecciones. Volvía demasiado tarde a casa cuando
salía con las amigas. Cruzaba por en medio de los partidos de
fútbol de los chicos en la calle, insensible a sus gritos para que
se apartara. Se pintaba las uñas de negro. Y lo hacía todo alegremente, sin malos modos, de una forma que hacía imposible
enfadarse con ella.

En la mesa, meneó los dedos en el aire y dijo:

—A mí me encanta.

Arturo volvió a mirarme. Esta vez, Maribel se dio cuenta.

—¿Qué pasa? —inquirió—. No está mal ser diferente.

—Por supuesto que no —intervine yo.

Con un profundo sentimiento del que ella no se percató, Arturo le dijo:

—Nosotros te querríamos fueras como fueras. Porque eres nuestra.

Maribel se metió un pedazo de cuernillo relleno en la boca y lo empujó contra su mejilla hasta que se le formó un bulto. Masticó ruidosamente, golpeando la lengua contra el paladar.

—¿Me querríais si comiera siempre así? —preguntó.

Observé a Arturo contener una sonrisa.

—Sí —contestó.

Maribel tragó la comida y se curvó los labios hacia abajo con los dedos.

—¿Y si fuera así?

Arturo sonrió.

—Sí.

Luego tensó los músculos de su cuello hasta que cada uno de sus tendones asomó a la superficie bajo su piel como cuerdas bajo una tienda caída.

—¿Y si fuera por ahí con esta pinta todo el tiempo?

—Maribel, para ya —le dije.

Arturo la miró a los ojos, luchando por mantener la cara seria.

—Fueras como fueras —afirmó.

Esto seguía siendo cierto, pero su forma de actuar me preocupaba. Había estado mostrando una gran mejoría —el último informe de la escuela decía que Maribel era capaz de contestar preguntas y seguir indicaciones con facilidad, y que su intervalo de atención se había incrementado— y yo esperaba que no hubiéramos socavado su progreso.

—¿Crees que hemos hecho lo correcto? —le susurré a Arturo una noche en que no podía dormir. Lo desperté de un empujón y se lo repetí.

—¿Qué? —preguntó.

—Me refiero a Mayor y a Maribel. ¿Crees que hemos hecho lo correcto?

—Estamos en mitad de la noche, Alma —protestó Arturo.

Miré hacia donde Maribel se encontraba acostada, hecha un ovillo en el saco de dormir, con el cabello extendido como un velo sobre su rostro y me volví de nuevo hacia Arturo.

—Parece como si esto sólo estuviera empeorando las cosas.

Arturo se frotó los ojos.

—Ya hemos hablado de ello. Ya oíste lo que dijo Quisqueya.

—Ni siquiera sabemos si decía la verdad.

—Mayor reconoció ante sus padres que habían estado juntos en el auto. Tú eras la que estaba tan disgustada por esa parte de la historia. "Él sabe que no debe estar fuera con ella", no cesabas de repetir. Como si eso fuera lo peor. ¿Estar fuera juntos?

—Tú no sabes cómo son las cosas ahí afuera —declaré en voz baja—. No sabes la clase de gente que hay ahí afuera.

—¿Qué gente?

Miré su cabello desgreñado, sus ojos cansados, que luchaban contra la marea del sueño que los arrastraba.

—No importa —dije—. Volvamos a dormir.

—Sí, hicimos lo correcto —sostuvo Arturo—. Ella no sabe qué es lo mejor. En especial ahora.

—¿Qué quieres decir?

—Hace un año habría sido distinto.

—¿Hace un año la habrías dejado estar así con Mayor?

—Hace un año, no estábamos aquí. No habría conocido a Mayor. Pero si hubiera habido un Mayor en México, tal vez.

Me lo quedé mirando, perforando la oscuridad con los ojos.

—¿Por qué no dices de una vez lo que estás pensando? —le pregunté.

Él guardó silencio.

—Dilo, Arturo.

—¿Que diga qué?

—Di si estás disgustado por lo sucedido entre Mayor y ella porque Maribel es tu hija o porque es tu hija disminuida a causa de una lesión cerebral.

—Yo no he utilizado nunca esa palabra.

—Dilo —insistí.

Arturo se incorporó apoyándose en el codo y espetó:

—¿No crees que tengo derecho a tratarla de modo distinto ahora que antes del accidente? ¿No crees que tenemos la responsabilidad de hacerlo? Maribel no es la misma persona, Alma. No es que haya un pedazo de ella en algún lugar esperando a que volvamos a encontrarlo. Por mucha educación especial o atención médica que reciba, no podemos volver a juntar todas las piezas.

Sentí que algo se derrumbaba en mi interior.

—Está mejorando —afirmé.

Arturo le lanzó una mirada a Maribel por encima de mi hombro.

—No deberíamos estar hablando de esto ahora.

—Antes de que todo esto sucediera estaba mejorando —manifesté.

—Pero aunque mejore de ahora a la eternidad, ya no volverá a ser la misma persona.

—Pero los médicos dijeron…

—Los médicos dijeron que su cerebro podía curarse, pero nos advirtieron que nunca volvería a ser la misma.

—No lo dijeron.

—Sí que lo dijeron, Alma. Solo que tú no quisiste oír esa parte.

—Está mejorando —insistí, como si repitiéndolo lo suficiente pudiera convertirlo de algún modo en parte de los archivos públicos, en un hecho irrefutable.

—¿Es que no lo entiendes? —dijo Arturo—. Nunca volverá a ser como antes.

Al otro lado de la habitación, Maribel se agitó. Alisé la sábana arrugada con la mano, con las lágrimas quemándome los ojos. Arturo había vuelto a apoyar la cabeza en el colchón, pero vi que tenía los ojos abiertos y estaba mirando al techo. El peso de la irreversibilidad —tan grande que parecía algo físico— flotaba en el aire entre nosotros. Yo no quería aceptar la realidad de que, para poder seguir adelante, tenía que atravesarla. Era mucho más fácil creer que podía tomar otro sendero para sortearla y que al final de ese sendero encontraría el destino que yo quería. Era más fácil querer llegar a una mentira que a la verdad, que era precisamente lo que había dicho Arturo: Maribel nunca volvería a ser como antes.

Mayor

En marzo, mi padre consiguió un empleo como repartidor de periódicos para el *News Journal*. Entró porque le habían dicho que en la planta de la imprenta necesitaban trabajadores y después de haber recorrido todos los restaurantes de la ciudad estaba perdiendo la esperanza, aunque ello supusiera solicitar empleos para los que no estaba en absoluto calificado. Al parecer, lo descartaron enseguida.

—Me hicieron tres preguntas. Entonces, la señora que me estaba entrevistando meneó la cabeza y dijo: "No, lo siento. No sirve. Necesitamos a alguien con experiencia".

—¡Experiencia! —exclamó mi padre, mientras nos contaba la historia a mi madre y a mí—. "Lo único que sé hacer es preparar el desayuno", le dije.

Mi madre frunció el ceño.

—Eso no es cierto. Sabes hacer otras cosas. —Y luego añadió—: Pero no muchas.

—Bueno, a la señora se le encendieron los ojos. "¿El desayuno?", dijo. "¿Es usted una persona de mañanas?" ¿Puede decirme alguien qué significa esa frase? En la cafetería, los clientes solían entrar continuamente y decir: "No soy una persona de mañanas", generalmente justo antes o justo después de pedir un café. ¿Pero eso? ¿Es que el mundo se divide en gente de mañanas y gente de tardes y gente de noches?

—¿Qué le dijiste tú, Rafa?

—Le dije: "Bueno, yo me levanto por la mañana".

Mi madre se echó a reír.

—De modo que la señora me preguntó si era capaz de levantarme muy temprano. Cuando le dije que claro que sí, me preguntó si tenía mi propio auto. "Recién comprado", le contesté. Me preguntó si tenía licencia de conducir y seguro. Cuando le respondí que sí, me dijo: "Entonces tengo un trabajo para usted".

Mi madre sonrió.

—Esto es muy .emocionante. Ahora eres un repartidor de periódicos.

—Al final, esa cosa valdrá para algo más que para conseguir cupones —dijo mi padre.

—¿Vas a repartir *nuestros* periódicos? —preguntó mi madre.

—Si estas en mi ruta, sí.

—Yo quiero estar en tu ruta —repuso ella, guiñándole un ojo.

Mi padre, que al principio adoptó una expresión sorprendida, sonrió. Estaba orgulloso, creo, de saber que le había dado la vuelta a la situación, que nos había salvado del desastre, y que había vuelto a atraer a mi madre a su lado.

El giro de los acontecimientos había puesto a mi padre de tan buen humor que me levantó el castigo, lo cual habría sido estupendo salvo que seguía teniendo prohibido ver a Maribel y eso era lo único que realmente deseaba hacer. Sus padres habían empezado a ir a una iglesia distinta, así que ni siquiera la veía ya en misa. La echaba de menos. Echaba de menos todo de ella. Pero, ¿qué podía hacer?

Entonces, una tarde, mientras estaba en clase de ciencias sociales, empezó a nevar. Al principio pensé que me lo estaba imaginando. Había estado esperando que nevara todo el invierno, no por mí, sino por Maribel, porque sabía que ella quería verlo, pero ahora que estábamos en marzo había dejado de pensar que llegaría a suceder. Por la ventana, vi unos cuantos copos, todos dispersos, que caían al suelo con tanta suavidad como el polvo.

Le di una palmadita a Jaime DeJulio, que se sentaba delante de mí. Me sacudió de encima como si acabara de aterrizarle un bicho en el hombro.

—Julio —susurré.

Él se volvió.

—Te dije que no me llamaras así "Menor".

Esta era su constante tomadura de pelo. Mayor/Menor. Para partirse de risa. Por este motivo yo había empezado a llamarlo Julio, aunque sabía que era una pobre venganza.

Apunté a la ventana. Él miró, pero no debió de verlo.

—¿Qué problema tienes? —preguntó.

—Nieve —articulé.

Volvió a mirar y sonrió.

—Carajo, es verdad.

Al frente de la clase, Mr. Perry hablaba con voz monótona sobre Amérigo Vespucio y Vasco de Gama y la Gran Era de los Descubrimientos mientras yo miraba por la ventana. Al cabo de un rato, la nieve arreció y empezó a caer más densa y constante.

Cuando quedaban diez minutos de clase, levanté la mano.

—¿Mayor? —dijo Mr. Perry. ¿Quieres hacer una pregunta?

—¿Puedo ir al baño? —pregunté.

Él meneó la cabeza.

—Ya conoces las normas.

—No puedo esperar. Tengo *mucha* urgencia.

Mr. Perry frunció el ceño. Me di cuenta de que se estaba ablandando.

—Muchísima —añadí.

Molesto, Mr. Perry apuntó hacia el pasillo, apoyado en la bandeja para la tiza que discurría a lo largo de la pizarra.

Salí de clase incluso antes de que él tuviera oportunidad de retomar la lección.

ENCONTRÉ A WILLIAM en la sala de estudios y lo convencí para que me llevara a casa en su auto.

—Creí que hoy después de clase íbamos a ir al cine —dijo.

—Cambio de planes —repliqué.

No le di explicaciones y creo que durante todo el trayecto hasta mi casa William supuso que los dos íbamos a correr una gran aventura juntos, pero, cuando entramos en el aparcamiento de mi edificio, le dije que necesitaba que me enseñase a cambiar de marchas. Parecía confuso.

—Voy a usar el auto de mi padre —dije, señalando hacia donde estaba aparcado.

—¿Por qué? Podemos ir adónde sea que vayamos en el mío.

—Nosotros no vamos a ir a ninguna parte —aclaré.

Se me quedó mirando por unos instantes, al tiempo que la expresión de su rostro revelaba poco a poco que había comprendido.

—Ya veo —dijo.

Sin embargo, William estuvo genial. Después de que yo corriera a casa y volviera a robar las llaves del auto de la repisa de la ventana, nos metimos los dos en el auto de mi padre y lo llevamos al taller de carrocería abandonado de la esquina, lejos de donde nadie pudiera vernos. Allí me dio un curso intensivo de conducción con cambio manual. Me enseñó lo básico —cómo poner la marcha atrás, cómo frenar, cómo cambiar de marchas— y describimos círculos alrededor del parking hasta que al final William dijo:

—Creo que estás preparado.

—¿En serio?

—Suficientemente preparado, supongo.

—¿Y si se me apaga? —pregunté.

—No pasa nada. Simplemente vuelve a poner el auto en marcha y muéstrales el dedo del medio a todos los imbéciles que te toquen la bocina desde atrás.

—¿Así que eso es todo? ¿Es posible?

—Eso es todo, joven Jedi. Crece y multiplícate.

—Estás mezclando las referencias.

William abrió la puerta y salió del auto. Volvió a meter dentro la cabeza antes de cerrarla.

—Tiene que ver con ella, ¿verdad? —me preguntó.

Yo no contesté. No quería admitirlo, y William lo sabía de todos modos.

—Bueno —dijo—, ha sido agradable tenerte de vuelta al menos por un tiempo.

EVERS ESTABA EN las afueras, cerca de Delaware Park, con una fila de árboles desnudos a sus espaldas y un campo de béisbol a un lado. Eran las dos en punto y cuando llegué nevaba con un poco más de intensidad. Me puse la capucha de la chaqueta antes de salir del auto. No había estado nunca antes en Evers pero en mi escuela un guardia de seguridad rondaba los pasillos y las instalaciones el día entero, de modo que supuse que también aquí habría uno y rogué a Dios no toparme con él. Me dirigí hacia la fachada lateral del edificio cruzando el césped. No había nadie más por allí. El único sonido era el rumor de los autos que pasaban zumbando por la calle mojada que había frente a la escuela.

Me arrastré sigilosamente de una clase a la siguiente, lleno de adrenalina, y espié por las ventanas, buscándola. No podía creer que estuviera haciendo aquello. Nunca me había escapado así con anterioridad. La nieve se me metía en los ojos, por lo que me detenía sin cesar a quitármela con un rápido parpadeo. Recorrí una clase tras otra y ni rastro de ella. Pasé directamente de largo las aulas en que los alumnos parecían más jóvenes. Me demoré en aquéllas donde podían tener nuestra edad aunque no la viera por si había ido al baño o algo así y aparecía por la puerta en cualquier momento.

Entonces, en la octava o novena clase que controlé, la vi. Estaba sentada en primera fila, con la barbilla apoyada en la mano. Estaba preciosa, incluso desde aquella distancia, incluso con una hoja de cristal y un montón de aire de por medio. Doblé los dedos por encima de la repisa de ladrillo que sobresalía debajo de la ventana, mientras la áspera superficie me quemaba la piel.

En cuanto su profesora, que serpenteaba entre la fila de pupitres, se dirigió hacia la esquina opuesta a donde yo me encontraba, me puse a golpear el cristal con el dorso de mis uñas. Una auxiliar que se hallaba sentada cerca de la pizarra entornó los ojos y estiró el cuello en dirección a las ventanas. Me agaché. Me miré las manos apoyadas contra el frío ladrillo y respiré con rapidez. Intenté aplanarme contra el edificio por si la auxiliar se había levantado y se había acercado al lugar del que procedía el ruido. Pero no podía hacerme invisible. ¿Debía echar a correr? ¿Volver al auto? No sabía qué hacer, pero durante todo el tiempo que había estado pensando en ello tampoco había sucedido nada. Si la auxiliar me hubiera visto, a estas alturas hubiera gritado por la ventana. Esperé un minuto más antes de volver a levantarme y esta vez, cuando lo hice, Maribel estaba mirando directamente hacia mí. Como si me hubiera estado esperando. Parpadeó varias veces, como si no pudiera creer lo que estaba viendo. Apunté al cielo, a la nieve. Agité los brazos sobre mi cabeza en señal de triunfo. Ella sonrió y se cubrió la boca con la mano. Miró a su profesora, fingiendo durante unos segundos que estaba prestando atención. Cuando volvió a mirarme, le indiqué por señas que saliera al exterior. Ella sacudió la cabeza. Junté las manos como si estuviera rezando. Vamos, Maribel, pensaba. Vamos. Ella parpadeó deprisa. Entonces, la vi levantarse y decirle algo a la auxiliar, que le entregó una pequeña raqueta de madera. Un pase de pasillo. ¡Bien! Salí pitando de vuelta al parking.

Llevé el auto de mi padre hasta la entrada. No quería parar el motor porque habría tenido que pasar por el proceso de volver a ponerlo en marcha y no sabía ponerlo al ralentí sin que se me parara, de modo que decidí describir círculos alrededor del carril del autobús y de vuelta a la entrada hasta que salió Maribel. Al principio, no la vi, pero luego apareció por el flanco del edificio —tal vez hubiera tenido que utilizar aquella puerta para que nadie se fijara en ella—, sonriendo como no la había visto nunca, con las manos hacia arriba para sentir los copos en las palmas. Reduje la velocidad tanto como pude y me incliné para bajar la ventanilla del lado del copiloto. Tenía la idea de que si iba lo bastante despacio ella saltaría al interior y no tendría que parar. Como si estuviéramos en una especie de película a cámara lenta. Iba a gritar para explicárselo todo, pero mientras estaba coordinando los pedales y el volante e inclinando el cuerpo a la vez, el auto se me apagó. Maribel actuó como si ni siquiera se hubiera dado cuenta. Se acercó y entró en el auto.

—Está nevando —dije, como si no fuera obvio.

—Está nevando —repitió Maribel, maravillada. Se limpió las manos en los pantalones.

Eso era lo que tenía Maribel: por mucho que yo diera pruebas de serlo, ella no creía que fuera un idiota. Me aceptaba. Me comprendía. Una cosa tan jodidamente sencilla.

—¿Dónde está tu abrigo? —le pregunté—. ¿Y tus gafas de sol?

Apuntó en dirección a la escuela.

—Bueno, ¿tienes frío?

—No —contestó. Luego, se inclinó hacia adelante y miró a través del parabrisas, torciendo el cuello para mirar al cielo.

—Pensé que podíamos ir a algún sitio —le dije.

—¿Adónde?

—Sólo a un sitio que conozco. Está genial. Especialmente cuando está nevando.

—¿Está bien? —inquirió.

No supe de qué estaba hablando. ¿Me preguntaba si estaba bien que se marchase de la escuela? Probablemente no. Tampoco es que estuviera bien que lo hiciera yo, pero no quería pensar en ello.

—Todo está bien —le respondí.

Recorrimos al menos una milla sin mediar palabra. Lo cual a mí no me importaba. Estaba emocionado por el simple hecho de volver a verla, por compartir con ella el aire, por todo y por nada.

Al salir del parking de la escuela, el auto había pegado varias sacudidas y petardeado mientras lo aceleraba, pero una vez puesta la cuarta marcha, simplemente agarré el volante con las manos y no me moví de mi carril, avanzando por la Ruta 7, en dirección a la Ruta 1. La nieve seguía cayendo, disolviéndose contra el parabrisas, dejando asteriscos mojados en el cristal. El cielo estaba tan pálido como la sal. Maribel no despegaba la cara de la ventanilla, extasiada e impresionada. La miré varias veces, pero la mayor parte del tiempo mantuve los ojos fijos en la carretera. Pasamos frente a Chili's, Borders y el centro comercial de Christiana y, al final, la nieve comenzó a caer con mayor intensidad, mientras rayas blancas se lanzaban contra el auto y pasaban junto a las ventanas como el haz de luz de mil estrellas. Unos cuantos kilómetros más allá, me sentí lo bastante confiado como para encender el radio, pero después de haber probado unas veinte emisoras distintas, volví a apagarlo.

—Creo que debería montar una emisora de música —dijo de pronto Maribel.

—¿Qué tipo de emisora?

—Me gusta la música.

—¿Te refieres a una emisora de radio en tu escuela? ¿Tienen algo así?

—Podría hacerlo.

—Claro, ¿por qué no?

—Podría.

—Te creo.

Me di cuenta de que me estaba mirando.

—¿Qué pasa? —le pregunté.

—Eres el único que piensa que yo pueda hacer algo —contestó.

Estuvimos viajando durante la hora y media siguientes y la nieve no cesó de caer, aunque no se pegaba en el asfalto, sólo en la hierba. Permanecí en el carril derecho, dejando que la gente me pasara y concentrándome en mantener el auto estable, a pesar de que estaba prácticamente temblando de la excitación de estar en la carretera como estábamos.

En un momento dado, mi móvil empezó a sonar, no mucho después de la hora en que debería haber vuelto a casa de la escuela. Me lo saqué del bolsillo y miré la pantalla: casa. Lo apagué. Sabía que cuando llegara a casa me iba a estar hasta el cuello —por haber visto a Maribel, por haberme llevado el auto de mi padre, por conducir sin más que el permiso provisional doblado en la billetera— pero no me importaba. Maribel y yo nos merecíamos estar juntos y ella se merecía ver la nieve si quería y nadie iba a impedírnoslo. Yo era su única oportunidad. Quería darle lo que parecía que todo el mundo le quería negar: libertad. Además, ahora el mal ya estaba hecho. Aunque hubiera dado la vuelta en aquel preciso instante, la hubiera llevado a casa, hubiera aparcado el auto de mi padre en el parking y hubiera entrado en casa, igual estaría hasta el cuello.

—Tengo hambre —dijo Maribel al cabo de un rato.

—Tengo unos Starbursts en la mochila —repuse—. Puedes comértelos.

—¿Qué son?

—¿No has comido nunca Starbursts? Saben a fruta. Son como caramelos. Pero blanditos.

Ella no respondió.

—¿No los quieres?

—¿Tienes patatas fritas?

Me eché a reír.

—Ni siquiera sabía que te gustaran las patatas fritas.

—A veces las como en la escuela.

—Patatas fritas de cafetería. ¿Bromeas? Es como comerse la

cera de los oídos o algo por el estilo. Mira, voy a hacerte un favor y voy a hacerte conocer las patatas fritas de verdad. No lo podrás creer.

Tomé la salida siguiente. Más adelante, los arcos dorados flotaban sobre un McDonald's cuyo tejado estaba cubierto de manchas de nieve. Cuando giré, el auto patinó y el rosario que mi madre había colgado del retrovisor golpeó contra el cristal. Traté de poner una marcha más corta y el auto emitió un horrible chirrido pero, de algún modo, volví a tomar el control y en poco tiempo nos introducíamos en punto muerto en el *drive-thru*. Me detuve junto al altavoz, pensando que podría gritar mi pedido y dar la vuelta sin detener el auto, pero, por supuesto, las cosas no salieron así. El auto hizo un ruido sordo y se paró, y Maribel y yo nos quedamos ahí sentados, esperando a que alguien hablara por el altavoz. Cuando contestaron, grité que queríamos una ración grande de patatas fritas y luego pisé el embrague y volví a poner el auto en marcha. Avanzamos despacio hasta la primera ventanilla —me estaba concentrando en permanecer en el carril del *drive-thru* sin chocar contra el bordillo y subirme a él — y le tendí al empleado un billete de cinco dólares, todo el dinero que tenía encima. Esta vez, mantuve apretado el embrague hasta que me dieron el cambio, entonces lo solté y avancé hasta la segunda ventanilla, donde cogí la bolsa de patatas de manos de un tipo que estaba ahí de pie, haciéndola oscilar por la ventana.

Cuando nos marchamos, me sentía bastante bien. Aunque no me lo reconocía a mí mismo, estaba empezando a dominar la conducción con cambio manual.

Maribel sostuvo la bolsa de papel caliente en su regazo hasta que regresamos a la carretera. Entonces, preguntó:

—¿Puedo comerme una ahora?

—Claro —le dije—. Probablemente estén aún muy calientes, así que ten cuidado.

Maribel sacó una patata y la mordió.

—¿Y bien? —pregunté, al ver que no decía nada.

—Las patatas de la cafetería son asquerosas —contestó, y estalló en risas mientras se terminaba aquella patata y tomaba otra. Y luego otra más. Y otra. Se las comía tan deprisa que tuve que decirle que me guardara algunas.

Eran casi a las cinco cuando llegamos a Cabo Henlopen.

Aparqué en la calle, cerca de las duchas al aire libre donde la gente se quitaba la arena de los pies antes de entrar en el auto en verano.

—¿Estas lista para salir? —le pregunté.

—¿Dónde estamos?

—Ya verás. Vamos.

Me quité el abrigo y se lo ofrecí, a pesar de que era tres tallas demasiado grande para ella. Las mangas le cubrían las manos y el borde le llegaba casi hasta las rodillas. Me recordó al día en que la conocí en Dollar Tree. Llevaba un jersey amarillo. Nadaba en él. Se perdía en él. Ahora, se perdía en mí. Meneé la cabeza y sonreí. Me hacía pensar las cosas más descabelladas, pero me daba igual.

Maribel y yo nos agachamos para pasar bajo las barreras bajadas del parking y cruzamos el aparcamiento vacío. Nuestras zapatillas de deporte dejaban marcas en la nieve, y nuestro aliento se quedaba suspendido en el aire.

Llegamos a la arena, que estaba espolvoreada de nieve. Las arrolladoras olas del océano eran de un azul plateado. Permanecimos el uno junto al otro y contemplamos la inmensidad, la posibilidad de cualquier cosa ahí afuera. En el marco del universo, me sentía como una mota de polvo, pero en mi interior me sentía gigantesco, con la sal llenándome los pulmones, el rugido de las olas precipitándose en mis oídos.

—Qué bonito —murmuró Maribel.

Mantuve las manos cerradas en los bolsillos de mis vaqueros mientras el aire frío me apuñalaba los pulmones.

—Gracias —dijo.

—¿Por qué?

—Por esto. —Levantó un bazo, con el extremo de la manga del abrigo colgando.

—No es nada —repuse, como si no fuera un problema, lo que en cierto modo era cierto. Preferí no pensar en el lío en que estábamos metidos, o quién podía estarnos buscando, o en que, después de esto, probablemente volver a verla sería aún más difícil. Preferí no pensar en ello. Hubiera hecho cualquier cosa por ella.

Apoyé mi peso en uno y otro pie, y golpeé los bordes de mis zapatillas de deporte el uno contra el otro para sacudir la arena mojada. Me estaba helando sin el abrigo, pero no iba a admitirlo por nada del mundo. Se me puso la carne de gallina bajo la camisa y un escalofrío me recorrió la columna vertebral.

Maribel se agachó y acarició la arena con la mano sin apenas dejar marca en la superficie.

—Qué bonito —repitió.

Le puse una mano sobre la cabeza, sobre el cabello mojado y, cuando me agaché junto a ella, me miró con sus ojos amarillo dorado y sus largas pestañas negras. Introduje las manos bajo sus cabellos y, abrazando con ellas su cuello, la besé. Tenía la cara húmeda a causa de la nieve que caía. Quizá debería haberme detenido, no lo sé. Debería haberle dado la oportunidad de respirar o protestar o lo que fuera. Pero cuando me puso las manos sobre los hombros, apretando su boca contra la mía, supe que quería estar allí tanto como yo. La besé otra vez, y otra, y otra más, con avaricia, como si estuviera compensando el tiempo que había perdido, como si estuviera compensando por todas las veces que quizá no podría volver a besarla una vez que nuestros padres averiguaran lo que habíamos hecho, como si estuviera compensando todo el tiempo que había vivido sin conocerla, que me parecía increíble y como un crimen.

Y cuando al final me aparté de ella, quería devorarla. Quería
derribarla al suelo. Quería recorrer con las manos cada centímetro de su cuerpo. Estaba loco de deseo: luces que giraban,
visión borrosa, el pulso que me latía en los oídos. Maribel tenía
el rostro colorado y yo jadeaba. Nos hallábamos de rodillas el
uno frente al otro. Deslicé los brazos bajo su camisa y percibí
sus costillas y su piel caliente bajo mis manos. Las puntas de mis
dedos rozaron su sujetador al tiempo que alcanzaban su espalda
y forcejeaban con el cierre hasta que me di por vencido y le subí
la prenda entera por encima de los pechos. Coloqué mis manos
sobre ellos, la cosa más suave que hubiera tocado nunca, y ella
respiró con fuerza. "¿Estás bien?", le pregunté, y ella asintió.
Bajo mis pantalones, noté que me estaba poniendo duro. Sin
embargo, no quería que sucediera lo mismo que la otra vez en
el auto. No quería que ella pensara que tenía un problema o
algo por el estilo. De modo que bajé las manos hasta su cintura
e intenté respirar para tranquilizarme y no hacer nada más que
mirarla. Maribel parpadeó.

—Tienes nieve en el pelo —observó.

Sonreí.

—Tú también.

Alargué una mano y tomé varias hebras de su cabello y me
las llevé a la boca, arrastrándolas sobre mi lengua, entre los
dientes, paladeando su champú y el sabor a hielo de la nieve.
Estaba temblando y sentía un hormigueo en la piel. Maribel bajó
el cierre de mi abrigo y abrió ambas partes como si de alas se
tratara, envolviéndome con él hasta donde alcanzó. Despacio,
de rodillas, sobre la arena, me acerqué más a ella y permanecimos los dos agachados, apretados el uno contra el otro bajo mi
abrigo, escuchando el rumor de las olas al estrellarse contra la
orilla, mientras nuestra respiración palpitaba en el aire salado,
observando cómo la nieve aterrizaba en el agua y se derretía. Y,

entonces, Maribel cayó hacia atrás, justo sobre su trasero, y se echó a reír.

—Sabía que no duraría —dijo.

También yo lo sabía. Pero deseaba que durara con todas mis fuerzas.

Micho Álvarez

Yo vine de México, pero aquí hay mucha gente que, al enterarse, cree que escapé del infierno. Oyen "México," y piensan: malo, espantoso. Tienen ideas raras. ¿Acaso alguno de ellos ha estado en México alguna vez? Y si dicen: Sí, estuve en Acapulco ya hace años o he estado en Cancún, papi, esa mierda no cuenta. ¿Has estado en un centro de vacaciones? ¡Qué bien! Pero no has estado en México. Y ahí está el problema, ¿saben? Esa gente escucha lo que dicen los medios de comunicación, y los medios de comunicación, déjenme que les diga, tienen unas ideas jodidamente equivocadas sobre nosotros. Sobre toda la gente de piel oscura, pero sobre todo sobre los mexicanos. Si escuchan los medios de comunicación, se enterarán de que somos todos unos violadores en grupo, unos camellos, que arrojamos cadáveres en tanques de ácido, que queremos destruir los Estados Unidos, que aún creemos que Texas nos pertenece, que todos tenemos la gripe porcina, que llevamos ametralladoras debajo de la chaqueta, que no pagamos los impuestos, que somos perezosos, que somos estúpidos, que somos todos unos espaldas mojadas que cruzamos la frontera ilegalmente. Juro por Dios que estoy harto de que me llamen *spic*, *nethead*[7], cholo, y demás. Me sucede continuamente. Entro en una tienda y los empleados o me ignoran o están pendientes de cada uno de mis movimientos porque creen que voy a robar algo. Comprendo que tal vez no cause muy

---

7   Nethead , literalmente "cabeza de red", es un insulto que se utiliza en Los Ángeles y que tiene su origen en la costumbre de los muchachos mexicanos de llevar una fina red para cubrirse el pelo. (N. de la t.)

buena impresión. Trabajo como fotógrafo, así que no llevo traje ni nada, pero tengo dinero suficiente para entrar en cualquier tienda e incluso si no lo tuviera tengo derecho a entrar en cualquier tienda. A veces me entran ganas de decirles: "Tú no me conoces, hermano. ¡Soy ciudadano americano!". Pero no debería tener que decírselo a nadie. Quiero que me den el beneficio de la duda. Cuando voy por la calle, no quiero que la gente me mire y vea a un criminal o a alguien a quien pueden escupir o dar una paliza. Quiero que vean a un hombre que tiene tanto derecho como ellos a estar aquí, o a un hombre que trabaja duro, que ama a su familia, a una persona que trata de hacer lo correcto. Quisiera que una de esas personas, una sola, hablara realmente conmigo, que hablara con mis amigos. Sí, claro, puede hablar con nosotros en inglés. Me apuesto a que hablo inglés mejor que usted. Pero nadie quiere intentarlo siquiera. Somos los americanos desconocidos, los que nadie quiere conocer porque les han dicho que deben temernos y porque tal vez, si se tomaran la molestia de conocernos, se darían cuenta de que no somos tan malos, tal vez incluso de que somos muy parecidos a ellos. ¿Y a quién odiarían entonces?

Es jodido. Todo este asunto es muy, pero muy complicado. Es decir, ¿no se pregunta nadie nunca *por qué* la gente cruza y se viene acá? Puedo prometerle que no es por una enorme ambición de venir y arruinárselo todo a los gringos chingaos. La gente está desesperada, hombre. Hablamos de gente que ni siquiera puede pagarse un retrete que funcione, y el gobierno es tan corrupto que cuando tiene dinero en lugar de compartirlo, en lugar de emplearlo en cosas que serían de ayuda para sus propios ciudadanos, se aferra a él y alienta a la gente a marcharse al norte. ¿Qué opción tiene la gente frente a esto? ¿Es que creen que quieren de verdad ir amarrados a los bajos de un auto o embutidos en un camión como una alfombra o caminar durante días por la arena ardiente calzados tan sólo con unas pobres sandalias, con una botella de agua caliente en las manos, si la mitad acaban muertos, o tan quemados que cuando alguien los encuentra, tienen la piel negra y los labios todos agrietados? Otra mitad se ahoga en los ríos. Y a la mitad que queda los agarra la migra y los manda de vuelta al lugar del que vinieron o les da una paliza o los arresta. A las mujeres las violan por el culo. ¿Y para qué? ¿Para venir aquí a hacer camas en un hotel de la autopista? ¿Para estar separadas de sus familias?

Y luego hay mucha gente que viene aquí porque quiere realmente intentar hacer algo bueno en este país. En mi caso, estuve trabajando en un periódico en Sinaloa durante años, tratando de informar sobre la guerra contra la droga, tratando de concientizar a la gente de allí de lo que está pasando en su propio patio de atrás, pero mis jefes sólo tenían apetito por lo macabro. No hacían más que mandarme a sacar fotos de escenas de crímenes que ponían en primera plana. Al principio, las hacía porque creía que eso era lo que la gente tenía que ver, ¿saben? Tal vez la gente se sentiría conmocionada y ello la haría entrar en acción. Pero, al cabo de un tiempo, me di cuenta de que no era más que un espectáculo. Las fotos de cuerpos decapitados no ayudaban a nadie. Así que quise venir al otro lado, cruzar la frontera. Aquí nadie quiere admitirlo, pero los Estados Unidos son parte del problema de México. Los Estados Unidos están alimentando a la bestia, hombre. Creí que tal vez si venía aquí podría cambiar algo.

Ahora trabajo con un grupo de Wilmington que defiende una reforma de la legislación para los inmigrantes. Yo hago todas las fotografías para su hoja informativa y su página web. Fotos que reflejan las condiciones de vida de la gente o el daño corporal que han sufrido porque los atacaron sólo por ser morenos en este país. No sé. La mayor parte de las veces no es que avancemos gran cosa. ¿Pero qué voy a hacer sino? Tengo que luchar por aquello en lo que creo.

Alma

Aquel viernes, esperé frente a la ventana que daba a la calle a que el autobús de Maribel la trajera de vuelta a casa. Había pequeñas flores de escarcha adheridas al cristal y yo lanzaba el aliento contra el vidrio, observando cómo se empañaba y trazando líneas con el dedo a través de la condensación.

Comprobé la hora en el reloj del horno. Era un horno viejo, con una costra de óxido, y recordé el desaliento que sentí al verlo cuando llegamos. No como el horno de barro y baldosas que tenía en Pátzcuaro con su amplia repisa de madera. Observé las manecillas del reloj avanzar con calma. Aún es pronto, me dije. Me mordí el pulgar y esperé. Y, sin embargo, después de otros diez minutos, no había señales de ella.

Me puse el abrigo y las botas y bajé las escaleras, deteniéndome bajo el balcón que sobresalía, mirando alrededor. La hierba estaba raída y empapada a lo largo del borde del asfalto. Envoltorios de comida ensuciaban el suelo. Respiré hondo para tranquilizarme y anduve hasta la carretera, estirando el cuello mientras buscaba su autobús.

Al no verlo, acorté la distancia atravesando el parking y me dirigí a casa de los Toro.

Celia pareció sorprendida de verme cuando abrió la puerta. No había hablado con ella desde que la llamé para decirle que no queríamos que Maribel volviera a ver a Mayor. Al principio, había defendido a su hijo, recordándome que Quisqueya era una chusma y asegurándome que Mayor jamás había causado ningún problema. Pero, luego, Rafael había llamado y nos había dicho que Mayor había estado en el auto con Maribel. Rafael se había disculpado en su nombre y en el de Celia y había dicho que se asegurarían de que Mayor comprendiera que tenía que mantenerse alejado de Maribel.

Ahora, sin embargo, el antagonismo era indudable.

—Estaba saliendo de casa —observó Celia.

Llevaba unos pendientes de oro y un jersey color beige. Tenía el cabello rígido por la laca.

—¿Has visto a Maribel? —le pregunté.

—¿A Maribel? No.

—¿No está aquí?

—No.

El corazón me dio un vuelco.

—Su autobús no ha venido hoy —expliqué.

El rostro de Celia traicionó un destello de preocupación.

—¿Cuando debería haber venido?

—Hace quince minutos. Tal vez veinte ya.

—¿Tenía algo después de clase? ¿Una reunión o una actividad extraescolar?

—No.

—No sé, Alma.

—¿Está Mayor en casa? —pregunté.

Celia se puso tensa. Echó los hombros hacia atrás.

—No —respondió—. Pero no está con ella. Sabe la regla.

—Tal vez sepa algo.

—Bueno, hoy iba a ir a ver una película con su amigo William después de clase. Puedo preguntárselo cuando vuelva a casa. —Celia se inclinó hacia delante y asomó la cabeza por el marco de la puerta—. ¿Es eso nieve? —preguntó.

—¿Qué?

—Está nevando. ¿Desde cuándo?

Me volví y distinguí algo que centelleaba brevemente, como

el polvo bajo la luz del sol. Estaba tan distraída que no me había dado cuenta.

—¡Dios, qué vaina! —exclamó Celia—. Todo el invierno, y nada. ¡Y ahora esto! ¡A finales de marzo!

Yo guardaba silencio, mirando los copos y volviendo a perderlos de vista, sintiendo que me sumía cada vez más profundamente en el pánico. ¿Dónde estaba? No quería pensar lo que estaba pensando. ¿Había vuelto aquel muchacho por ella? ¿Se la había llevado a alguna parte? ¿Y, de ser así, qué le estaba haciendo? Entonces, lo sentí, todo el peso de mi terror. Lo sentí bajo e intenso en mi vientre, débil y tembloroso por todo el pecho. Un grito de angustia escapó de mis labios.

—¡Alma! —se asustó Celia.

—Lo siento.

—Tienes que relajarte. Estoy segura de que está bien. Tal vez el autobús está bloqueado por el tráfico.

Asentí, con escasa convicción.

Y entonces nos quedamos allí paradas las dos hasta que, al final, Celia dejó caer los hombros y me miró con comprensión.

—Entra —dijo.

—Creí que estabas saliendo.

—Entra —repitió—. Haré café. La esperaremos juntas.

Una vez en el interior del apartamento, Celia trató de llamar Mayor, pero sólo respondió el contestador automático.

—Debe de haber apagado el teléfono en el cine —sugirió—. Comprobará si tiene llamadas cuando salga.

Me senté en el sofá y, mientras Celia preparaba café, miré por la ventana el cielo blanco, el aparcamiento vacío, el asfalto descolorido. Me obligué a imaginar situaciones en las que Maribel se encontraba bien: sentada en el autobús, enredando sus cabellos entre los dedos, mirando por la ventanilla al tráfico de la calle; dormida en el asiento del autobús, ignorante del retraso; a tan sólo una manzana de casa, colocándose la mochila sobre los hombros, preparándose para bajar del autobús. Me dije: antes del accidente no tenías ningún mal presentimiento, y luego pasó lo que pasó. Quizá dado que ahora tienes un mal presentimiento no le haya pasado nada. No me importaba que aquello no tuviera ni pies ni cabeza.

—Tengo que llamar a Arturo —dije de pronto, metiéndome la mano en el bolsillo del abrigo para sacar el teléfono. Pero cuando lo miré, la pantalla estaba negra, había agotado los minutos. ¿Cuánto tiempo llevaba así? Solté el teléfono en mi bolsillo y le pedí a Celia si podía usar el de su casa.

—Claro que sí —respondió ella, tendiéndome el auricular.

—Bueno —contestó Arturo. Estaba fuera, como desde hacía una eternidad, me parecía, aún buscando trabajo.

—Soy yo, Arturo. Tienes que volver a casa —le dije.

—¿Por qué? ¿Qué ha pasado?

—Es Maribel.

—¿Qué ha pasado? —repitió.

—No ha vuelto de la escuela.

—¿Qué quieres decir? ¿Has llamado a la escuela?

Me sentí avergonzada al darme cuenta de que no lo había hecho, y ahora no quería admitírselo.

—Ven a casa, Arturo. Por favor.

—Vuelvo enseguida —replicó.

Llamé, efectivamente, a la escuela en cuanto colgamos pero no contestó nadie, y cuando le pasé el teléfono a Celia para que pudiera escuchar la grabación, me informó que indicaba simplemente el horario escolar y decía que aquel día habría actividades extraescolares. Pensé en llamar también a Phyllis, pero tenía su número en el teléfono muerto.

Cuando llegó Arturo, no más de diez minutos después, estaba fuera caminando, hecha un nudo de la preocupación y cada vuelta del nudo estaba tan apretada que había comenzado a deshilacharse. La nieve caía con suavidad, como besos sin peso, aunque yo casi no me daba cuenta. Corrí hacia él en cuanto lo vi llegar. Su rostro se ensombreció y me puso las manos sobre los hombros.

—El autobús no ha venido —expliqué. Tenía los labios entumecidos, pero no a causa del frío.

—¿Ha habido un accidente?

—No lo sé.

—¿Has llamado a la policía?

—¿La policía?

—¡Debería haber llegado a casa hace una hora! ¿Quién sabe qué puede haber sucedido?

—No pensé que pudiera…

—¿Llamar a la policía? ¿Por qué?

Lo miré. No quería decírselo.

—¡Alma! ¡Usa la cabeza! Que nos deporten si quieren.

Pasó a mi lado hecho una fiera, en dirección a nuestro apartamento.

—¡Arturo! —lo llamé.

Él se detuvo y se volvió.

—Tengo que contarte una cosa. —Los ojos se me estaban llenando de lágrimas, pero tenía que decírselo. Ahora no tenía elección. ¿Qué importaba mi instinto de protegerlo, mi descabellada idea de que, de algún modo, ocultándole todo aquello podía demostrar que era capaz, que podía cuidar de nuestra hija aunque le hubiera fallado antes de manera tan terrible? Si había desaparecido, ¿qué importancia tenía todo esto?

—Hay un muchacho…

Arturo me miró como si le molestara que hubiera cambiado de tema.

—¿De qué estás hablando?

—Vive en Capitol Oaks.

—¿Quién?

—Tú lo has visto. Hace mucho tiempo, cuando fuimos a la gasolinera. Él estaba allí.

—¿Quién estaba allí?

—No sé cómo se llama. Pero vino aquí un día.

Arturo meneó la cabeza como si estuviera perdiendo la esperanza de entenderme.

—Lo encontré con ella —dije, y señalé la fachada lateral del edificio—. Allí. Creo que ha estado detrás de ella desde el principio. La tenía acorralada contra la pared.

Una sombra se instaló en el rostro de Arturo.

—¿Qué quieres decir? ¿Qué estaba haciendo?

—Le había subido la camisa.

—¿Cuándo?

No contesté.

—¿Cuándo, Alma? ¿Cuándo sucedió?

—Le dije que se apartara de ella.

—¿Cuándo?

—Hace varios meses.

—¿Y me lo dices ahora?

—Creí que podía ocuparme de ello.

—¿Ocuparte de ello? ¡Alma!

—Fui a su casa. Le dije que la dejara en paz.

Arturo se me quedó mirando con una incredulidad tal que era casi horror. Como si no me reconociera.

—¿Le hizo daño? —inquirió.

—No. No lo creo.

—Pero has dicho…

—Llegué a tiempo.

—¿Pero dónde estabas tú? ¿Por qué no estabas con ella?

No había nada que pudiera responder a eso. No tenía defensa.

—Me has mentido —dijo Arturo.

—No quería preocuparte.

Balbuceó un sonido que rayaba en la risa, y echó la cabeza hacia atrás, mirando al desvaído cielo gris. Ahora la nieve caía de manera regular y unos copos del tamaño de sellos de correos caían sobre su cara, sobre su cabello.

—Quería compensarte —manifesté.

Esperé, pero él mantuvo los ojos fijos en el cielo lejano.

—Era yo quien sujetaba la escalera.

Arturo bajó la cabeza y me miró.

—¿Qué?

—Aquel día. Fui yo quien le permitió subir allá arriba. En un momento estaba en la escalera y era nuestra hija perfecta, y en el siguiente…

—Ya no era perfecta —completó Arturo.

—Pero yo sabía que tú no querías que subiera allá arriba… tú le dijiste que no subiera allá arriba… y yo la dejé subir.

—¿Y?

—¡Y se cayó, Arturo! Y fue culpa mía.

—¿Es eso lo que piensas?

—¡Eso es lo que tú me dijiste! En el hospital. Después.

Arturo parecía confuso.

—Dijiste que yo debería haber estado sujetando la escalera. Me acusaste de haberla soltado.

—¿Crees que te culpo por lo que sucedió?

—Ambos sabemos que fue por mi culpa.

—Bueno, yo fui quien les dijo a las dos que me acompañaran aquel día.

—No sabías que iba a suceder.

—Ni tú tampoco. ¡Es eso lo que te estoy diciendo!

—Pero es distinto.

—No, no es distinto. Dices que tú la dejaste subir allá arriba, pero ¿cómo podías haber sabido que se iba a caer?

—Pero yo era quien sujetaba la escalera.

—¿Apartaste las manos de ella? ¿La moviste a propósito?

Sacudí la cabeza.

—No fue culpa tuya, Alma.

—Todo cambió por mi causa —afirmé.

Arturo me miró con tristeza, tal vez incluso con compasión.

—No fue culpa tuya —repitió—. Tienes que pasar la página.

—Pero…

—Aunque lo haya dicho, Alma… estaba alterado. No pensaba como es debido.

Me mordí el labio.

—Escúchame —me dijo—. Eres tú. Eres tú la que tienes que perdonarte a ti misma.

No pude hablar. Lágrimas de un pozo oscuro y profundo se deslizaron por mi rostro.

—¿Me oyes? —dijo Arturo—. Perdónate a ti misma.

Asentí y experimenté una especie de alivio distante, como si algo en mi interior se estuviera extinguiendo.

—Ahora, vamos a encontrarla —dijo.

UNA VEZ EN casa, Arturo llamó a la policía. Los agentes dijeron que la escuela ya les había notificado la desaparición y que tenían un auto patrulla buscándola. Parecían sorprendidos de que nadie de la escuela se hubiera puesto en contacto con nosotros. "Los chicos de esta edad… Ya verá. Probablemente entrará por la puerta antes de que tenga usted oportunidad de localizarla".

Pero no fue así, y Arturo no estaba dispuesto a esperar. Reunió cambio para el autobús, se puso su sombrero de *cowboy*, y echó a andar hacia la puerta.

—¿Adónde vas? —le pregunté.

—Voy a buscar a ese chico.

—¿Y después qué?

—Y después voy a hacer que me diga dónde carajo está nuestra hija.

—Está nevando —señalé estúpidamente, como si aquello fuera a cambiar las cosas.

Arturo se subió el cierre de la chaqueta.

—Quédate aquí —dijo—. Por si vuelve a casa. —Abrió la puerta—. Volveré enseguida.

Mayor

Cuando Maribel y yo regresamos al auto, la luz del día había empezado ya a desvanecerse. Habíamos recorrido unos cuantos kilómetros en dirección a casa cuando la nieve arreció de verdad. Comenzó a arremolinarse con las ráfagas de viento y a caer con tal intensidad que tuve que hacer funcionar los limpiaparabrisas al máximo e, incluso así, me costaba ver la carretera. Tampoco podía distinguir las tiendas y restaurantes que se sucedían a lo largo de la misma. Montones de nieve volaban desde los árboles y los tejados. Las farolas parecían gigantescos copos de algodón.

Antes de que pudiéramos llegar siquiera a la autopista, el auto no hacía más que patinar y los neumáticos giraban como si no estuvieran en contacto con el suelo. Pasamos un par de autos que se habían detenido a esperar en el borde del camino, lo cual me pareció una idea bastante buena, de modo que lo hice yo también.

Maribel no hizo ninguna pregunta. Una vez que detuve el auto, la miré un segundo y me di cuenta de que se había quedado dormida. Sin mucho más que hacer, apoyé a mi vez la cabeza contra el volante y la miré un rato. Aún llevaba puesto mi abrigo y tenía el cabello ondulado a causa de la nieve. Sus manos descansaban en su regazo con las palmas hacia arriba.

En el exterior, el viento aullaba y cada pocos minutos pasaba un auto arrastrándose despacio con las luces largas encendidas. Pronto cesará de nevar, me dije a mí mismo. Por lo menos, eso esperaba. Quiero decir que esperaba realmente que aquel no fuera el comienzo de una tormenta que fuera a enterrarnos vivos junto a la carretera. Me asusté un poco al pensarlo y empecé a preguntarme si no habría una linterna en la guantera y cuánto tiempo podían sobrevivir dos personas con un puñado de Starbursts. Pero luego me dije que debía tranquilizarme. Estábamos como a unos pocos metros de la casa más próxima. Aquello no era lo que se dice la tundra.

La peor parte de la tormenta pasó al final, pero no tengo ni idea de cuándo. También yo me quedé dormido y me desperté cuando mi cabeza rodó hasta la bocina, que emitió un chillido que perforó el aire nocturno. Al oírlo, Maribel se sobresaltó.

—¿Dónde estamos? —inquirió.

—En el auto —respondí. Tenía un sabor amargo en la boca, y volví la cabeza para que ella no lo detectara.

—Pero, ¿dónde estamos?

—Íbamos de camino a casa, pero se puso a nevar a lo loco, así que me detuve. Y luego supongo que me quedé dormido.

—Ahora no nieva —observó.

Miré por la ventana. Estaba completamente oscuro y todo afuera estaba en calma, como si la nieve hubiera formado un capullo por encima del mundo. Maribel se apartó el pelo de la cara y distinguí una marca a lo largo de su mejilla allí donde ésta había estado descansando sobre el cinturón de seguridad.

Metí la llave en el contacto. El auto gruñó pero no arrancó. Volví a intentarlo. Nada. Me asusté un poco, pero, al tercer intento, el vehículo cobró vida. Encendí la calefacción y puse la mano delante del ventilador hasta que, al cabo de un minuto, el aire caliente empezó a brotar a través de él.

—¿Tienes frío? —le pregunté a Maribel.

—No —contestó.

El reloj del tablero indicaba la una y catorce de la madrugada. Mierda. Estábamos jodidos. Realmente jodidos.

Estaba a punto de poner la primera para poder regresar a la carretera cuando Maribel dijo:

—Me empujó contra la pared. Me dijo que tenía algo que enseñarme.

Yo no sabía de qué me estaba hablando.

—Me quitó el abrigo y me empujó contra la pared.

Y entonces, de algún modo, comprendí. Me entró un cosquilleo en la nuca. Estaba hablando de Garrett Miller.

—¿Qué te hizo? —quise saber.

—Empezó a quitarme la camisa.

—¿Qué hizo? —volví a preguntar, a pesar de que no estaba seguro de querer saber la respuesta.

Maribel se volvió y miró por la ventanilla del copiloto, abrazándose a sí misma con los brazos.

—¿Maribel?

—Llegó mi madre —dijo.

—¿Te hizo daño?

—Llegó mi madre —repitió.

Y nos quedamos ahí sentados. No sabía por qué me lo contaba después de tanto tiempo. Cuando volvió a mirarme, tomó mi mano y me acarició la palma con el pulgar. Cerré los dedos y apreté, imaginando que si apretaba lo bastante fuerte podía aferrarme a ella para siempre.

CUANDO MARIBEL Y yo entramos en el parking del edificio, mi padre se encontraba fuera fumando un cigarrillo. Estábamos en mitad de la noche, y las luces del auto lo iluminaron en medio de la penumbra. Cuando lo vi, me puse tan nervioso que se me paró el auto unos metros antes de la plaza de parking. Mi padre arrojó el cigarrillo a la nieve y lo pisó, al tiempo que abría la puerta del conductor de par en par.

—Sal —ordenó.

Salí. Maribel había vuelto a quedarse dormida de camino a casa y estaba acurrucada en el asiento del copiloto.

—Dame las llaves —dijo mi padre.

Se las entregué. No podía forzarme a mirarlo a los ojos.

—Ahora siéntate atrás —me mandó.

No tuve el valor de preguntarle por qué, pero pensé que probablemente debía hacer lo que me pidiera, así que me senté atrás mientras él se instalaba en el asiento del conductor y salía del aparcamiento.

Fue un viaje silencioso. No había ningún otro auto en la carretera.

Mi padre volaba —largos canales llenos de nieve derretida que surcaban la carretera salpicaban sobre el auto— y yo temblaba en el asiento trasero como si tuviera un terremoto bajo la piel. No tenía ni idea de adónde nos estaba llevando, ni tampoco qué podía estar abierto en plena noche, así supuse que sólo quería llevarnos un rato por ahí hasta que hubiera recuperado el control de sí mismo. Tal vez fuera a darnos un sermón y estuviera componiéndolo en su cabeza. Quizá quisiera alejarnos a Maribel y a mí del apartamento para que ninguno de nuestros vecinos oyera lo que estaba a punto de soltarnos encima. A lo mejor, los padres de Maribel y mis padres habían decidido entre ellos que mi padre nos echaría la bronca cuando llegáramos por fin a casa. Pero después de diez minutos en el auto, cuando nos detuvimos en el Hospital de Christiana, tuve la inquietante sensación de que lo había entendido todo mal.

—Despiértala —dijo mi padre después de aparcar—. Vamos a entrar.

Le di a Maribel unas palmaditas en el hombro.

—Tenemos que salir del auto —le dije.

—¿Qué?

—Te has vuelto a quedar dormida. Estamos en Newark. Mi padre nos ha traído al hospital y ahora quiere que salgamos del auto.

—¿Al hospital?

—Sí. No tengo ni idea de lo que pasa. Pero quiere que entremos con él.

Pensé: tal vez va a llevarnos a ver a algunos pacientes que se hallan suspendidos entre la vida y la muerte después de sufrir un accidente con el fin de enseñarnos una lección hacerca de lo que nos habría podido pasar.

Mi padre encendió otro cigarrillo mientras atravesábamos el oscuro parking cubierto de nieve en dirección a la entrada de urgencias. Maribel y yo lo seguimos. Las puertas automáticas se abrieron y mi padre apagó el cigarrillo en un cenicero de pie antes de entrar.

En cuanto vi a mi madre sentada en la sala de espera, supe que era grave. Mi padre se acercó directamente a ella y le puso una mano en el hombro. Ella levantó bruscamente la cabeza, asustada.

—Aún nada —dijo.

Mi padre nos señaló con la cabeza a Maribel y a mí.

—Acaban de volver.

—Una cosa buena —repuso mi madre. Pero no se levantó como pensé que haría.

—Están bien —la tranquilizó él.

Mi madre no me había mirado hasta entonces. Curvó los labios entre sus dientes y parpadeó con rapidez. Las ventanillas de su nariz se dilataron y creí que iba a echarse a llorar, pero sólo asintió y volvió a apartar la mirada.

Mi padre se sentó junto a ella y apoyó los codos sobre las rodillas, uniendo las manos por las puntas de los dedos extendidos y miraba entre ellos al suelo blanco, a los radiadores que corrían junto a los zócalos.

Una mujer gruesa con una gorra de béisbol de los Phillies y una bolsa de plástico en el regazo estaba sentada en una silla dispuesta contra la pared. Un hombre tatuado que vestía pantalones y chaqueta vaquera dormía unos cuantos asientos más abajo con las piernas extendidas y los tobillos cruzados.

—¿Qué pasa? —me preguntó Maribel.

—No lo sé —le contesté.

—¿Qué pasa? —preguntó Maribel, esta vez en voz más alta.

Vi a mi madre cerrar los puños y volver a abrirlos. Miró a mi padre con gran sufrimiento, del mismo modo que él la miraba a ella. Parecían estar preguntándose algo el uno al otro, y por la expresión de sus rostros supe que ninguno tenía las respuestas que el otro estaba buscando.

Al final, mi madre fijó los ojos en Maribel. Le tendió la mano, pero Maribel no la tomó.

—Es tu padre —le dijo—. Aún no sabemos los detalles, pero lo trajeron aquí. Lo han operado y ahora estamos esperando. Tu madre está con él.

—¿Mi padre? —repitió Maribel.

—¿Qué le ha pasado? —pregunté.

—Intentamos llamarte —dijo mi madre—, pero tenías el teléfono desconectado. Te llamamos cientos de veces.

—No lo sabía…

—También llamamos a la policía.

—A la policía… ¿por qué?

—¿Por qué? —intervino mi padre—. Porque cuando llegué a casa, el auto, mi auto, había desaparecido. Pensé que me lo habían robado.

—Me sorprende que no los hayan encontrado —declaró mi madre.

—¿Qué ha pasado? —pregunté.

De nuevo, el sufrimiento en su rostro. Su boca fuertemente cerrada.

—Aún no sabemos nada —respondió mi padre—. Siéntate.

—Ven, hija —dijo mi madre, extendiendo el brazo para abrazar a Maribel. Ésta se alejó y se sentó en una silla. Al ver que no me movía, mi madre me dijo—: Por favor, Mayor. Siéntate. No puedes hacer nada. Aún no hay noticias.

PERMANECIMOS EN AQUELLOS asientos durante horas. Una enfermera se llevó a Maribel a la sala de espera de cirugía, donde se encontraba la Sra. Rivera, mientras mi madre, mi padre y yo nos quedamos allí, esperando.

Un televisor montado en la esquina daba ESPN, y estuve viéndolo hasta que ya no pude más. Sacaba el teléfono una y otra vez para ver la hora. Mi padre salía afuera a fumar por las puertas automáticas de la entrada y, cada vez que lo hacía, yo miraba al cielo, que se iba iluminando poco a poco con la proximidad del alba. Mi madre no hacía más que llenar vasitos de papel de café de la máquina expendedora, tras lo cual se sentaba, se lo tomaba mirando al suelo y volvía a levantarse para ir por otro.

Por fin, cuando a mi padre le quedaba sólo un cigarrillo, mi madre ya no tenía dinero para tomar más café, y yo tenía el culo entumecido de estar sentado tanto tiempo, un médico —un tipo barrigudo de mediana edad con ropa quirúrgica verde y un par de gafas colgando alrededor del cuello— salió y nos informó que el Sr. Rivera estaba en recuperación, pero que todavía no se había despertado.

—¿Y ahora qué pasa? —quiso saber mi madre.

—Estamos esperando —contestó el doctor.

—¿Se pondrá bien?

—Hemos hecho todo lo posible.

Después de esto nos encaminamos a casa, dando traspiés por el aparcamiento bajo la luz blanca de las primeras horas del día, bajo el aire tan fino como el papel, mientras mi madre decía:

—¿No deberían ser capaces de decirnos más? "Todo lo posible". ¿Qué quiere decir eso? —Pero mi padre no tenía una respuesta, ni yo tampoco.

Seguía sin saber qué había pasado. Cada vez que preguntaba,

mi padre me interrumpía con alguna variación de "Esperemos a ver qué pasa. Es inútil preocuparse antes de saber nada", salvo que yo sabía que era lo bastante grave como para hacer que el Sr. Rivera acabara en cirugía y lo bastante grave como para que mis padres no quisieran hablar de ello. No necesitaba saber mucho más para que se me revolviera el estómago. Lo que pasaba, fuera lo que fuera, era culpa mía. Lo sabía. Me había llevado a Maribel porque… ¿por qué? ¿Porque quería verla? ¿Porque trataba de ser romántico? ¿Porque intentaba liberarla de las limitaciones de su vida? ¿Porque había querido enseñarle la nieve sobre el mar, lo que había hecho que mi madre se enamorara de este país, y había querido hacer que Maribel se enamorara también? ¿De mí?

Mis padres no me decían nada, así que esperé noticias toda la mañana del sábado. Mi madre quería que intentara dormir, así que me fui un rato a mi habitación, pero sólo pude sentarme en la cama —despierto y completamente vestido— a esperar que sonara el teléfono para que tal vez mi madre contestara y yo pudiera oír a escondidas lo que estaba pasando. En cuanto mi padre volvió a casa de su turno de repartidor de periódicos, le preguntó a mi madre si sabía algo más, pero ella le dijo que no. Para entonces, estaba sentada a la mesa de la cocina con el teléfono pegado al codo. Tenía los ojos enrojecidos. El cabello aplastado por detrás.

—¿No puedes decírmelo? —dije.

Mi madre se echó a llorar.

—¿Qué pasa? ¿Ha salido algo mal? —pregunté.

—Todo salió mal —respondió ella.

—¿Ha tenido un ataque al corazón o algo así? ¿O se cayó en el hielo y se dio un golpe en la cabeza? Dímelo. Por favor, mami.

Mi madre siguió llorando durante un rato, luego se secó las mejillas con la base de la mano.

—Estaba tratando de encontrar a Maribel —explicó. Me

miró, con los ojos húmedos y las mejillas enrojecidas, como sucedía siempre que lloraba —. Le dispararon.

—¿Qué?

—Le dispararon.

—¿Quién le disparó?

—No lo sé, Mayor. Yo no estaba allí.

—¿Con una pistola?

—Ay, Dios mío —exclamó ella, y se cubrió la mano con la boca, como si oírme decirlo en voz alta fuera demasiado para ella. Se apartó de la mesa y corrió al baño donde, incluso después de cerrar la puerta tras de sí, la oí toser y jadear. Me quedé ahí como un idiota, parpadeando. Sentía… ¿qué? Nada. El vacío de la incomprensión. Le dispararon, me repetía a mí mismo una y otra vez. Le dispararon.

EL TELÉFONO PERMANECIÓ mudo la mayor parte del día, aunque el timbre de la puerta no hizo más que sonar. Quisqueya y Nelia vinieron a ver si mi madre sabía algo y, cuando les dijo que no, las dos se pusieron a parlotear sobre lo que habían oído. Micho se pasó un momento por casa y nos contó una historia sobre un amigo suyo al que dispararon en Afganistán y que había sobrevivido. "Qué suerte tuvo el condenado", dijo. "Dios concede unos pocos pases gratuitos como ese cada año. Los guarda para la gente mejor. Pero escúchenme, Arturo se pondrá bien. Él es uno de los mejores". Vinieron el Sr. Mercado y luego Benny, y me quedé merodeando por allí lo suficiente como para ir componiendo poco a poco la historia: El Sr. Rivera había ido a Capitol Oaks. Se había producido un enfrentamiento y, en un momento dado, salió un hombre con una escopeta en la mano. Disparó, y eso fue todo.

No pude evitar imaginármelo, como una especie de programa de televisión. Vi al Sr. Rivera, con sus vaqueros y sus botas de *cowboy*, el cabello mojado por la nieve, peinado hacia un lado, como lo llevaba siempre, vagando por Kirkwood Highway, buscando a Maribel detrás del Steak 'n Shake y del salón de bolos y del Panera Bread. Percibí su respiración en el aire mientras caminaba. Oí el sonido de las duras suelas de sus zapatos sobre el asfalto. Lo vi acercarse a Capitol Oaks y pasar frente a la entrada, gritando el nombre de Maribel en medio del frío. Vi a la gente en sus casas, levantando las persianas, espiando por las ventanas para ver qué era aquel ruido. Y vi a alguien salir al exterior: Garrett Miller, pensé, porque tenía la impresión de que, por algún motivo, aquello tenía que ver con él. Mentalmente, vi al Sr. Rivera preguntarle por Maribel y vi a Garrett hacer una mueca porque no comprendía lo que el Sr. Rivera le estaba diciendo. Pero Benny había dicho que había sido un hombre, un hombre, quien había salido con una escopeta. ¿Qué había sucedido, pues? Tal vez el padre de Garrett había visto al Sr. Rivera en su jardín delantero. Quizás estaba borracho o drogado. Y había salido empuñando la escopeta, apuntando al Sr. Rivera.

El Sr. Rivera dio un paso atrás, levantando las manos en el aire, para mostrar que no tenía intención de hacer ningún mal a nadie. "Estoy buscando a mi hija", explicó en español.

El padre de Garrett no le entendió. "Aquí hablamos inglés", dijo. Se acercó más, manteniendo el cañón de la escopeta a la altura de la nariz del Sr. Rivera.

—¿Dónde está? —acertó a preguntar el Sr. Rivera.

¿Qué podía haber contestado el padre de Garrett? "Salga de mi propiedad". "Cállese". "Estúpido de mierda". "Ahora verá". ¿Qué podía haber estado pensando?

—*Please* —dijo el Sr. Rivera, esta vez en inglés, pues era una de las pocas palabras que conocía.

Y, entonces, el padre de Garrett apretó el gatillo.

· · · ·

LAS HORAS ERAN como montañas que teníamos que escalar, enormes y agotadoras. Una tras otra, y seguíamos sin noticias del hospital.

Mi madre rebuscó en su armario ropa que pudiera darles a los Rivera cuando volvieran a casa, a pesar de que mi padre la miró como si estuviera loca.

—¿Para qué necesitan ropa? —le preguntó.

—No lo sé. ¡Sólo quiero hacer algo! —respondió ella.

Después, se entregó a la cocina y preparó comidas que sirvió en contenedores de plástico y en las latas que solía reservar para las galletas navideñas. Pegó sobre ellas con cinta adhesiva notas que indicaban lo que había dentro y cómo calentarlo, y lo metió todo en el congelador para dárselo a los Rivera cuando volvieran a casa.

Mi padre daba vueltas por la casa con una bebida permanentemente en la mano y un cigarrillo permanentemente en la boca. Ni siquiera se molestaba por fumar fuera, y mi madre tampoco se molestaba en mandarlo fuera a fumar. Iba hasta el sofá, se sentaba un rato, se levantaba, y volvía a comprobar el teléfono para asegurarse de que aún daba señal. Al oírlo, volvía a dejar el auricular en su sitio y se lo quedaba mirando, como si estuviera tratando de ejercer algún tipo de control mental sobre él para hacerlo sonar.

¿Y yo? Yo estaba completamente abrumado.

Una vez, salí a la terraza y mire hacia arriba, a la puerta de los Rivera, donde había montones de ramos de flores envueltos en celofán amontonados en el umbral. Corrí hasta allí y me puse a machacar aquellas flores a patadas hasta que salió mi padre y me preguntó qué estaba haciendo.

No tenía una respuesta, por lo menos ninguna que pudiera expresar con palabras.

—Se pondrá bien —me tranquilizó mi padre.

Traté de calmar la respiración.

—Tiene que ponerse bien.

Pero no fue así. Cerca de las ocho en punto de aquella noche, el teléfono sonó por fin y cuando mi padre, que fue a contestar ante el ruego aterrorizado de mi madre, colgó, meneó la cabeza.

—¡No! —gimió mi madre—. ¡Rafa, no!

—Ha muerto —dijo mi padre.

—¿Quién estaba al teléfono? —logró articular mi madre.

—Una enfermera.

Me iba a estallar la cabeza.

—Ha muerto —repitió mi padre con incredulidad.

—No —volvió a decir mi madre—. ¡No, no, no, no, no! —Dejó caer la cabeza entre las manos.

Yo no podía tragar. Tenía que ser una equivocación. Teníamos que poder dar marcha atrás. No podía ser verdad. Era muy liviano. Como una idea, una partícula de polvo que flotaba en el aire y aún no había aterrizado. Aún estábamos a tiempo de atraparla. Aún estábamos a tiempo de detenerla, ¿no? Tenía que ser un error. Intenté tragar de nuevo, pero tenía la garganta cerrada.

FUE MI PADRE quien fue a buscar en auto a Maribel y a la Sra. Rivera al hospital y las trajo de vuelta al apartamento.

Cuando regresó, mi madre le preguntó:

—¿Dónde están?

—¿Qué quieres decir? Las llevé a casa.

—Pero creí que ibas a traerlas aquí.

—Van a acostarse.

—No pueden pasar esta noche en ese apartamento. No pueden estar solas en un momento así.

—Están cansadas, Celia. Deberías haberlas visto. Necesitan dormir.

—¿Pero en ese apartamento?

—Se tienen la una a la otra.

—Eso no basta.

—Tienes razón. No basta. Pero, ¿qué podemos hacer? Escúchame. En el auto, mientras volvíamos a casa, estaban tranquilas. Ninguna de las dos dijo nada, salvo para agradecerme que hubiera ido a buscarlas. Puedes ir a su casa a primera hora de la mañana. Deja tan sólo que duerman un poco.

—¡Son nuestras amigas!

—Alma es una mujer fuerte. Estarán bien.

Mi madre soltó un suspiro trémulo.

—Mañana. Puedes ir a verlas mañana.

EN CUANTO SALIÓ el sol, mi madre y yo fuimos a su casa. La Sra. Rivera abrió la puerta y mi madre cayó sobre ella en un tremendo abrazo.

—¡Qué horror! —dijo mi madre llorando, con el rostro oculto en el cuello de la Sra. Rivera.

Yo pasé sigilosamente junto a ambas y me dirigí al dormitorio, donde, por la puerta abierta, vi a Maribel sentada en el suelo, con las piernas extendidas formando una estrecha V. Titubeé un instante, esperando a ver si levantaba la vista. Pensé que tal vez sería capaz de deducir por su expresión si debía entrar o no. Pero ella no hacía más que mover los pies de un lado a otro, mirándose los dedos con aire ausente. Entré y me senté a su lado, extendiendo las piernas del mismo modo, y le di un golpecito en el pie con el borde de mi zapatilla de deporte. No dije nada porque no había nada que decir. Simplemente permanecí ahí sentado, escuchando los sonidos amortiguados de nuestras madres que llegaban de la otra habitación, voces sofocadas y sollozos e incluso, una o dos veces, algo que habría jurado era risa.

Al cabo de largo tiempo, Maribel dijo:

—¿Crees que fue culpa mía?

—¿Lo que le pasó a tu padre?

Ella asintió.

La miré a la cara. Me di cuenta de que iba a vivir con esa pregunta durante mucho tiempo. Yo mismo llevaba viviendo con ella durante menos de un día y me estaba haciendo polvo. Pero le dije lo único que podía decirle.

—No. Simplemente sucedió. Eso es todo.

—Pero nos fuimos de México porque…

—No, Maribel. Simplemente sucedió. No tuvo nada que ver contigo.

—Entonces, ¿fue culpa nuestra?

Sacudí la cabeza.

—Pero la única razón…

—Escúchame. No puedes hacer esto. No puedes pensar así.

Trataba de consolarla, pero los dos intentábamos entender lo que había sucedido. Y ahí sentado, comencé a pensar. ¿Quién puede decir de quién es la culpa? ¿Quién puede decir quién puso todo esto en marcha? Tal vez *fuera* Maribel. Tal vez fuera yo. Tal vez si yo no me hubiera marchado de la escuela aquel día, o si hubiera contestado al estúpido teléfono cuando sonó o si no me hubiera quedado dormido en el auto cuando volvíamos a casa, nada de esto habría pasado. Pero tal vez si nuestros padres no nos hubieran prohibido vernos, yo no habría tenido que robar ese auto, no habría tenido que robarla a ella de ese modo, para empezar. Tal vez si mi padre no hubiera comprado nunca ese auto, yo no habría tenido manera de llegar hasta la playa. Tal vez fuera culpa de mi tía Gloria, por darle a mi padre el dinero que le permitió comprarlo. Tal vez fuera culpa de mi tío Esteban por ser un imbécil del que ella tuvo que divorciarse para conseguir ese dinero. Uno podía mirar hacia atrás infinitamente. Había muchas venas distintas, pero, ¿quién sabía cuál de ellas conducía al corazón? Y, por otro lado, quizá no tuviera nada que ver con ninguno de nosotros. Quizá Dios tuviera un plan y supiera desde el mismo momento en que los Rivera pusieron un pie aquí que los estaba colocando en el camino que conducía a esto. O quizá fuera todo completamente aleatorio, sólo algo que pasó.

ENTONCES NO SABÍA lo cerca del fin que estaba mi relación con ella. Quiero decir que debería haber sido capaz de imaginarme que volverían a México. Sólo que no sabía cuán pronto. No sabía que la última vez que vería a Maribel sería justo una semana después, cuando me la encontré sentada en la acera, fuera de nuestro edificio junto a un colchón de tamaño estándar.

Salí y me senté junto a ella, notando la frialdad del cemento a través de los pantalones, pues el suelo estaba por entonces prácticamente limpio, a excepción de algunos montoncitos de nieve sucia.

—¿Qué haces aquí? —le pregunté.

—Nada.

—Creí que no te permitían salir a la calle sola.

—Mi madre está durmiendo.

Miré al colchón.

—¿En el suelo?

—No quiere seguir durmiendo en la cama.

—Ah.

—Nos vamos mañana —me informó Maribel.

—¿Mañana? —dije, mirándola.

—Mi madre quiere volver.

—¿Así que se acabó?

—Ella dice que tenemos que volver.

La nieve que se derretía fluía en un hilo y caía en la rejilla que había en la calle junto a nosotros. No supe cómo asimilar el hecho de que se iba, de verdad. Quiero decir que toda mi vida la gente había estado yendo y viniendo —los vecinos iban y venían, en la escuela los compañeros aparecían un año y volvían a marcharse al siguiente— pero la diferencia era que ninguno de ellos era ella.

El cuaderno verde con el que me había acostumbrado tanto a verla estaba encima del colchón. Maribel lo recogió y me lo tiró.

—Toma —dijo.

—¿Qué? ¿Me has escrito una carta o algo así? —le pregunté. Bromeaba sólo a medias, esperando que tal vez lo hubiera hecho.

Pero cuando hojeé el cuaderno, vi que no contenía más que las listas que hacía y las notas que escribía para sí misma. Lo cerré y jugueteé con una de las esquinas redondeadas, despuntada y raída por el exceso de uso. Intenté devolvérselo, pero ella sacudió la cabeza.

—¿No lo quieres? —pregunté.

—Ya no —contestó.

Parecía como la medida de algo, la prueba de lo lejos que había llegado. Aquella primera vez que la vi en el Dollar Tree, ni siquiera había pronunciado palabra o había establecido contacto visual.

—Podrías volver algún día —dije—. O yo podría ir allá.

—Quizá.

—Podría encontrarte.

Maribel sacudió la cabeza.

—Encontrar es para las cosas que hemos perdido. No tienes que encontrarme, Mayor.

Tenía las manos sobre las rodillas y yo le toqué los nudillos con los dedos, recorriendo los picos y los valles, mirando su piel. Era la única chica a quien le había gustado. No era justo, me repetí, a pesar de que no tenía derecho a quejarme. En el mundo sucedían cosas peores, muchísimo peores. Si antes no lo sabía, ahora sí.

Cuando me levanté a la mañana siguiente, ya se habían ido. No quise levantarme temprano sólo para verlas marchar. Pensé que estar frente a la ventana que daba a la calle y verlas salir —a dos de ellas esta vez— con sus cosas en los brazos me destrozaría. Además, podía imaginármelo bastante bien. Maribel y su madre subiéndose a una camioneta similar a aquella de la que se habían bajado siete meses antes. Maribel con ojos somnolientos y el pelo sin peinar, instalada en el asiento con las piernas cruzadas, volviéndose a buscarme con los ojos. Pero estaría bien que no me encontrara. Era como había dicho ella: encontrar es para las cosas que hemos perdido. A partir de ahora, estaríamos a miles de kilómetros de distancia y seguiríamos adelante con nuestra vida, creceríamos, cambiaríamos y nos haríamos mayores, pero nunca tendríamos que buscarnos mutuamente. Dentro de cada uno de nosotros, estaba segurísimo, había un lugar para el otro. Nada de lo que había sucedido ni nada de lo sucediera en el futuro haría que fuera menos cierto.

Alma

Me abstraje de mí misma. Veía mi vida como la vería un espectador, desde fuera, desde una distancia tan remota que no podía sentir nada de lo que sucedía en ella. "Señora Rivera", me dijeron, "lo sentimos. La operación fue más complicada de lo que preveíamos. No pudimos hacer nada". La traductora del hospital, una mujer de más o menos mi edad con una cara ancha y redonda, lloraba mientras me comunicaba la noticia. Le miré las manos, que temblaban contra su pecho mientras hablaba. "Mi más sentido pésame", añadió, en su propio nombre. Extendí los brazos y la abracé. Me vi a mí misma haciéndolo, pero no la sentí temblar en mis brazos. Me acerqué a Maribel. Me vi a mí misma andando, pero no sentí mis pies sobre la fina alfombra. "Es hora de irnos", le dije. Me vi a mí misma hablando, pero no sentí las palabras brotar de mi garganta.

—¿Ha terminado la operación? —preguntó Maribel.

—Sí —le contesté—. Ve a por tus cosas.

—¿Vamos a verlo ahora?

Parecía muy ilusionada, muy nerviosa. Se me quedó mirando, esperando a que continuara hablando. ¿Vamos a verlo ahora? ¿Había preguntado realmente eso? ¿Vamos a verlo ahora? ¡Dios mío! Parpadeé y volví en mí. ¿Vamos a verlo ahora? Qué pregunta tan simple para romperme el corazón.

—No —respondí, la palabra tan frágil como un huevo.

—¿Por qué no?

El aire subió por mis pulmones y volvió a salir al exterior. La sangre fluyó por mis venas. Mis labios estaban secos.

—¿Está… descansando? —preguntó.

Lo estaba, por decirlo de algún modo. Así que respondí:

—Sí —y después—: No. No. Maribel, ven aquí. —La atraje contra mi cadera y sentí su cuerpo delgado y cálido contra el mío—. La operación no ha salido bien —le expliqué.

—¿Por qué?

—Él... —Tomé otra bocanada de aire—. No la ha superado. Maribel cerró los ojos, y yo la abracé más fuerte.

—¿Eso qué quiere decir? —dijo.

—Él... —comencé. Pero no pude seguir. No había palabras suficientes en español, ni palabras suficientes en inglés, por muchas clases más que hubiera tomado, ni palabras suficientes en ningún idioma, no existían las palabras adecuadas, nada que expresara la profundidad de lo que sentía. Mi lengua titubeaba contra el dorso de mis dientes, tratando de dar forma y sonido a lo que había sucedido, esforzándose por explicar, cuando Maribel abrió los ojos y preguntó:

—¿Ha muerto?

Al ver que yo asentía, emitió un sonido similar al de un bebé de foca. Noté que se me acumulaban las lágrimas en las comisuras de los ojos. Y entonces, en un santiamén, el mundo se derrumbó, y sentí abrirse la tierra bajo mis pies.

SI LOGRABA DORMIR, lo hacía en el suelo. Por supuesto, aquella primera noche no dormí nada. Permanecí tumbada en el suelo junto al colchón, temblando bajo una manta. Me levanté en plena noche y miré en dirección a la cama para ver si todo había sido un sueño. Maribel estaba arrebujada en su saco de dormir contra la pared, pero Arturo no se hallaba donde debería haber estado. No se hallaba tumbado de espaldas, respirando profunda y rítmicamente. No estaba en camiseta interior y calzoncillos, con la colcha subida hasta la barbilla. No estaba allí.

Me envolví en la manta y me acerqué a la ventana con el cabello suelto sobre los hombros. Si volvía lo bastante la cabeza, veía la calle y los semáforos y algún que otro tráiler que atravesaba la ciudad. Aquella primera noche, permanecí durante horas junto a la ventana. Pero no encontré consuelo en ello. El aire frío se colaba por la rendija del marco y penetraba en mi piel como hojas de afeitar. La masilla que Arturo había intentado aplicar estaba toda agrietada en las juntas. Permanecí allí pensando en lo que debía de haber pasado, en cómo debía de haber sido, a pesar de que traté con todas mis fuerzas de no imaginar lo que Arturo debía de haber sentido. En el hospital, el oficial Mora, el mismo oficial con el que había hablado en la comisaría meses antes, trató de consolarme. Había llamado a la puerta de nuestro apartamento sólo unos minutos después de que Arturo se marchara. Me dijo que venía por lo de Maribel. Me preguntó: "¿Cree que ha tenido que ver algo con aquel muchacho, con ese del que usted me habló?". Le expliqué que Arturo había ido a buscarlo. "Vive en Capitol Oaks", le informé, y el oficial Mora se sacó el radio del cinturón de los pantalones. Habló por él en inglés, lo volvió a dejar en su sitio y dijo: "Iré ahora mismo hacia allí". Que fue lo que hicieron él y otro oficial. Sólo que cuando llegaron, ya era demasiado tarde. Encontraron a Arturo en el suelo. Llamaron a una ambulancia. Encontraron al chico y a su padre de pie en la calle, el padre con la escopeta aún en las manos. Todo esto me lo contó más tarde el oficial Mora en el hospital. Dijo que el padre del muchacho —se llamaba Leon Miller— estaba arrestado y que se presentarían cargos contra él. El chico —se llamaba Garrett— lo había presenciado todo.

—¿Y ahora qué va a pasar? —pregunté.

—El Sr. Miller probablemente pasará años entre rejas. Estamos tratando de averiguar si el muchacho estuvo implicado, pero hasta ahora no lo parece. Tampoco hemos podido localizar aún a su madre. El oficial Mora me miró a los ojos.

—Siento mucho lo de antes —dijo—, cuando vino usted a comisaría. —Tenía una expresión seria—. Pero ahora vamos conseguir que haya justicia para ustedes, me aseguraré de ello.

Pero no era más que una palabra: justicia. Era tan sólo un concepto, y no bastaba.

Mientras estaba de pie junto a la ventana, pensé: si ahora viera al muchacho o a su padre, tomaría un arma y los mataría yo misma. Pero no tenía ninguna pistola, por supuesto. Les tiraría mis pesadas botas de invierno. Les arrancaría la carne con los dientes si supiera que así iba a cambiar las cosas. Pero, por supuesto, nada cambiaría.

Estuve apoyada contra el cristal hasta que amaneció, hasta que el cielo comenzó a iluminarse sobre la tierra. Cuando sucedió, pensé: Tal vez ahora la pesadilla haya terminado. Me volví de nuevo hacia la cama para ver si tal vez, sólo tal vez, Arturo se estaba agitando, estirando los brazos sobre su cabeza y frotándose los ojos. Para ver si lanzaba las piernas sobre el borde del colchón y se levantaba e iba al baño y se afeitaba, haciendo que el olor a jabón se extendiera por el pasillo. Pero cuando me volví, sólo vi la sábana recogida, el colchón aún hundido allí donde él había estado acostado.

A LA MAÑANA siguiente, Celia vino a casa —ahora, para mí, todo era o antes o después, del mismo modo que anteriormente el accidente había dividido mi vida— y sollozó en mi hombro. Se disculpó una y otra vez y, aunque al principio tomé sus disculpas por condolencias, pronto me di cuenta de que ella creía haber tenido un papel en lo sucedido —o que tal vez Mayor lo había tenido— y tuve que decirle: "No. No sigas. Por favor". Porque aunque era verdad que Mayor se había llevado a Maribel, él no tenía la culpa de esto.

A pesar de todo, Celia siguió viniendo todos los días, en oca-

siones dos veces en un mismo día. Se quedaba varias horas seguidas. Trajo empanadas y panes azucarados envueltos en papel de
aluminio, arroz con pollo y sopa de gallina en contenedores de
plástico. Trajo bolsas marrones de papel llenas de ropa que no
necesitábamos y que casi no podíamos usar. Trajo de misa las
notas de oración en las que aquel primer domingo se mencio-
naba a Arturo en el boletín de la iglesia.

—El padre Finnegan celebró un bonito servicio —me informó
Celia—. Preguntó si podía hacer algo. Quería que te recordara
que su puerta está abierta. Si quieres hablar.

—Lo sé.

Celia puso su mano sobre la mía y dejó las notas de oración
sobre la encimera de la cocina.

El lunes, una mujer del hospital llamó para preguntar qué
quería hacer con el cuerpo. La pregunta era tan absurda que me
hizo reír.

—¿Que qué quiero hacer con él? —dije—. Quiero devolverlo
a la vida.

Cuando se lo conté a Celia, también ella se echó a reír.

—¡Claro! ¿Qué sino querrías hacer con él?

—¡Exactamente!

—¿Qué dijo ella entonces?

—Dijo que lo sentía y que lo que quería decir era si sabía
dónde me gustaría enterrarlo. Así que repliqué: "¡Yo no querría
enterrarlo!".

—Oh, Alma.

—Vaya preguntas —dije, meneando la cabeza.

Celia le daba vueltas a la taza de café entre sus manos.

—Pero tendrás que tomar una decisión, ¿no?

—Quiero que lo entierren en México —contesté. No le dije
que quería tenerlo en el Panteón Municipal, donde pudiéramos
rendirle homenaje en el Día de Muertos. Quería hacer pan de
muerto y preparar calabaza en tacha para él. Quería hacer una

ofrenda con las flores de cempasúchil que crecían en nuestro jardín. Quería poner velas en su tumba. Quería honrarlo. Lo quería cerca de mí.

—Claro que debería estar enterrado en México.

—Pero la mujer del hospital dijo que mandar su cuerpo hasta allí costaría cinco mil dólares.

—¡Cinco mil dólares! Qué escándalo. ¿Qué es lo que van a hacer? ¿Construir una casa a su alrededor?

—Le dije a la mujer: "Gracias, pero lo llevaré hasta México yo misma, si tengo que hacerlo".

Celia asintió.

—Tiene que volver conmigo. Le necesito… —El interior de la nariz, todo el interior de la cara, me escocía. Apreté los dientes hasta que estuve en condiciones de continuar—. Necesito tenerlo conmigo.

Celia me miró con tristeza.

—¿Así que te vuelves?

—No sé qué hacer sino. Ni siquiera tenemos visas válidas. Ahora la policía lo sabe. Nos mandarán de regreso a México en cualquier caso si no nos vamos nosotras mismas.

—¿Adónde irán?

—Aún tenemos nuestra casa. Mis padres han estado cuidándola desde que nos fuimos. Nos están esperando.

—¿Y después?

—No lo sé. Casi ni siquiera puedo creer que los días sigan sucediéndose. Tengo la impresión de que todo debería detenerse de algún modo.

—Pero no es así —dijo Celia.

—No —repliqué—. Para nosotros, no.

RECIBÍ A LAS visitas. Me hacían tolerable el paso del tiempo. Gustavo Milhojas se presentó con un ramo de flores en los brazos.

—Son caléndulas —dijo, entregándomelas—. La chica de la floristería dijo que eran las más adecuadas.

Me las acerqué a la cara y aspiré su aroma a hierba.

—Entra —le dije.

Nelia Zafón acudió con una tarjeta que tenía una ilustración de gaviotas que volaban sobre un crucifijo.

—La vi ayer en Walmart y pensé en ti —me dijo—. Tienen una buena selección de tarjetas en español.

La abrí y leí: "Con el pésame más profundo y las bendiciones de Dios por la pérdida de alguien tan querido para ti".

—Pasa —le dije.

Micho Álvarez llamó a la puerta, con una fotografía en equilibrio sobre la palma abierta de su mano.

—Hubiera querido dártela antes —me aseguró. La tengo revelada desde hace tiempo. Es de Navidad. —Me entregó una fotografía de Maribel, Arturo y yo, sonriendo con nuestras chaquetas de invierno frente a la puerta de los Toro. Al mirarla, el dolor más extremo ardió en mi pecho.

—No te quedes fuera —le dije.

Fito llegó y se quedó en la puerta, anonadado, con la piel del rostro hundida. Esperé a que hablara, y al ver que no abría la boca, le dije:

—No pasa nada.

Quisqueya no vino a casa, pero la vi una mañana en la terraza y levanté una mano a modo de saludo. Ella me saludó a su vez, pero se apresuró a entrar en su apartamento. Lo comprendí. En su caso y en el de todos los que no vinieron a verme, lo comprendí. Simplemente no sabían qué decir.

José Mercado y su mujer, Ynez, vinieron a casa sin otra cosa más que condolencias, y después de que los invitara a pasar, estuvieron hablando durante una hora de lo buen hombre que era Arturo y de lo mucho que lo apreciaban y de como, en más de una ocasión, había ayudado a José a llevar unas bolsas de papel llenas de comestibles hasta su apartamento. Yo no sabía nada de los comestibles, pero tampoco me sorprendió. Era muy propio de Arturo.

—No es que fuera un santo —les dije—. Nunca quitaba los pelos del bigote del lavabo después de cortárselos.

—Eso me suena —repuso Ynez, dándole a su marido con el codo en el costado. Ynez tenía una larga melena gris que llevaba recogida en un moño bajo. Tenía una cara dulce y amable, plisada de arrugas.

—También era testarudo —observé—. Una vez se hizo daño en la espalda tratando de levantar unos bloques de hormigón por encima de su cabeza en una competición con sus amigos. Le insistí en que estaba levantando demasiados a la vez. "Pesan mucho", le dije. Pero no quiso escucharme. Sólo quería demostrar que podía hacerlo.

—Hombres —dijo Ynez, asintiendo divertida.

—¡Tú eres más tozuda que yo! —protestó José.

Ynez me miró.

—¿Ves? Testarudo incluso en su convicción de no ser testarudo.

Sonreí.

Y así pasaron los días.

Pero cuando no había nadie, nadie salvo Maribel y yo, los días estaban impregnados de tristeza. Llamé a Phyllis, la traductora del distrito escolar, y le dije que Maribel se iba a quedar en casa conmigo.

—No la quiero lejos de mi vista —le dije.

—¿Va a volver en algún momento al colegio? —me preguntó ella.

—No.

—Su profesora lo sentirá mucho cuando lo sepa.

—Encontraré algo para ella en México —repliqué—. Sé que no será lo mismo. Pero no voy a perder la fe en ella. —Y como a través del teléfono percibía la comprensión de Phyllis, añadí—: Lo prometo.

—Aquí le fue bien —repuso ella—. Maribel no es la misma chica que cuando llegaron ustedes.

—Ahora las dos somos diferentes —manifesté.

Cuando no venía nadie a casa, Maribel y yo mirábamos televisión durante horas y horas para evitar perder el juicio, encontrando escaso consuelo en su capacidad de insensibilizar. Y, sin embargo, a veces, sin más, Maribel me preguntaba dónde estaba Arturo, o cuándo iba a volver a casa del trabajo, y yo tenía que recordárselo: "No, hija. No". Tomaba sus manos entre las mías y volvía a explicárselo todo. La abrazaba y la dejaba llorar tan a menudo como quería. Una vez, dejé que la impaciencia se apoderará de mí, porque no podía soportar volver a repetirlo. "¡Deja de preguntarme eso!", espeté. Me miró tan desolada que me invadió la vergüenza y le dije "Lo siento" una y otra vez, repitiéndolo hasta tener la esperanza de que tal vez me creyera.

Cuando no estaba viendo televisión o recibiendo visitas, hacía maletas y preparaba todo para el viaje de regreso a Pátzcuaro. De pie en nuestro dormitorio, miraba la ropa de Arturo doblada en ordenadas torres en el suelo. Tomé sus camisas y sus calzoncillos, sus medias y sus camisetas interiores y embutí todo en bolsas de basura de plástico. Sostuve en alto el otro par de vaqueros que tenía aparte del que llevaba aquella noche. Estos eran Wrangler y se los ponía muy pocas veces porque los otros eran Levi's, que según él eran mejores, aunque conservó los Wrangler durante años de todas maneras. Estaban tiesos y olían a detergente. Los metí en la bolsa. Levanté su maquina de afeitar del suelo de la ducha, con fragmentos de su pelo negro aún adheridos entre las cuchillas. Cogí su cepillo de dientes de la encimera que había junto al fregadero y chupé las cerdas, tratando de encontrar su sabor, pero sólo sabía a dentífrico de menta aguado. De detrás de la llave de agua, cogí las tijeras con las que solía cortarse el bigote y las eché también dentro de la bolsa. Quité las sábanas de la cama con la idea de que podía recoger su impronta y conservarla. Pensé: puedo extender las sábanas de nuestra vieja cama en casa. Puedo tumbarme en los dobleces creados por su cuerpo. Puedo volver a dormir con él. Saqué de la basura sus palillos usados y los apreté en la mano antes de echarlos todos en una bolsa. Los vi desperdigarse y hundirse en los huecos que había entre las cosas que ya había empaquetado. Y entonces, encontré su sombrero, el sombrero de *cowboy* que llevaba casi desde que nos conocíamos. Me lo habían dado al marcharme del hospital. Recordaba cuándo se lo había comprado, lo orgulloso que estaba porque era un buen sombrero, firme y bien confeccionado. Ahora estaba blando y la suciedad había echado raíces en los resquicios donde las fibras de paja se entrecruzaban, en especial en la copa. Algunas partes del ala estaban raídas. Me lo puse sobre la cara, como una máscara, sintiendo la badana, suave como el fieltro, contra mis mejillas. Respiré hondo. Y ahí estaba él. Su olor. Cerré los ojos y me dejé arrastrar. Ahí estaba. ¡Dios! Me puse el sombrero en la cabeza.

Aprendí una cosa sobre el dolor. Había oído decir a la gente que cuando alguien muere deja un agujero en el mundo. Pero me di cuenta de que no es así. Arturo seguía estando en todas partes. Sucedía algo, y pensaba: espera a que se lo diga a Arturo. Seguía volviéndome esperando verlo. Si hubiera desaparecido por completo, pensaba, quizá sería más fácil. Si no tuviera conocimiento de que había existido alguna vez, si no tuviera ninguna evidencia de que alguna vez había formado parte de nuestras vidas, quizá habría sido soportable. Qué mal sonaba aquello: parte de nuestras vidas. Como si fuera algo con límites, algo que no nos había penetrado, que no había fluido a través de nosotras y dentro de nosotras y por todas partes alrededor de nosotras. Aprendí una cosa sobre el dolor. Cuando alguien muere, no deja un agujero, y eso causa la agonía.

Dos días antes del día en que estaba previsto el entierro, empecé a recoger todo lo de la cocina. Había hablado con alguien de una funeraria asociada al hospital y les había confirmado que sí, que le daríamos sepultura allí. Durante una semana, su cuerpo había estado en el depósito, esperando a que lo llevaran a *alguna parte*. No me parecía bien la idea del entierro, pero ¿qué podía hacer? No tenía dinero para mandarlo a México en avión. No tenía forma de conseguirlo. Llamé a mis padres, que lloraron y maldijeron al cielo cuando se enteraron de la noticia, pero tampoco ellos tenían nada. Me dijeron que no podía llevarlo por carretera porque era contrario a la ley y las autoridades retendrían su cuerpo en la frontera. No conocía ningún otro modo de llevarlo hasta México. Tendría que ser así. Enterraríamos a Arturo el jueves por la mañana en el Cementerio de Todos los Santos[8]. Le darían tierra en un ataúd que casi no podía pagar, a pesar de que había indicado a la funeraria que utilizaran el más económico posible. "No es ninguna vergüenza que te entierren en un ataúd de pino", les dije. De hecho, pensé, Arturo, que había sido tan humilde, lo habría apreciado.

Puse la mayor parte de la cubertería, suelta y tintineante, en bolsas. Empaqueté el comal, la escobeta, las bolsitas de plástico llenas de especias que habíamos traído, el molcajete y el pestel. A excepción de los tazones para el café, que pensé que utilizaríamos hasta el último momento, empaqueté cada taza. Y luego comencé con los platos.

Tomé el primer plato del montón. Era de un color verde oscuro y tenía una capa de barniz transparente. Los sostuve en mis manos y recordé con cuánto cuidado había colocado los platos en el armario a nuestra llegada después de desempaquetarlos. Con cuánto cuidado había organizado nuestras vidas aquí. Qué ingenua había sido al pensar que podía controlar todo.

---

8 All Saints Cemetery. (N. de la t.)

Y entonces dejé caer el plato. Se precipitó directamente desde mis manos abiertas y aterrizó con estrépito causando que la cerámica saltara en pedazos que se desperdigaron por el suelo.

—¿Qué ha sido eso? —preguntó Maribel desde la otra habitación.

No contesté. Tomé otro plato del armario y lo dejé caer también, contemplando cómo se hacía añicos a mis pies. Después otro. Y otro. De pronto pensé: ¿Qué *significan* todas esas cosas? ¿Todas estas bolsas y bolsas que he estado preparando? Podríamos llevarnos todo lo que tenemos. Podríamos llevarnos todas y cada una de las cosas que todas y cada una de las personas del mundo han tenido jamás. Pero ninguna significaría nada para mí. Porque por mucho que me llevara y por mucho que tuviera el resto de mi vida, ya no lo tenía a *él*. Podría haber amontonado cosas de aquí hasta el cielo. Ninguna era él.

Con calma, saqué el resto de los platos uno a uno. Los fui dejando caer todos y observe los trozos girar por el suelo. Lo hice no por enojo, sino con espíritu de liberación. Percibí vagamente a Maribel allí de pie, observando el espectáculo. La oí hacer preguntas. Seguí tirando los platos al suelo.

Después de haber dejado caer el último —seis en total—, levanté la vista.

—¿Por qué has hecho eso? —inquirió Maribel.

—Me hizo sentir mejor.

—Hizo mucho ruido.

—Ahora ya está hecho —repliqué.

Barrí los pedazos y los eché al cubo de la basura. Levanté la mayor parte de las bolsas de basura que había amontonado en el pasillo y las llevé al contenedor del callejón. Maribel me ayudó a bajar el colchón al parking, donde lo dejamos. Alguna otra persona podía quedárselo si lo quería. Yo ya no lo necesitaba.

• • •

CELIA VINO A casa temprano a la mañana siguiente, en bata y zapatillas. Se había puesto los rulos. Hacía frío y, cuando abrí la puerta, ella estaba temblando.

—Tienes un aspecto espantoso —me dijo al verme.

—No he dormido.

—Deberías tomar alguna medicina. Un Tylenol PM, por ejemplo. Yo lo tomo a veces, cuando estoy nerviosa.

—¿Funciona?

—De maravilla.

—Pasa —le dije—. Maribel aún está durmiendo.

—No. Tengo que ir a casa a vestirme. Vamos a ir a misa de ocho. De hecho, ¿sabes qué? Deberías venir. Podríamos ir juntas.

—No, gracias.

—Salir de casa podría hacerte bien.

—¿Estás segura de que no quieres pasar?

—Sólo he venido a darte una cosa —dijo. Se sacó un sobre blanco sin adornos del bolsillo de la bata y me to tendió.

—¿Qué es?

—Mira dentro.

Levanté la solapa y vi los bordes de unos billetes —debía de haber un centenar de ellos— abiertos como un abanico.

—Hemos hecho una colecta —me explicó—. Todo el mundo ha colaborado. Los profesores de la escuela de Maribel, la recepcionista de la oficina del distrito escolar. Ah, y la traductora también. Los compañeros de trabajo de Árturo en la plantación de champiñones, el director de Gigante, un profesor de la Community House, la traductora y algunas de las enfermeras del hospital. La iglesia hizo una buena donación, y el padre Finnegan añadió algo de su parte. Además de todos los del edificio.

Me quedé mirando el dinero, abrumada.

—En su mayor parte, es sólo un poquito de cada persona —continuó Celia—. Veinte dólares aquí, diez dólares allá…

Me quedé sin habla.

—Pero Rafa y yo estuvimos hablándolo. ¿Sabes que hace poco recibimos dinero? ¿De mi hermana? Por supuesto, prácticamente no hubo nada que discutir. Los billetes más grandes son nuestros, para que puedas pagar el vuelo de Arturo a México. Espero que no sea demasiado tarde.

El sobre parecía ingrávido en mis manos.

—Son cinco mil ciento treinta y dos dólares —concluyó.

—¿Tú has hecho esto?

—Lo hemos hecho todos. Yo sólo les mencioné primero la idea a unas cuantas personas del edificio. Pero corrió el rumor. Y, antes de que me diera cuenta, la gente estaba poniéndose en contacto conmigo para saber cómo podían colaborar. Gente que yo ni siquiera sabía que tú conocieras.

Miré el sobre.

—Todo el mundo lo quería, Alma.

Hasta aquel momento, se me habían llenado los ojos de lágrimas pero las había combatido parpadeando furiosamente o distrayéndome con otra cosa. Había logrado de algún modo no llorar. Pero ahora me desmoroné. Caí sobre Celia y lloré con más agradecimiento y felicidad de los que me creía capaz de sentir.

NOS MARCHAMOS DOS días después en una camioneta negra que conducía un hombre que Rafael había encontrado y que llevaba gente de un lado al otro de la frontera. Al parecer tenía familia en Texas, así que no le importaba hacer el viaje.

—¿Cuánto cobra? —le pregunté a Rafael.

—Nada —respondió él—. Me está haciendo un favor. Solía darle de desayunar gratis cuando se paraba en la cafetería de camino a la 95. No te preocupes por ello.

Sabía que me estaba mintiendo. Tenía que costar algo. Pero lo dejé pasar.

Maribel y yo nos acomodamos detrás con una manta sobre las rodillas. Tenía el sombrero de Arturo sobre la cabeza, el bolso a mis pies. Todo lo demás —lo poco que nos llevábamos— volvía a estar en la caja de la camioneta metido en bolsas de basura.

El hombre guardaba silencio. Parecía gringo, ¿pero qué sabía yo? No se presentó, ni encendió el radio, ni habló por teléfono. No hacía más que comer pipas de girasol de una taza de plástico que tenía entre las piernas y tirar las cáscaras por la ventana, que había dejado abierta. Agradecí su indiferencia hacia nosotras. Para él podíamos haber sido cualquiera. No éramos personas que lloraban la pérdida de alguien o que necesitaban atención o que había que compadecer. Éramos tan sólo personas que necesitaban que las llevaran de un sitio a otro. En cierto sentido, era un alivio que nuestro duelo fuera privado.

Cuando abandonamos el aparcamiento era temprano. El aire estaba ligeramente brumoso. Unos débiles rayos de sol atravesaban el filtro de las nubes. Pasamos frente al restaurante de panqueques y al Red Lobster, al Dunkin' Donuts y al Rita's Italian Ice, al salón de bolos y a los almacenes Sears, al David's Bridal, con sus blancos vestidos de novia en los escaparates, y al Walmart próximo a la autopista. En cinco minutos estábamos en la I-95, dirigiéndonos hacia el sur.

Estuve toda la mañana mirando por la ventana mientras el mundo pasaba a toda velocidad. Cruzamos el río Susquehanna, donde el agua era una cinta ancha y plana. Pasamos graneros rojos y molinos de piedra, casitas blancas con persianas negras y casas con cercas de madera alrededor de sus extensas tierras, todo silencioso e inmóvil. Pasamos restaurantes de carretera que anunciaban ofertas de desayuno y cines con los horarios expuestos en altos letreros en las proximidades de la autopista. Atravesamos el túnel del puerto de Baltimore y después recorrimos las afueras de Washington, D.C., donde pasamos un templo con puntiagudos tejados dorados que perforaban el cielo.

Traté de no pensar pero, por supuesto, era imposible. ¿Por qué simplemente no le había hablado a Arturo del muchacho

desde el principio? ¿Habría supuesto alguna diferencia? No
había forma de conocer la respuesta y, sin embargo, recordaba
lo que Arturo me había dicho, una de las últimas cosas que me
había dicho, como si, de algún modo, hubiera querido darme la
absolución por anticipado: perdónate a ti misma. ¿Era eso posible? ¿Era posible ahora también, en esta situación?

Alrededor del mediodía, el sol estaba alto en el cielo azul. Brillaba como la miel. Se posaba sobre las finas briznas de hierba y
envolvía el capó de la camioneta. Apoyé la cabeza en la ventanilla
caliente y miré a la carretera que se desplegaba ante nosotros y
la tierra que se extendía hasta el infinito a uno y otro lado. Miré
los carteles publicitaros y los árboles que crecían entre ellos,
recordando que, cuando llegamos hacía siete meses, los árboles
estaban llenos de hojas verdes y pequeñas bayas y que sus ramas
eran tan finas y delicadas que se mecían en la brisa como una
cosa alegre. Los miré ahora, sin hojas al final del invierno, y vi lo
mismo. Con gran sorpresa. Vi árboles que parecían felices, árboles que parecían ilusionados, con sus ramas desnudas suspen-
didas, queriendo alcanzar el cielo. Pronto llegaría la primavera,
pensé, y volvería a llenarlos.

Habían transcurrido seis horas de un viaje de casi cincuenta.
Al final del mismo estaría nuestro hogar, y Arturo se encontraría allí para recibirnos. Había anulado todo lo dispuesto con las
pompas fúnebres y les había indicado en cambio que prepararan
el féretro para su transporte. Había llamado al consulado, completado los papeles y hecho que los validaran y los tradujeran al
español. Había pagado a cada uno lo que le correspondía. Lo
había hecho todo con urgencia, como si me fuera la vida en ello.
Lo cual, en cierto modo, era cierto. Pero valió la pena. Arturo
iba volver con nosotras al lago grande y silencioso y a los pesca-
dores que se deslizan sobre su superficie con sus redes en forma
de mariposas. A los tejados de tejas rojas y las toscas paredes de
adobe de su infancia y de la mía. A las calles empedradas y al sol

brillante y los dinteles en forma de arco y las flores que se desparraman sobre las azoteas de la gente. Al mercado de La Boca y al banco de la Plaza Grande donde comimos helado juntos en nuestra primera cita mientras el sol del atardecer vibraba sobre nosotros, hundiéndose lentamente contra la curva del cielo. A la basílica y a la catedral y a los nombres de las tiendas pintados en rojo y negro. Al polvo y a los perros vagabundos. A nuestros amigos y a generaciones de nuestras familias. A ese estúpido bol de cristal que él tanto echaba de menos. A casa. A nuestra casa.

En algún lugar de las montañas de Virginia, donde la carretera se hacía más estrecha y montuosa, Maribel se quejó de que le dolía el estómago. Sin una palabra, el hombre detuvo la camioneta a un costado del camino.

—Sal, hija —le dije, abriendo la puerta de atrás.

Vomitó sobre las piedras y el polvo de la cuneta mientras yo le sujetaba el pelo y le frotaba la espalda, describiendo lentos círculos.

—Una servilleta —me dijo el hombre en español, tendiéndome un pañuelo de papel arrugado por encima del asiento.

Le limpié la boca a Maribel.

—¿Estás bien? —le pregunté.

—¿Se me ha ensuciado el pelo?

Abrí la palma de la mano y mire las hebras de cabello, largas, oscuras y enredadas.

—No —le contesté.

—Quiero cortármelo cuando lleguemos a casa.

—¿El pelo?

—No es bonito.

Le abracé la nuca con la mano.

—Tú eres bonita.

—Quiero teñírmelo de violeta.

De pronto, inesperadamente, ahí estaba. Mi Maribel. La Maribel que en una ocasión se había pintado las uñas negras y que ahora quería teñirse el pelo de violeta. La Maribel resuelta a afirmar su independencia y arrojarle los brazos al cuello a la vida. Ahí estaba de nuevo. La persona que Arturo y yo habíamos estado esperando, el motivo de todo aquello.

Y mientras la miraba, me di cuenta de que tal vez hubiera estado siempre ahí. No exactamente la chica que era antes del accidente, que era la chica que yo creía haber estado buscando, sino mi Maribel, valiente, impetuosa y amable. Todo este tiempo, había estado sepultada a demasiada profundidad bajo mi culpa para verla. Había estado preocupada con que fuéramos a los Estados Unidos porque quería que volviera a estar entera. Creía que había perdido a mi hija y que si hacía las cosas adecuadas e íbamos al sitio oportuno, podría recuperar a la muchacha que era antes. Lo que no había entendido —lo que ahora de pronto comprendía— era que si dejaba de retroceder, tratando de recuperar el pasado, era posible que hubiera un futuro esperándome, esperándonos, un futuro que se revelaría simplemente si yo me volvía para mirarlo. Y que una vez lo hiciera, podría empezar a dirigirme hacia él.

—Cuando lleguemos podemos llamar a Angelina —sugerí—. ¿Te acuerdas de Angelina?

—¿La del salón de belleza? —replicó Maribel.

Y yo asentí, maravillada. Sólo unos meses antes, no lo hubiera sabido.

—Parece como si hubiera pasado mucho tiempo desde que nos fuimos, ¿verdad? —inquirí.

—Sí —dijo Maribel.

—Será agradable volver a verlo todo.

El cielo estaba oscuro cuando llegamos a Tennessee. Miré las altas luces de la autopista mientras el auto circulaba por debajo. Tráileres rugientes nos pasaban por el carril derecho, y yo miraba a cada conductor, sentado allá arriba, preguntándome adónde iría. Después de comernos algunas de las galletas saladas y de bebernos la botella de agua que Celia me había lanzado a los brazos cuando ella y Rafael se despidieron de nosotras, Maribel volvió a quedarse dormida, arrullada por el sonido de la carretera, y yo cerré también los ojos.

Cuando me desperté por la mañana, estábamos en Arkansas. Le pregunté al hombre y eso fue lo que me contestó. Pensaba que para entonces habríamos llegado más lejos, pero tal vez el conductor hubiera detenido la camioneta para dormir un rato él también. La tierra de Arkansas era exuberante y de color verde lima, llana y sin límites. En los campos, pequeños brotes se erguían al final de las briznas de hierba, balanceándose cada vez que soplaba la brisa o una ráfaga de viento. Recuerdo que muchos meses antes, cuando íbamos en dirección contraria, le dije a Arturo que era todo precioso.

—Todos los lugares son preciosos si les das una oportunidad —me respondió él.

—Pareces un cura —le dije.

—Podría ser un cura —repuso él.

—Y entonces, ¿qué habría sido de mí? —le tomé el pelo. Durante el viaje habíamos pasado algunos momentos felices, alentados por el optimismo. —Los curas no pueden casarse, ¿sabes?

Arturo adoptó una expresión muy solemne. Me puso una mano en la rodilla, y dijo:

—Entonces, no podría ser cura.

Recuerdo que me eché a reír.

Sabía que después de Arkansas atravesaríamos Texas, pasando frente a cientos de centros comerciales y armadillos asándose a un lado de la carretera. Cruzaríamos la frontera con México y tomaríamos una serie de autobuses de vuelta a Pátzcuaro. Saldríamos de un mundo y entraríamos en el otro. Sin más. Igual que Arturo. Nuestro viaje continuaría, y el de Arturo también, a pesar de que ahora él iba rumbo a un destino y Maribel y yo rumbo a otro. Más adelante, mucho más adelante, me reuniría con él. Volveríamos a estar en el mismo lugar. Lo sabía.

Miré a Maribel, sentada junto a mí, mirando distraída por la ventana, con la manta hecha un ovillo en el asiento entre ambas.

—¿Cómo tienes el estómago? —le pregunté.

Se volvió y me dirigió una tenue sonrisa.

—Estoy bien —contestó.

Aquello era lo que había estado esperando oír todo el tiempo.

Arturo Rivera

Nací en Pátzcuaro, Michoacán, México. Viví allí toda la vida hasta que me vine aquí. Otra gente de nuestra ciudad se había ido al norte. La mayoría se habían marchado porque querían una vida mejor. Eso es lo que decían. Una vida mejor. Pero no fue este nuestro caso. Nosotros teníamos una buena vida, una vida estupenda. Vivíamos en una casa que yo mismo había construido. Nos casamos en la plaza del pueblo cuando Alma y yo éramos jóvenes, cuando la gente nos decía que aún no sabíamos nada del mundo. Pero sí que sabíamos. Porque para nosotros el mundo era el otro. Y después tuvimos a Maribel. Y nuestro mundo se hizo mayor.

Nos vinimos aquí por ella.

A veces pienso en Dios, en si nos estará mirando. ¿Es esto lo que Él quería? ¿Sucedió todo por alguna razón superior que yo no comprendo? ¿Estábamos destinados a venir aquí, a los Estados Unidos? ¿Hay aquí algo mejor esperándonos que Dios ve, en Su visión infinita? ¿Tenemos algo por delante que contribuirá a hacer que todo esto tenga por fin sentido? No lo sé. No conozco las respuestas.

No quiero parecer desagradecido. Aquí somos felices en muchos aspectos. Hemos conocido a buenas personas. No llevamos aquí mucho tiempo, pero la gente del edificio donde vivimos se ha convertido en una especie de familia para nosotros. Los profesores de la escuela de Maribel la han ayudado enormemente. Dicen que está mejorando. Y Alma y yo lo notamos. Ahora, Maribel tiene una luz en los ojos. Nosotros lo vemos y nada —nada en el mundo— nos da más alegría.

Tal vez sea el instinto de todo inmigrante, surgido de la necesidad o de la añoranza: cualquier otro lugar sería mejor que este. Y la condición: si puedo llegar hasta allí.

Nos llevó mucho tiempo poder venir. Presentamos la solicitud y esperamos a que nos aprobaran. Viajamos durante días. Dejamos muchas cosas atrás —no sólo objetos físicos, sino a nuestros amigos y, por supuesto, a nuestras familias, partes de nosotros—, todo por la posibilidad de volver a ver esa luz en los ojos de Maribel. Ha sido difícil, sí, pero volvería a hacerlo. En esta vida, la gente hace lo que tiene que hacer. Intentamos vivirla desde el principio hasta el fin con dignidad y con honor. Hacemos todo lo que podemos.

Me siento abrumado cuando pienso en este lugar y en lo que nos ha dado. Maribel se está fortaleciendo. Me doy cuenta de ello. Cada día un poco más. Un área segura donde vivir. Unos amigos maravillosos. Es increíble. Un día, cuando volvamos a México y la gente me pregunte cómo se vivía aquí, les contaré todas estas cosas. Les hablaré de todas las formas en que he amado a este país.

AGRADECIMIENTOS

Quisiera expresar mi profunda gratitud a todo el equipo de Knopf, pero en especial a Robin Desser, que es el editor de mis sueños y que no sólo ha hecho de este libro un libro mejor, sino que me ha convertido a mí una escritora mejor, más sabia, más reflexiva; a mi agente, la inimitable Julie Barer, o como me refiero a ella a veces: "Mi persona favorita en el mundo entero"; a todos los que leyeron el libro en las diversas fases de su creación: Kate Sullivan, Diana Spechler, Tita Ramírez, y Jennifer Kurdyla; a mi madre, por tantas cosas que son demasiadas para poderlas enumerar; a mi padre, no sólo por haber sido mi inspiración para escribir este libro, sino por ser mi inspiración, punto; y a mi marido y a mis hijos, que son, en el sentido más auténtico de la palabra que se me ocurre, mi hogar.